PAISAGEM
DE OUTONO

LEONARDO PADURA

PAISAGEM DE OUTONO

ESTAÇÕES HAVANA

TRADUÇÃO
IVONE BENEDETTI

© Leonardo Padura, 1998
© da tradução Boitempo, 2016
Traduzido do original em espanhol *Paisaje de otoño*
First published in Spanish language by Tusquets Editores, Barcelona, 1998

Direção editorial	Ivana Jinkings
Edição	Bibiana Leme
Assistência editorial	Thaisa Burani e Mariana Tavares
Tradução	Ivone Benedetti
Preparação	Sara Grünhagen
Revisão	Thais Rimkus
Coordenação de produção	Juliana Brandt
Assistência de produção	Livia Viganó
Capa	Ronaldo Alves
	sobre fotos de Rick Roma (frente)
	e Earl Leaf/Michael Ochs (quarta)
Diagramação	Antonio Kehl

Equipe de apoio: Allan Jones / Ana Yumi Kajiki / Artur Renzo / Eduardo Marques / Elaine Ramos / Giselle Porto / Isabella Marcatti / Ivam Oliveira / Kim Doria / Leonardo Fabri / Marlene Baptista / Maurício Barbosa / Renato Soares / Thaís Barros / Tulio Candiotto

CIP-BRASIL. CATALOGAÇÃO NA PUBLICAÇÃO
SINDICATO NACIONAL DOS EDITORES DE LIVROS, RJ

P141p

Padura, Leonardo, 1955-
Paisagem de outono / Leonardo Padura ; tradução Ivone Benedetti. -
1. ed. - São Paulo : Boitempo, 2016.
(Estações Havana)

Tradução de: Paisaje de otono
ISBN 978-85-7559-521-3

1. Romance cubano. I. Benedetti, Ivone. II. Título. III. Série.

16-36644

CDD: 868.992313
CDU: 821.134.2(729.1)-3

É vedada a reprodução de qualquer
parte deste livro sem a expressa autorização da editora.

1ª edição: novembro de 2016
1ª reimpressão: agosto de 2024

BOITEMPO
Jinkings Editores Associados Ltda.
Rua Pereira Leite, 373
05442-000 São Paulo SP
Tel.: (11) 3875-7250 / 3875-7285
editor@boitempoeditorial.com.br
boitempoeditorial.com.br | blogdaboitempo.com.br | facebook.com/boitempo
twitter.com/editoraboitempo | youtube.com/tvboitempo | instagram.com/boitempo

Para Ambrosio Fornet, o melhor leitor da
história literária cubana.
Para Dashiell Hammett, por *O falcão maltês.*
Para os amigos que, de perto ou de longe,
fazem parte desta história.
E, por felicidade, para você, Lucía.

Sumário

Nota do autor.. 9

Paisagem de outono.. 11

O sopro divino: criar um personagem............................235

Nota do autor

Em 1990, quando comecei a escrever o romance *Passado perfeito*, nascia o tenente investigador Mario Conde, protagonista daquele livro. Um ano e meio depois, já publicado o romance, Conde certa noite cochichou-me ao ouvido uma coisa que, matutada durante alguns dias, pareceu-me uma boa ideia: por que não fazemos outros romances? Decidimos, então, escrever mais três peças que, unidas a *Passado perfeito* (cuja história transcorria no inverno de 1989), formaram a tetralogia Estações Havana. Assim concebemos *Ventos de quaresma* (primavera), *Máscaras* (verão) e esta *Paisagem de outono*, cuja redação foi concluída no outono de 1997, alguns dias antes do aniversário do Conde e do meu, pois é certo que nascemos no mesmo dia, embora não no mesmo ano.

Com essa confissão, quero dizer apenas duas coisas: que devo a Mario Conde (personagem literário, nunca real) a sorte de ter transitado por todo um ano de sua vida, seguindo-o em suas elucubrações e aventuras; e que suas narrativas, como sempre aviso, são fictícias, ainda que se pareçam bastante com algumas histórias da realidade.

Por fim, quero agradecer a um grupo de amigos leitores, pela paciência em deglutir e analisar cada uma das versões de *Paisagem de outono*, exercício sem o qual este livro nunca seria o que é – para o bem ou para o mal. São eles, fiéis como sempre: Helena Núñez, Ambrosio Fornet, Álex Fleites, Arturo Arango, Lourdes Gómez, Vivian Lechuga, Beatriz Pérez, Dalia Acosta, Wilfredo Cancio, Gerardo Arreola e José Antonio

Michelena. Agradeço também a Greco Cid, que me presenteou com o personagem do doutor Alfonso Forcade. A Daniel Chavarría, que me deu a inspiração para a história do *Galeão de Manila*. A Steve Wilkinson, que enxergou os erros que ninguém tinha enxergado. A meus editores Beatriz de Moura e Marco Tropea, que me obrigaram a escrever com machado, como recomendava Rulfo. E, claro, minha gratidão à pessoa que, mais que ninguém, apoiou e suportou todo esse empenho: Lucía López Coll, minha esposa.

Paisagem de outono

Outono de 1989

"Reconsiderou e disse:

– Prefiro os contos que tratam da sordidez.

– De quê? – disse eu, inclinando-me para a frente.

– Sordidez. Estou extremamente interessada na sordidez."

J. D. Salinger

"Furacão, furacão, chegar te sinto."

José María Heredia

– Vem de uma vez...! – gritou finalmente para um céu que achou lânguido e plácido, ainda pintado com aquela paleta azul enganosa do mês de outubro: gritou com os braços em cruz, o peito nu, expulsando seu clamor desesperado com toda a força dos pulmões, para que sua voz viajasse e também para comprovar que sua voz existia, depois de três dias sem pronunciar uma única palavra.

Sua garganta, lacerada pelo fumo e pelo álcool em quantidades desmedidas, sentiu no fim o alívio do parto, e seu espírito desfrutou daquele mínimo ato libertário, capaz de provocar nele uma efervescência interior que o pôs à beira de um segundo grito.

Do alto de sua laje, Mario Conde tinha espreitado o firmamento limpo de brisas e nuvens, como o vigia da nave perdida, com a esperança malsã de, postado em seu cume, enxergar, afinal, na última curva do horizonte, aquelas duas espirais agressivas que durante vários dias acompanhara em seu trânsito pelos mapas meteorológicos, enquanto se aproximavam cada vez mais de seu destino prescrito: a cidade, o bairro e aquela mesma laje de onde ele as convocava.

No princípio tinha sido uma manchinha remota, ainda sem nome, em sua escala inicial de depressão tropical, afastando-se das costas africanas e atraindo nuvens quentes para sua dança macabra; dois dias depois passou à categoria inquietante de perturbação ciclônica e já era uma flecha envenenada no meio do Atlântico, aproada para o mar do Caribe e com o prepotente direito de ser batizada de *Félix*; no entanto, na noite anterior, engordada a ponto de se transformar em furacão, apareceu como um remoinho grotescamente sobreposto ao arquipélago de Guadalupe, acachapado por aquele abraço eólico desolador de duzentos quilômetros por hora que avançava disposto a derrubar árvores e casas, a perturbar o curso histórico dos rios e as altitudes milenares das montanhas e a matar animais e pessoas, como uma maldição mandada por um céu que continuava suspeitosamente lânguido e plácido, feito uma mulher pronta para enganar.

Mas Mario Conde sabia que nenhum daqueles acidentes e embustes alteraria seu destino e sua missão; desde que vira o rebento de furacão nascer nos mapas, sentira estranha afinidade com ele: esse sacana chega até aqui, pensava enquanto o via avançar e crescer, porque algo na atmosfera exterior ou em sua própria depressão interior – carregada de cirros, nimbos, estratos e cúmulos relampagueantes, apesar de sempre incapazes de se transformar em furacão – o avisara das verdadeiras intenções e necessidades daquela massa de chuvas e ventos enlouquecidos que o destino cósmico criara com o firme propósito de atravessar aquela exata cidade para executar uma purificação esperada e necessária.

Naquela tarde, porém, farto de tanta vigilância passiva, Conde optou pelo chamado verbal. Sem camisa, com as calças mal e mal abotoadas e portando uma carga etílica que punha em combustão seus motores mais ocultos, escalou até a laje por uma janela para encontrar o entardecer outonal, agradavelmente morno, e de lá, por mais que desejasse, não conseguiu descobrir o menor rastro de tocaia ciclônica. Debaixo daquele céu enganador, esquecendo-se por um instante de seus propósitos, Conde dedicou-se a observar a topografia do bairro, povoada de antenas, pombais, varais de roupa e caixas-d'água que refletiam uma cotidianidade simples e agreste a que ele, porém, não parecia ter acesso. Na única colina do bairro, viu, como sempre, a coroa de telhas vermelhas daquele falso castelo inglês em cuja construção trabalhara seu avô Rufino Conde, quase um século antes. Aquela permanência teimosa de certas obras para além da vida de seus criadores, resistindo inclusive à passagem de furacões ou borrascas ou ciclones ou tufões ou tornados ou mesmo vendavais, pareceu-lhe a única razão válida da existência. E o que restaria dele se agorinha mesmo se lançasse aos ares como a pomba que certa vez imaginara? Um esquecimento infinito, deve ter respondido a si mesmo, um vazio arrebatador como o de todas aquelas pessoas anódinas que iam e vinham pela serpente negra da Calzada, carregadas de sacolas e esperanças, ou com as mãos vazias e a mente cheia de incertezas, talvez alheias à proximidade de furacões terríveis e necessários, aquelas pessoas indiferentes até mesmo à vacuidade da morte, sem vontade de memória nem expectativas de futuro, que se alarmaram com o grito desesperado que ele lançou para o horizonte mais longínquo:

– Vem de uma vez, porra...!

Como se fosse carne viva, imaginou a possível dor da rolha ao ser penetrada pela implacável espiral metálica. Afundou-a até as últimas consequências, com precisão cirúrgica, decidido a não falhar: segurando a respiração, puxou-a para cima, delicadamente, e a rolha saiu como um peixe abraçado ao anzol de sua perdição. O bafo alcoólico que escapou da garrafa subiu até ele, redondo e provocador, e, sem reparar em medidas, verteu uma alentada dose do líquido num copo e engoliu-a de um só trago, com ímpeto de cossaco perseguido pelos bramidos do inverno.

Então a observou com angústia: aquela era a última garrafa de uma reserva feita às pressas três dias antes, quando o tenente investigador Mario Conde abandonara a Central depois de assinar o pedido de exoneração e decidira se trancar para morrer de rum, cigarros, mágoas e rancores. Sempre tinha achado que, quando realizasse o desejo de sair da polícia, sentiria um alívio capaz de fazê-lo cantar, dançar e, claro, beber, mas sem remorsos nem pesares, pois não faria mais que realizar uma vontade de emancipação adiada por demasiado tempo. Diante dessas profundas questões da vida, ele pensava consigo mesmo que nunca soubera exatamente por que tinha dito sim e entrado na polícia e que também não conseguia saber com certeza por que retardava sua saída daquele mundo ao qual, apesar de todas as contaminações, nunca tinha pertencido por inteiro. Talvez tivesse lhe dado tanta satisfação o argumento de que era policial por não gostar que os filhos da puta ficassem impunes que chegou a acreditar nele, a se convencer. Talvez aquela falta de capacidade de tomar decisões que guiara toda sua vida errática o tivesse amarrado a uma rotina coroada pela satisfação de seus sucessos mais que duvidosos: agarrar assassinos, estupradores, ladrões ou fraudadores que já eram assim, irremediavelmente. Mas não tinha dúvidas de que o major Antonio Rangel, seu chefe fazia oito anos, tinha sido o principal culpado da postergação quase infinita de sua vontade de fugir. A relação de hostilidade fingida e respeito verdadeiro que estabelecera com o Velho tinha funcionado como uma técnica dilatória muitíssimo eficaz, e ele sabia que nunca teria a coragem necessária para chegar ao gabinete do quinto andar com seu pedido de exoneração nas mãos. Por isso, depositava suas esperanças de fuga na aposentadoria do major, já com cinquenta e oito anos, que poderia ser efetivada dali a dois anos.

Mas na sexta-feira anterior, de uma só vez, tinham desabado todas as barreiras reais e fictícias. A notícia da substituição do major Rangel correra com a intensidade da peste pelos corredores da Central, e, ao ouvi-la, Conde sentiu o movimento candente do medo e da impotência atenazando-lhe as costas e tocando-lhe o cérebro. A comentada, mas nunca concebível, saída do Velho não seria o último capítulo daquela história de perseguições, interrogatórios e punições a que os investigadores da Central tinham sido submetidos por outros investigadores encarregados do ato antinatural de espionar e investigar a polícia. Os longos meses que durara aquela inquisição tinham servido para se assistir à queda de cabeças que pareciam intocáveis, enquanto o medo se tornava protagonista de uma tragédia com sabor de farsa que vinha disposta a cumprir seus três atos regulamentares até o fim: um fim imprevisível que arrastava em seu desfecho até aquele que todos acreditavam invulnerável e sagrado.

E, sem pensar duas vezes, Mario Conde optou pela solução da demissão. Sem querer ouvir nenhuma das viperinas razões que eram dadas como factíveis para a saída do Velho, escreveu num papel o pedido de exoneração por motivos pessoais, esperou pacientemente o elevador que o levaria até o quinto andar e, depois de assinar a carta, entregou-a à oficial que encontrou no vestíbulo daquilo que havia sido – e nunca mais voltaria a ser – o gabinete de seu amigo, o major Antonio Rangel.

No entanto, em vez de alívio, Conde se surpreendeu invadido pela dor. Não, claro que não: aquela não era a via da escapada vitoriosa e autossuficiente que ele sempre imaginara, mas uma escapulida reptiliana que nem Rangel jamais lhe perdoaria. Por isso, em vez de cantar e dançar, optou por apenas beber e tentar esquecer e, voltando para casa, gastou todas as economias na compra de sete garrafas de rum e doze maços de cigarros.

– E aí, vai ter festa? – perguntou com sorridente confiança o chinês que trabalhava como balconista da venda, e Mario Conde fitou-o nos olhos.

– Não, meu caro, velório – e saiu para a rua.

Enquanto se despia e bebia um copo da primeira garrafa desvirginada, Conde descobriu como se concretizara a morte anunciada de Rufino, seu peixe-de-briga: ele estava flutuando numa água que, sempre pela metade, parecia tinta, escura e insalubre, com as nadadeiras abertas como uma flor envelhecida a ponto de perder as pétalas.

– Puta merda, Rufino, como é que você resolve morrer e me deixa sozinho bem agora que eu ia trocar a água? – disse ao corpo estático, terminando o gole antes de lançar líquido e cadáver à voracidade do vaso sanitário.

Já com o segundo copo na mão e sem desconfiar que ficaria quase três dias sem pronunciar nenhuma palavra, Mario Conde desconectou o telefone e recolheu o jornal dobrado de baixo da porta, para colocá-lo junto ao vaso sanitário e dar-lhe, no momento oportuno, o uso que merecia aquele papel manchado de tinta. Foi então que o viu, discreto, num canto da segunda página: era uma manchinha, ainda sem nome, desenhada a oeste de Cabo Verde e que, vinda da latitude fria do mapa, produziu nele o temor elétrico de um pressentimento. Esse sacana vai chegar aqui, pensou de imediato, e começou a desejá-lo com todas as forças, como se fosse possível atrair com a mente aquele rebento catastrófico e purificador. Serviu-se de um terceiro copo de rum, para esperar em paz a vinda do ciclone.

Acordou com a certeza de que o furacão tinha chegado. Os trovões retumbavam tão perto que ele não entendeu como tinha encontrado um céu plácido apenas algumas horas antes. A tarde breve de outono afundara sob o peso da escuridão e, convencido de que ouvia trovões, ainda se surpreendeu com a ausência de chuva e vento, até que, após os últimos ecos retumbantes, lhe chegou a voz:

– Ei, Mario, sou eu. Abre, anda, eu sei que você está aí.

Uma nesga de lucidez rasgou a ressaca etílica compactada em seu cérebro, e uma luz de alarme iluminou sua consciência. Sem esconder suas nudezes encolhidas pelo temor, Conde correu para a porta da rua e abriu-a.

– O que é que você está fazendo aqui, bicho? – perguntou, com a porta aberta e um mau pressentimento no peito. – Aconteceu alguma coisa com Josefina?

Uma risada explosiva devolveu a Conde a noção de seus atos irreparáveis, e a voz de Carlos, o Magro, advertiu-o da magnitude do desastre que acabava de cometer:

– Porra, besta, que binguinha a sua... – para dar espaço outra vez à risada, que se multiplicou com as de Andrés e Coelho, cujas cabeças assomaram para comprovar a afirmação do Magro.

– Binguinha é a mãe – foi a única coisa que conseguiu dizer, enquanto batia em retirada, mostrando ao adversário a palidez incongruente de suas nádegas.

Conde precisou engolir duas duralginas para espantar a dor de cabeça iminente, a qual preferiu imputar ao susto, não ao rum: a presença inesperada do magro Carlos, em sua cadeira de rodas, o levara a temer que tivesse acontecido alguma coisa com Josefina. Fazia muito tempo que seu melhor amigo não ia a sua casa, e ele achara que aquela visita só podia ter origem em alguma desgraça. Pareceu-lhe definitivamente inatingível a imagem mórbida que lhe ocorrera à tarde, quando se vira atravessando o vazio sem socorro de asas: ir embora assim e deixar os amigos? Deixar Carlos sozinho numa cadeira de rodas e matar de tristeza a velha Jose? A água que lhe correu pelo rosto arrastou o último lodo de sonho e dúvida. Não, não podia, pelo menos por enquanto.

– É que eu pensei no pior – disse quando voltou finalmente à sala, com um cigarro na boca, e viu que Carlos, Coelho e Andrés já tinham se servido dos restos mortais da última garrafa de rum.

– E o que você acha que nós pensamos? – respondeu bravo o Magro, tomando um gole de rum. – Três dias sem saber em que porra de lugar você estava enfiado, com o telefone sem funcionar, sem avisar merda nenhuma... Desta vez você se superou, hein, bicho, realmente se superou.

– Olha, já chega, não sou nenhuma criança – tentou defender-se o policial.

Andrés, como sempre, tratou de acalmar os ânimos.

– Bom, cavalheiros, se não aconteceu nada – disse, olhando para Conde. – Josefina e Carlos estavam preocupados com você, Mario. Por isso eu o trouxe até aqui; ele não quis me deixar vir sozinho.

Conde observou seu melhor e mais velho amigo, transformado numa massa amorfa, esparramada sobre os braços da cadeira, onde engordava como um animal destinado ao abate. Nada mais restava da figura descarnada que fora o magro Carlos, pois seu destino tinha sido subvertido por uma bala de má índole que o deixara inválido para sempre. Mas ali estava também, íntegra e invencível, toda a bondade daquele homem que cada vez mais convencia Conde das injustiças do mundo. Por que fora acontecer uma coisa dessas a um sujeito como Carlos? Por que alguém como ele tivera de ir a uma guerra distante e obscura para perder o melhor da vida? Deus não pode existir se acontecem essas coisas, pensou, e a alma sofrida do policial se sentiu comovida, quase a ponto de se partir em duas, quando o Magro disse:

– Era só ter ligado e pronto.

– Tá, eu devia ter ligado. Para dizer que saí da polícia.

– Menos mal, meu filho, eu estava muito preocupada com você – suspirou Josefina, dando-lhe deu um beijo na testa. – Mas que cara é essa? E esse cheiro? Quantos runs você tomou? E está magro de dar medo...

– E o que nós descobrimos... – interrompeu Carlos, indicando entre os dedos a reduzida virilidade visível de Conde, começando a rir de novo.

– Conde, Conde – atalhou, preocupado, o Coelho –, você que é meio escritor, resolva esta minha dúvida semântica: qual é a diferença entre deixar condoída e deixar doída?

Conde olhou o interrogador, que mal conseguia esconder seus dentes descomunais atrás do lábio superior. Como sempre, foi incapaz de saber se a careta escondia um sorriso ou simplesmente os dentes de coelho.

– Não sei... o prefixo, não?

– Não. O tamanho – disse o Coelho, liberando a dentadura para rir longa e sonoramente, convocando a gozação dos outros.

– Não ligue, Condesito – lançou-se Josefina ao resgate e tomou-lhe as mãos. – Olhe, como eu imaginei que esses três que se dizem seus amigos talvez o trouxessem aqui, e como também imaginei que você estaria com fome, pois se vê que está com fome, comecei a pensar e pensar: o que é que eu vou fazer de comida para esses moços e, você sabe, não me ocorria nada de especial. É que dá uma trabalheira conseguir qualquer coisa... E aí, pam!, me acendeu a luzinha e resolvi fazer a coisa mais fácil: um arroz com frango à *chorrera*. O que você acha?

– Com quantos frangos, Jose? – perguntou Conde.

– Três e meio.

– E pôs pimentão?

– Pus, para decorar. E cozinhei com cerveja.

– Então três frangos e meio... Você acha que dá para nós? – continuou perguntando Conde, enquanto empurrava a cadeira do Magro para a copa, com a habilidade adquirida nos anos de exercício.

O julgamento final dos comensais foi unânime: faltava ervilha no arroz, disseram, mas o gosto estava bom, acrescentaram, depois de engolir três pratos fundos daquele arroz transfigurado pela gordura e pelos sabores do frango.

Para a sobremesa com rum, fecharam-se no quarto do Magro, enquanto Josefina se sentava para cochilar na frente da televisão.

– Põe uma fita aí pra tocar, Mario – exigiu o Magro, e Conde sorriu.

– O mesmo de sempre? – perguntou, por puro gosto retórico, recebendo o sorriso e a resposta do amigo.

– O mesmíssimo...

– Bom, vamos ver, o que você gostaria de ouvir? – disse um.

– Os Beatles? – continuou o outro.

– Chicago?

– Fórmula V?

– Los Pasos?

– Creedence?

– Isso, Creedence – disseram os dois, em coro, com a perfeição de uma sequência ensaiada mil vezes e representada outras mil, ao longo de incontáveis anos de cumplicidade. – Mas não venha me dizer que Tom Fogerty canta como um negro, pois já lhe disse que canta como Deus, né? – Os dois concordaram, admitindo sua mais radical conformidade, pois ambos sabiam perfeitamente que sim: aquele danado cantava como Deus e começou a demonstrá-lo quando Conde apertou o play e Fogerty, com o Creedence Clearwater Revival, atacou sua versão inimitável de "Proud Mary"... Quantas vezes tinham vivido aquela mesma cena?

Sentado no chão, com a dose de rum ao lado e o cigarro aceso no cinzeiro, Conde cedeu à exigência dos amigos e contou os últimos acontecimentos na Central e sua decisão irrevogável de sair da polícia.

– Nem me importo mais com o que vai acontecer com os filhos da puta... Em suma, cada dia há mais. Batalhões de filhos da puta...

– Regimentos... exércitos – foi a opinião de Andrés, que expandiu o poderio logístico e quantitativo daqueles invasores, mais resistentes e férteis que as baratas.

– Você está louco, Conde – foi a conclusão de Carlos.

– E saindo da polícia vai fazer o quê? – foi a pergunta de Coelho, sujeito visceralmente histórico, sempre precisado de razões, causas e consequências até para os acontecimentos mais ínfimos.

– É o que menos me preocupa. O que eu quero é sair...

— Escute aqui, bicho — atalhou Carlos, colocando o copo com rum entre as pernas —, faça o que quiser, seja lá o que for, para mim está tudo bem, porque para isso sou seu amigo, certo? Mas, se é para sair, saia com vontade, sem se esconder atrás de uma garrafa. Plante-se lá no meio da Central e grite: "Vou embora porque quero e dane-se", mas não saia de fininho, como se estivesse devendo alguma coisa, porque você não deve nada a ninguém, certo...?

— Pois eu me alegro por você, Conde — disse então Andrés, olhando para as mãos com que, três vezes por semana, se dedicava a abrir abdomes e caixas torácicas doentes, com a missão de consertar o que fosse consertável e de cortar e descartar o que fosse doente e imprestável. — Gosto disso de algum de nós mandar tudo à merda e decidir esperar que aconteça o que tiver que acontecer.

— Um ciclone — murmurou Conde, depois de um trago, mas o amigo continuou, como se não tivesse ouvido.

— Porque você sabe que nós somos uma geração de mandados, e esse é nosso pecado e nosso crime. Primeiro fomos mandados pelos pais, para sermos bons alunos e boas pessoas. Depois fomos mandados na escola, também para sermos muito bons, e depois fomos mandados para o trabalho, porque todos já éramos bons e os outros podiam nos mandar trabalhar onde quisessem nos mandar trabalhar. Mas nunca passou pela cabeça de ninguém perguntar o que a gente queria fazer: mandaram estudar na escola onde nos cabia estudar, fazer o curso universitário que tínhamos de fazer, trabalhar no trabalho em que tínhamos de trabalhar e continuaram mandando, sem perguntar nem uma puta vez nesta porra de vida se aquilo era o que a gente queria fazer... Para nós já está tudo previsto, não? Desde o jardim de infância até o túmulo do cemitério que vai nos caber, tudo foi escolhido por eles, sem nunca perguntarem nem de que doença a gente queria morrer. Por isso somos a merda que somos, já não temos nem sonhos, e isso se servirmos para fazer o que nos mandam...

— Ouça, Andrés, também não é assim — disse o magro Carlos, tentando salvar alguma coisa, enquanto se servia de mais rum.

— Como não é bem assim, Carlos? Você não foi para a guerra de Angola porque mandaram? Não se fodeu na vida encarapitado nessa cadeira de merda por ser bom e obedecer? Alguma vez passou por sua cabeça que podia dizer que não ia? Disseram que historicamente nos cabia obedecer, e você nem sequer pensou em negar, Carlos, porque nos ensinaram a dizer sempre sim, sim, sim... E esse aí – apontou para o Coelho, que tinha alcançado o milagre de esconder os dentes e ao menos uma vez parecia sério de fato diante da iminência de uma bronca mortífera –, além de brincar com história e trocar de mulher a cada seis meses, o que fez da vida? Onde diabos estão os livros de história que ia escrever? Onde se perdeu tudo o que ele sempre disse que queria ser e nunca foi na vida? Não enche o saco, Carlos, pelo menos me deixe convencido de que minha vida é um desastre...

Magro Carlos, que fazia muito tempo tinha deixado de ser magro, olhou para Andrés. A amizade que existia entre os quatro contava mais de vinte anos de antiguidade sedimentada e pouquíssimos segredos por descobrir. Mas, nos últimos tempos, alguma coisa ocorrera no cérebro de Andrés. Aquele homem que eles admiraram primeiramente por ter sido o melhor jogador de beisebol do colégio pré-universitário, enaltecido pelos aplausos dos companheiros, com o mérito viril de ter perdido a virgindade com uma mulher tão bonita, tão fogosa e tão envolvente que todos desejariam ter perdido até a vida com ela, aquele mesmo Andrés que depois seria o médico competente a que todos recorriam, o único que tinha conseguido um casamento invejável, com dois filhos inclusive, que tivera o privilégio de possuir casa própria e automóvel particular, estava se revelando um ser cheio de frustrações e rancores, capazes de amargurá-lo e de envenenar o ambiente que o cercava. Porque Andrés não era feliz nem se sentia satisfeito com a vida que levava e se encarregava de deixar todos os amigos cientes disso; algo em seus projetos mais íntimos falhara, e seu caminho vital – como o de todos eles – tinha guinado por rumos indesejáveis, embora já traçados, sem o consentimento de sua individualidade.

– Tudo bem, vamos dizer que você tem razão – admitiu Carlos, resignado. Bebeu um grande gole e acrescentou: – Mas não se pode viver pensando assim.

– Por que não, seu besta? – interveio Conde, soltando uma baforada e lembrando outra vez seus impulsos suicidas alcoólicos daquela tarde.

– Porque nesse caso a gente precisa admitir que tudo é uma merda.

– E não é?

– Você sabe que não, Conde – afirmou Carlos e, de sua cadeira de rodas, olhou para o teto. – Nem tudo, certo?

Caiu na cama com a cabeça povoada de vapores etílicos e das lamentações de Andrés sobre aquela geração. Deitado, começou a se despir, atirando ao chão cada peça de roupa. Já pressentia a dor de cabeça que o acompanharia ao amanhecer, justo castigo por seus excessos, mas percebeu que naquele instante sua mente desfrutava de estranha atividade, sendo capaz de pôr em marcha ideias, lembranças e obsessões dotadas de agitada corporeidade. Por isso, abandonou a cama, com um esforço físico supremo, e foi até o banheiro atrás das duralginas, capazes de debelar a cefaleia recorrente. Calculou que duas bastavam e engoliu-as com água. Depois caminhou até o vaso sanitário e deixou cair um jorro âmbar e frouxo, que escorreu pelas bordas já manchadas do vaso e o fez prestar atenção nas proporções de seu membro: sempre havia desconfiado de que ele era pequeno demais e agora, depois da nudez que apresentara aos amigos naquela tarde, tinha certeza – e se condoía. Mas levantou os ombros mentais do pouco caso, pois, apesar disso, aquela tripa agora moribunda sempre se revelara eficiente companheira nas batalhas eróticas binárias ou unitárias, sendo capaz até de rápidos soerguimentos quando a necessidade exigia que se pusesse em pé de guerra. Não ligue para aqueles filhos da puta, disse-lhe, olhando-a cara a cara, diretamente nos olhos: você não faz doer porque é boa, certo? E concedeu-lhe uma última sacudidela.

A consciência de que no dia seguinte não precisaria trabalhar o surpreendeu agradavelmente e, com os pulmões cheios de ares de liberdade e fumo, decidiu que não deveria perder mais tempo na cama solitária. Agora mesmo você vai mudar de vida, Mario Conde, recriminou-se, optando pela vigília útil. Exercitar a independência era um dos privilégios de sua nova situação. Dirigiu-se depressa para a cozinha e pôs a cafeteira no fogo, disposto a beber a infusão matinal capaz de enganar o organismo e devolver a vitalidade necessária para o que queria fazer: sentar-se para escrever. Mas sobre que diabos você vai escrever? Ora, sobre o que Andrés tinha falado: escreveria uma história de frustração e engano, desencanto e inutilidade, uma história sobre a dor provocada pela descoberta de ter confundido todos os caminhos, com e sem culpa. Aquela era a grande experiência de sua geração, tão bem plantada e alimentada que continuava crescendo com os anos, e concluiu que valeria a pena registrá-la em preto e branco, como único antídoto contra o mais patético dos esquecimentos e como via factível para chegar, de uma vez, ao núcleo difuso daquele equívoco inequívoco: quando, como, por que e onde tudo começou a se ferrar? Qual era a culpa (se é que havia) de cada um deles? Qual a dele mesmo? Tomou o café devagar, já sentado diante da folha branca mordida pelo rolo da Underwood, e compreendeu que ia ser difícil converter aquelas certezas e vivências, que se revolviam como minhocas, na história sórdida e comovente que precisava contar. Uma história plácida como a do homem que conta a uma criança os costumes do peixe-banana e depois estoura os miolos, pois não tem coisa melhor para fazer da vida. Olhou para o papel, impoluto, e compreendeu como seu desejo não bastava para vencer aquele eterno desafio de oito polegadas e meia por treze, onde podia caber a crônica de toda uma vida malbaratada. Faltava uma luz como as que Josefina tinha, capaz de provocar o milagre poético de extrair algo novo com a mistura ousada de ingredientes esquecidos e perdidos. Por isso, voltou a pensar no ciclone, visível só no mapa do jornal: era preciso algo assim, arrasador e devastador, purificador e justiceiro, para que alguém como ele reconquistasse a possibilidade de ser ele mesmo, eu mesmo, tu mesmo, Mario Conde, e renascesse a condição postergada de engendrar um pouco de beleza, dor ou sinceridade sobre aquele papel, mudo, vazio e desafiador sobre o qual finalmente escreveu, como que rendido por uma ejaculação irreprimível: "Caiu de bruços, como se tivesse sido empurrado, e, em vez de dor, sentiu o miasma milenar de peixe podre que brotava daquela terra cinzenta e alheia".

– O que está fazendo aqui, Manolo? – perguntou Conde quando abriu a porta e deu com a figura esquelética e inesperada do sargento Manuel Palacios, seu companheiro de investigações nos últimos anos.

Algo em seu rosto expressava surpresa – o olho que envesgava estava ainda mais perdido atrás do septo nasal –, e Conde percebeu imediatamente que a causa era sua própria cara.

– Está doente, Conde?

– Que doente que nada. Passei a noite toda escrevendo – respondeu, sentindo um bem-estar estético ao dar aquela razão. Imaginou suas olheiras fundas e suas pálpebras vencidas pelo cansaço, mas ficou satisfeito por ter aquela justificação poética, embora não totalmente correta: várias folhas cheias de cicatrizes eram o saldo real de obstinadas horas de trabalho.

– Quer dizer que deu pra isso outra vez? Problema seu – advertiu o sargento, chegando a admoestar com um dedo.

– E pode-se saber o que está fazendo aqui?

Manolo sorriu levemente.

– Vim te buscar.

– Faz três dias que não estou na polícia.

– Isso é o que você pensa. O novo chefe mandou você ir lá discutir sua baixa.

– Diga que hoje não posso, explique que estou escrevendo.

Manolo sorriu de novo, dessa vez abertamente.

– Disse que não quer desculpas nem pretextos.

– E o que é que vão fazer se eu não for? Me mandar embora da polícia?

– Te prendem por desacato. Foi o que ele me disse... – prosseguiu Manolo até o termo das instruções, recobrando no fim sua individualidade: – É sério que quer sair, Conde?

– É sério, sim. Entre, vamos fazer um café.

Sentaram-se na cozinha esperando o café coar, enquanto Manolo contava as últimas ocorrências da Central. Dos dezesseis investigadores, só restavam onze, e aquilo parecia um vespeiro. Os expedientes de todos os que tinham sobrevivido eram revisados e revisados outra vez, e falava-se de novos interrogatórios de cada um deles: era uma caçada impiedosa, mortal, como se tivesse sido decretada a extinção necessária de uma espécie dispensável.

– E o que dizem do major Rangel?

– Que não fez nada e por isso mesmo é culpado. Acho que não voltou mais lá, mas ouvi dizer que vai ser reformado com todas as honras.

– Desse jeito ele não quer honras – interrompeu Conde.

Finalmente, contou Manolo, o novo chefe os reunira naquela manhã para pedir um esforço até a situação se normalizar. O que estava acontecendo na Central não impedia que lá fora a vida continuasse igual – ou mais ou menos igual, talvez pior – e que fossem cometidos todos os tipos de crime...

– Nunca mais vai ser normal – disse Conde, servindo duas xícaras grandes de café. – Pelo menos para mim.

– Mas venha comigo, Conde. Você fala com ele e depois faz o que quiser. Não jogue pela janela o que fez durante dez anos. Não gostava quando diziam que você era o melhor investigador da Central? Fala sério, Conde, mostra pra eles quem você é...

– E o que é que eu ganho com isso, Manolo?

O sargento olhou para o amigo e tentou sorrir. Os dois se conheciam bem demais, e Conde sabia perfeitamente dos medos que Manolo passara nos últimos meses de investigações, expurgos e expulsões, durante os quais todos tinham sido interrogados em várias ocasiões, para que aparecessem as coisas mais inesperadas: colegas de vinte anos atraiçoando-se encarniçadamente, velhos policiais irrepreensíveis revelados como salafrários contumazes, casos sepultados debaixo de quantidades insuspeitadas de dinheiro, favores feitos em troca das mais variadas mercadorias: desde sexo com gente jovem e bem-dotada até um título universitário obtido sem assistir às aulas, passando por um simples aperto de mãos de Alguém que saberia retribuir o favor no momento oportuno, e o pavio continuava aceso, pelo visto pronto a queimar qualquer coisa que estivesse em seu caminho. Manolo, então, olhou para Conde, tomou todo o café e lhe deu a melhor de suas respostas:

– O que você ganha é que vão deixá-lo sair sem mandá-lo embora. O que ganha é sair limpo de toda essa merda. O que ganha é ser respeitado. E acho que também vai ganhar quando souberem que o major Rangel não se enganou com você... nem comigo.

A imagem forjada do major, solitário, olhando o entardecer no quintal de casa, de chinelos e fumando um havana bem comprido, decidindo o melhor modo de empregar o ócio obrigatório, comoveu de novo a sensibilidade de Conde. Depois de tanto trabalho, aquele homem não merecia terminar assim.

– Está bem, eu vou... Mas me diga uma coisa: onde está o Félix hoje?

– Félix? Que Félix, Conde?

– Félix, o ciclone, velho.

– Ah, sei lá eu...

Manolo negou com a cabeça, depois de tomar o último gole de café.

– Que diabo de policial é você, se nem sabe onde esse sacana está hoje? Você é um desastre, Manolo...

Devia ter uns quarenta e cinco anos. Talvez um pouco mais. O grisalho dos cabelos somava, mas o rosto pardacento e liso de branco amulatado ou de mulato esbranquiçado, barbeado com esmero e até com afinco, contribuía para a subtração de idades calculáveis. Exibia uma farda com ares de ter sido cortada em alfaiataria, e não escolhida entre manequins padronizados: a jaqueta se ajustava ao peito, descia por um abdome sem protuberâncias e cobria a cintura das calças, que caíam com a suavidade do fino linho deslocado na história e no lugar... E ainda por cima aquele cheiro: usava um perfume sutil, mas inequívoco, bem seco, viril, capaz de criar um halo de asseio a quinze centímetros de sua silhueta fardada com tanto esmero. Observando-o, Conde disse a si mesmo que aquele homem podia fazê-lo embaralhar todos os seus preconceitos: esperava encontrar um ogro, e não aquele tipo cheiroso e de aspecto cuidado; queria ver um déspota incapaz de lhe conceder a independência onde descobria um homem de gestos suaves; estava convencido de que toparia com um promotor iracundo no lugar onde agora estava aquele ser humano disposto a desarmá-lo com um sorriso e uma pergunta:

– Fuma, tenente? Ah, que bom, assim também posso fumar – e tirou outro cigarro do maço de H. Upmann tipo exportação, depois de oferecer o primeiro a Mario Conde.

– Obrigado, coronel.

– Coronel Molina. Meu nome é Alberto Molina... Sente-se, por favor, porque acho que vamos conversar bastante. Antes, deixe-me pedir duas xícaras de café.

Tenente, parece que o senhor não dormiu bem essa noite, não é...? Pois deixe-me dizer que nem eu. Passei a madrugada me revirando na cama, até que minha mulher se irritou porque eu não a deixava dormir e precisei ir para a sala. Estiquei um cobertor no chão e fiquei pensando em tudo que está acontecendo e no apuro em que me meteram. Porque a verdade é que não sei se vou conseguir dar conta. Estou quase achando que não... E também não é agradável saber que a gente está substituindo um oficial como o major Rangel, que é o homem que mais sabe neste país de investigações e processos e todo esse trabalho que os senhores fazem. Eu não. Sabe de onde venho? Venho da Divisão de Análise da Inteligência Militar, que não tem nada a ver com isto aqui. E sabe de outra coisa? Durante anos, sonhei em ser espião. Mas espião de verdade, não como os dos romances de John le Carré, que parecem de verdade, mas são literatura. Esse era para mim o melhor dos destinos, e sonhando com ele passei vinte anos num escritório, processando o que era averiguado pelos verdadeiros espiões – enfim, eu era o burocrata que parecia um personagem de Le Carré... Mas quem entra nesse jogo logo aprende que é obrigado a obedecer ordens, tenente, e, quando mandam a gente fazer alguma coisa, o único remédio é calar a boca e obedecer. Por isso, agora estou aqui, e não em Tel Aviv ou Nova York, e por isso quis falar com o senhor, que não deve ter essa fama de bom investigador à toa, embora comentem algumas coisas... Não, não, mas essas coisas não me importam, juro: não vim aqui para julgar ninguém, mas para tentar deixar isto funcionando mais ou menos como o major Rangel fazia funcionar... Para julgar, existem aqueles outros que andam lá fora, e deixe-me dizer também que eu, pessoalmente, lamento muito que vários companheiros seus tenham feito as coisas que fizeram e tenham provocado a investigação que levou a tudo isso e que fez até Rangel perder o cargo. E, apesar de lamentar, não deixo de entender que era preciso agir assim: porque um policial que se corrompe é pior que o pior dos delinquentes, e acho que o senhor vai concordar comigo nesse ponto, é ou não é? A verdade é que ultimamente andaram acontecendo coisas muito esquisitas... Além disso, tenente, essa história de o senhor pedir exoneração no meio de toda essa confusão pode dar o que pensar, e o senhor sabe muito bem disso. Se bem que, deixe-me dizer que não estou aqui para suspeitar de ninguém e por isso quero entender suas razões para pedir a exoneração. Este lugar já não é o que eu imagino que era, embora precise continuar sendo o mesmo, uma central de investigações criminais, e foi exatamente por isso que mandei chamá-lo. Agora mesmo, tenho todos os investigadores da casa, veteranos e novatos, com algum trabalho, e preciso do senhor, tenente. E, embora pareça pouco ortodoxo o que vou dizer, eu o chamei aqui para fazer uma proposta bem simples: resolva um caso para mim e assino sua baixa... Não, não, não imagine que estou fazendo chantagem com sua exoneração: seria melhor dizer que estou obrigando o senhor a me ajudar, porque agora sua ajuda é necessária e porque o senhor sabe que, se eu não assinar esse papel que está em minha escrivaninha, o senhor pode ficar vários meses sem conseguir a baixa... Já lhe disse que não dormi essa noite, certo? Pois deixe-me dizer agora que a verdade é que não dormi por sua culpa: não sabia como lhe propor isso, que pode soar como chantagem, e convencê-lo por bem de cuidar desse caso específico. E decidi que o melhor era ser totalmente sincero... Mas antes vou explicar, e depois o senhor diz sim ou não, e a gente vê o que vai acontecer, porque, apesar de falar assim, tão calmo e educado, também sei bater o pé e ser impertinente. Isso eu lhe garanto... O problema é que sábado à noite encontraram o cadáver de um homem, um cubano com cidadania norte-americana que tinha vindo visitar a família... Um problema, certo? O homem saiu na quinta-feira à tarde com o carro do cunhado, sozinho, dizendo que queria dar umas voltas por Havana, e desde então estava sumido, até que no sábado, às onze da noite, uns pescadores acharam o cadáver na praia do Chivo, na saída do túnel da baía. Está acompanhando? Segundo o médico-legista, o homem morreu antes de ser jogado no mar, e a causa foi uma pancada na cabeça com um objeto contundente. Morreu de fratura craniana e hemorragia cerebral. Pelas características da pancada, o legista acredita que o objeto pode ser algo como um taco de beisebol, mas dos antigos, os de madeira... Até aí, tudo está razoavelmente misterioso e politicamente complicado, mas é preciso acrescentar um detalhe que torna as coisas mais difíceis: o pênis e os testículos do morto estavam cortados, ao que tudo indica com uma faca comum e não muito afiada... Diga-me, o que lhe parece? Está ficando interessado pela história? Claro, só pode ser vingança, mas vamos precisar provar e encontrar o culpado, antes que o escândalo estoure em Miami e o governo seja acusado de ter feito ao homem o que lhe fizeram. Porque esse homem morto com várias pancadas na cabeça e com os órgãos genitais mutilados tem nome e história: chamava-se Miguel Forcade Mier, foi subchefe da divisão provincial de Bens Expropriados nos anos sessenta e era vice-diretor nacional de Planejamento e Economia quando ficou em Madri em 1978, numa escala de volta da União Soviética... Diga-me, esse caso não lhe interessa?

Nos dez anos que Mario Conde passara na polícia, ele tinha decorado algumas lições básicas que lhe garantiam a sobrevivência: a primeira de todas era o conceito de fidelidade. Só conservando o espírito de grupo, protegendo os outros membros da tribo policial a que pertencia, é que ele podia garantir que os outros lhe dariam proteção semelhante, e que sua força teria um valor real. Mesmo que nunca tivesse se sentido um verdadeiro policial, preferindo andar desarmado e sem farda, odiando até a ideia de ter de recorrer à violência, enquanto sonhava que logo deixaria tudo aquilo e teria uma vida normal – mas que diabo é a normalidade?, também costumava se perguntar, imaginando aquela casa de madeira coberta de telhas, de frente para o mar, onde viveria escrevendo –, Conde sempre pusera em prática essa regra, talvez até demais, assim como o major Rangel, para terminar traído por aqueles infames que ele defendera até a obstinação, a ponto de pôr o próprio pescoço na guilhotina. Por isso, agora a ética da polícia e da rua, que Mario Conde adotara, estava no equilíbrio mais dramático: ou ele mantinha a decisão de sair da Central porque o major Rangel havia sido afastado, ou aceitava aquele caso de cheiro rançoso de que já tinha começado a gostar e obtinha, assim, a liberdade que o esperava com a possível solução, demonstrando, de passagem, as razões do Velho para distingui-lo entre seus investigadores. Enquanto pensava nas alternativas oferecidas pelo novo chefe, tão cheiroso e bem fardado, Conde acendeu outro cigarro e observou a pasta branca que tinha no colo, na qual se resumia a vida conhecida e parte da morte revelada do desertor Miguel Forcade Mier. Olhou para o janelão do escritório e comprovou que o céu continuava azul e sereno, alheio à existência de Félix, e decidiu buscar uma saída:

– Coronel, como estamos planejando um acordo de cavalheiros, antes de responder gostaria de fazer duas ou três perguntas e uma exigência.

O homem bem barbeado e ainda mais bem-vestido, que agora era seu chefe, sorriu.

– O senhor está enganado, tenente, este não é um acordo de cavalheiros, porque agora sou seu chefe. De qualquer maneira, aceito. Qual é a primeira pergunta?

– Por que deixaram um homem como Miguel Forcade entrar outra vez em Cuba? Pelo que o senhor está dizendo, era um dirigente bastante graduado e desertou quando voltava de uma missão oficial, não? Pelo que sei, não é frequente alguém assim tentar voltar e muito menos obter permissão para entrar de novo em Cuba. Sei de gente que por menos que isso não conseguiu voltar... Quando esse homem se foi, ele não levou documentos, dinheiro, nada que o incriminasse legalmente?

Dessa vez foi o coronel Molina que acendeu um cigarro antes de responder.

– Não, estava incrivelmente limpo. Mas a verdade é que o deixaram voltar para vigiá-lo e ver o que queria fazer. A permissão tramitou pela Cruz Vermelha Internacional porque o pai dele está bem doente. E ficou decidido que era melhor deixá-lo vir.

– Como esperava uma resposta mais ou menos assim, posso fazer a segunda pergunta. Ele burlou a vigilância?

– Infelizmente, para nós e sobretudo para ele, sim, burlou quem estava na cola dele. Está satisfeito com essa parte?

Conde acenou afirmativamente, enquanto levantava a mão, como aluno desconfiado.

– Agora quero fazer a terceira pergunta: alguma vez se soube ou se suspeitou do motivo de Forcade ter ficado em Madri? Porque esse tipo de homem não é dos que costumam ficar por razões mais ou menos normais, certo?

– Suspeitas houve várias, como sempre acontece nesses casos. Por exemplo, no fim de 1978 descobriu-se um caso de malversação na Divisão Nacional de Planejamento e Economia, mas nunca se conseguiu provar que ele estava vinculado a isso. Pensou-se que podia ter retirado alguma coisa obtida enquanto trabalhava nos Bens Expropriados, mas não se soube de nenhuma venda de valor por parte dele. Também se suspeitou de que teria alguma informação para oferecer, embora nunca se tenha provado nada nesse aspecto e Forcade jamais tenha feito uma declaração política em público... Eu já lhe disse: parecia que estava limpo e por isso se atreveu a voltar. Agora quero ouvir sua exigência, para dizer se aceito.

Conde fitou o coronel nos olhos e depositou a pasta em sua mesa, antes de dizer:

– Acho que não será nada difícil de permitir: o que quero é falar com o major Rangel antes de dar uma resposta. E, se eu aceitar, quero que ele me ajude, se eu precisar...

O coronel Molina apagou suavemente o cigarro, matando a brasa contra as paredes do cinzeiro de metal, e observou Mario Conde.

– O senhor é um homem admirável, tenente... A verdade é que eu acreditava que não existissem mais fidelidades desse tipo. Claro, fale com seu amigo major, consulte-o no que quiser e diga-lhe que, de minha parte, sinto muito pelo ocorrido e que me desculpe por não ir eu mesmo dizer-lhe isso, mas talvez fosse inconveniente, em especial para mim. Do modo como estão as coisas... Bom, espero o senhor dentro de duas horas, tenente – e assumiu posição de sentido, em precisa e fluida saudação militar.

O Conde, surpreendido pelo gesto marcial, ficou de pé e levou a mão à testa, numa tentativa de continência que mais parecia despedida ou, quem sabe, um simples gesto para espantar a mosca excruciante da incerteza.

Ana Luisa fez um gesto de surpresa ao abrir a porta e deparar com a cara do tenente Mario Conde.

– O que está fazendo aqui, rapaz?

Conde olhou para ela, satisfeito com o primeiro efeito provocado por sua visita, e deu a largada do modo habitual.

– Vim saber se alguma das suas filhas quer se casar comigo. Qualquer uma das duas serve e não me importo com o sogro que vou ter.

A mulher sorriu, enquanto lhe dava passagem e uma palmadinha no ombro.

– Com essa cara de hoje, acho que nenhuma delas vai se interessar por você.

– Devo estar terrível: você é a terceira pessoa que me fala isso – disse Conde, resignado. – E onde está seu marido?

– Vá por ali, está na biblioteca. Já, já levo uma xícara de chá pra vocês.

– Escute, Ana Luisa, veio alguém falar com ele?

A mulher o mirou, e ele descobriu em seus olhos uma alarmante concentração de tristezas.

– Não, Conde, não veio nenhum daqueles que eram amigos dele. Bom, você sabe como é isso: quando se cai em desgraça... Ainda bem que você... – tentou dizer e saiu apressada para a cozinha.

Mario Conde atravessou a sala de jantar, parou diante da porta corrediça da biblioteca e deu duas batidinhas.

– Anda, Mario, entra de uma vez – disse uma voz do outro lado da porta fechada.

Ele puxou uma das folhas e deu com o major Rangel atrás da escrivaninha: a situação parecia uma réplica pouco modificada de suas entrevistas na Central, mas dessa vez Conde se perguntou como o Velho teria adivinhado que era ele: as portas eram de madeira, não de vidro opaco como as do escritório, e seu diálogo com Ana Luisa tinha ocorrido longe demais para os ouvidos quase sexagenários do major.

– Diga uma coisa, Velho. Como sabe quando sou eu? Por acaso me fareja ou o quê...? Olhe que eu sou homem mesmo e não uso perfume.

– Que perfume que nada: vi você chegar por esta janela – e apontou para as persianas que davam para o jardim. – Ana Luisa lhe prometeu café?

– Não, falou de chá.

– Puta que pariu – soltou o major, quase como se sentisse dor. – Sabe para que deu agora essa mulher, Mario? Para dizer que preciso levar uma vida mais saudável, que fumo muito e tomo café demais... E agora só quer me dar chá. E faz chá de qualquer coisa, de folha de laranja, capim-limão, anis-estrelado, sei lá o que mais, porque também diz que o chá de verdade dá prisão de ventre e ansiedade... Ansiedade, eu!

– E não tem charuto?

Rangel abriu seu mais largo sorriso: um movimento leve do lábio superior, que não deixou à mostra nem o reflexo de seus dentes.

– Tenho, tenho. Veja isto – e abriu o pequeno umidor de mogno que ficava em cima da escrivaninha. – Sabe o que é isto? Nada mais, nada menos que Cohibas Lanceros. Juro que quase são os melhores charutos do mundo. Pegue um, vá. Olhe bem isto, que capa, que cor, que obra de arte... Não são lindos?

Conde estudou os charutos, arrumados em rigorosa fila no umidor, seus lombos emparelhados e lustrosos de animais saudáveis, com anel na altura do pescoço, e achou que o major estava ficando louco com aquela aposentadoria precipitada: nunca acreditou que alguma vez o veria presentear um charuto daquela categoria. Em matéria de havanas, além de conhecedor excêntrico, o Velho costumava ser um inveterado sovina.

– Se você diz... – aceitou por fim, pegando um dos Lanceros, o primeiro da fila, enquanto o major observava os outros e se decidia por um que estava no centro, depois de considerar duas ou três possibilidades.

– Agora, cuidado como corta – advertiu Rangel quando o viu morder a cabeça do charuto. – Aí é que se decide tudo: se você cortar mal, seguramente estraga o charuto... Deixe-me ver, como prefere o corte? Com tesoura ou guilhotina?

– Não sei, sempre corto com os dentes. Não?

– Bom, então molhe primeiro para não rasgar a capa. Olhe, assim – continuou a lição umedecendo o charuto e fazendo-o girar entre os lábios para mordê-lo depois, como se fosse um mamilo, com delicadeza de amante experimentado. – Viu?

Ana Luisa entrou com uma infusão, doce e de origem desconhecida, que os dois homens beberam, acendendo depois os havanas, que instalaram uma nuvem perfumada e azulada na atmosfera da biblioteca. Só então Conde decidiu falar:

– Como está se sentindo, Velho?

– Não está vendo? Fodido e tomando beberagens como se estivesse com dor de barriga. Mas não se preocupe, não vou morrer pelo que aconteceu. São os ossos do ofício.

– Que nada: é uma merda – soltou Conde, quase engasgando com a fumaça do charuto. – Você é o melhor chefe de investigadores criminais do país...

– Acha mesmo, Mario? E como explica que vários de meus investigadores eram delinquentes e usaram a posição e o cargo em benefício próprio?

– Você não tinha como saber...

– Tinha que saber, sim, Mario, claro que tinha... Mas é que eu nunca pensei que toda aquela gente pudesse fazer coisas assim... E nem pense em me dizer que essa é a natureza humana ou que tudo é possível... O caso é que pus a mão no fogo por eles e olhe só: – estendeu os braços. – Saí tostado.

– E por que você confiava num tipo como eu? – aventurou-se Conde, querendo ouvir algum daqueles elogios que o major Rangel raramente concedia.

– Porque devo ser louco – respondeu o Velho, sorrindo outra vez, agora só despegando o lábio superior da borda do charuto. – Ouça, Mario, o que você nunca me disse em todos esses anos foi por que diabo se meteu na polícia. Vai dizer agora?

Conde balançou a cabeça, aliviado por encontrar ali o mesmo Rangel de sempre, e não o homem derrotado e vencido que imaginara. Continuava aparentando menos idade do que tinha, vestido com aquele pulôver ajustado ao peito de obstinado nadador e jogador de *squash*. Nem a rejeição nem o medo daqueles que tinham sido seus colegas e amigos parecia afetar muito a essência dura daquele homem nascido para ser policial.

– Neste exato momento, não. Agora o que vou lhe dizer é que de você depende eu continuar sendo policial ou não.

– Do que você está falando, Mario Conde?

– Muito fácil: quando fiquei sabendo que você tinha sido mandado embora, entreguei meu pedido de exoneração, e agora só vão aceitá-lo se eu resolver um caso. É verdade que é um bom caso. Mas só vou ficar com ele se você me disser que devo aceitar...

O Velho ficou de pé e foi até as persianas. Olhou para a rua tranquila, que fervia ao sol do meio-dia, observou o jardim, que precisava de bastante trabalho, e sugou suavemente seu Cohiba Lanceros.

– Mario, faça-me o favor – começou com sua voz mais plácida e logo mudou de tom, com aquela facilidade de modulação que Conde sempre havia invejado –, pare de dizer disparates e conte que caso tão bom é esse. Lembre que até três dias atrás eu também era policial. Vamos ver, por que diz que é um bom caso? Conte.

Um único golpe, preciso e brutal, tinha sido suficiente para acabar com a vida de Miguel Forcade Mier: seu cérebro, como a bola atingida com sanha por um rebatedor poderoso, arrebentara dentro do crânio, acabando com as ideias, lembranças e emoções do homem que num instante transitara da vida para a morte. Mas em seguida se realizara a segunda parte daquele sacrifício brutal: seu pênis e seus testículos haviam sido cortados pela raiz por uma mão inexperiente, porém raivosa, que lacerou a carne, deu-lhe puxões, cortou com movimentos de serrote, até arrancar toda a masculinidade daquele homem que voltara de longe. Finalmente, como possível oferenda a certos deuses letais, o corpo foi atirado a um mar infecto, na zona onde desembocavam as águas negras de merda, urina, vômito e menstruação daquela cidade a que Miguel Forcade voltara, sem desconfiar que nunca mais a deixaria de novo.

Conde e o major Rangel olharam-se, enojados: a crueldade infinita daquele assassinato tinha algo de sacrifício enfurecido, de vingança profunda, talvez premeditada durante muitos anos e, por fim, executada quando o esquecimento parecia ter enterrado para sempre as origens imprevisíveis daquele ódio agora desencadeado como um ciclone tropical do mês de outubro.

E pensaram: Miguel Forcade Mier deve ter morrido por uma culpa antiga, talvez de seus tempos de expropriador, quando tantas riquezas abandonadas pela burguesia cubana, que fugiu com estrépito, foram confiscadas em nome do povo e de seu governo, que então passaram a ser os donos de tudo. Móveis, joias, obras de arte, moedas antigas e modernas, acumuladas durante mais de dois séculos pela classe social dialeticamente derrotada, tiveram de passar pelas mãos do Expropriador Oficial encarregado da missão de lhes dar um destino mais justo. Será que ele fazia isso sempre? A lógica começava a dizer que não: as brilhantes tentações daquelas fortunas historicamente condenadas podiam ter corrompido a ideologia de vanguarda do homem que quase trinta anos depois, com o signo da traição na testa, morreria castrado. Talvez se pudesse pensar que parte daquelas riquezas recicladas, talvez mínima, porém muito valiosa (que tal um Degas que nunca apareceu, uma ânfora grega tragada pelo mediterrâneo do esquecimento, uma cabeça romana sumida da lembrança ou uma coleção de moedas bizantinas que nunca voltaram a ser trocadas entre os mercadores donos de todos os templos?), tivesse passado por suas mãos com a promessa de uma revolucionária redistribuição jamais efetuada, quiçá cobrada no fim com aquela morte de sangue, madeira e ferro... Mas por que haveriam de castrá-lo?

Se bem que a culpa talvez não fosse tão remota, tampouco tão valiosa, mas nem por isso passível de esquecimento para uma memória perversamente enquistada nas consequências físicas ou morais daquele pecado: Miguel Forcade Mier depois ascendera na escala do poder pela via tecnocrática, à sombra propícia de planos quinquenais importados das planícies asiáticas povoadas por eficientes *kolkhozes* e *sovkhozes* – nem Conde nem o major lembravam mais qual seria a diferença – e da infalível organização econômica democrática alemã, tão perfeita que parecia eterna, transplantados para um Caribe insular subdesenvolvido e monocultor, mas em condições – tantas vezes foi dito – de tentar o grande salto de um verdadeiro milagre econômico socialista... Aquele poder na Divisão Nacional de Planejamento e Economia não foi pouco: pelas mãos do que depois seria um cadáver sem sexo, com os olhos comidos pelos peixes, passaram decisões mercantis e projetos de vida, investimentos milionários e possibilidades de futuros pessoais e coletivos, com autoridade de dar, mover, pôr, tirar e preterir, tudo feito de uma altura quase olímpica. Mas daquela brilhante Divisão Nacional, exatamente em seus momentos de glória, que depois seriam de escárnio, Miguel Forcade dera o salto mortal para o exílio, sem grandes motivos aparentes: nunca se soube o que o impelira à deserção, pois nunca se ouviu dele nenhuma palavra, em público, das que costumavam ser ditas por personagens de sua categoria: eles sempre estavam fugindo de uma ditadura, aspirando à liberdade e à democracia, não desejavam ser cúmplices por mais tempo depois de terem entendido... Mas a vida de quem, e como, teria ele destruído naquela época, de forma tão desapiedada que a vítima nunca mais conhecera o descanso do esquecimento nem o alívio do perdão?

As origens daquele assassinato perverso tinham todos os condimentos da vingança, mas faltava saber o mais importante: que receita tinha produzido aquele cozido e quem fora o cozinheiro.

– E se tudo tiver sido por uma questão de ciúmes e de chifres? – perguntou Conde, e o major Rangel, de trás da brasa infernal de seu Lancero, o mirou nos olhos antes de dizer:

– Então é melhor não se meter com a mulher desse aí, que corta as bolas dos outros, não?

Sempre que viajava de ônibus, Mario Conde fazia o possível para pegar um assento na janela. Nos tempos de estudante universitário, costumava levantar-se vinte minutos antes do necessário para abrir a fila e esperar um ônibus vazio. Sem pressa, escolhia ao acaso qualquer lado do veículo e encostava-se à parede de metal para defender o privilégio da janela. Ali, afastado do corredor, tinha as vantagens concretas de evitar que lhe roçassem no ombro com órgãos pouco agradáveis, que lhe pisassem no pé ou que o martirizassem com alguma sacola. Mas havia outros dois privilégios muito mais valiosos, que ele costumava alternar segundo a necessidade, o estado de espírito e o interesse: ou lia durante os trinta e cinco minutos do trajeto do bairro até a parada mais próxima da faculdade (isso ele só fazia em dias de prova ou quando tinha um livro que o merecesse), ou se dedicava (como preferia) a estudar os edifícios que o ônibus encontrava no percurso, desfrutando a descoberta daquela outra cidade existente nos segundos e terceiros andares das antigas *calzadas* de Jesús del Monte e de Infanta, ocultas para quem não estivesse disposto a erguer os olhos para suas alturas corrediças. Aquele costume Conde adquirira do amigo Andrés – que, por sua vez, o aprendera com a bela Cristina, aquele ser sensual por quem todos eles tinham se apaixonado – e chegou a lhe ser tão necessário e orgânico que, quando olhava os edifícios, costumava sentir como seu físico e sua mente dividiam os respectivos átomos mais intrincados, para que uma parte de seu eu se elevasse do assento e flutuasse a vários metros do chão escuro e ensebado da rua, penetrando em mistérios esquecidos, em histórias remotas, em sonhos perdidos atrás das paredes daqueles lugares com que ele dialogava, como se fossem outras almas penadas, libertas também de sua matéria lastradora e perecível. Assim descobrira as mais belas e ousadas sacadas da cidade, frontões esculpidos com os motivos mais extravagantes, beirais bordados com guarnições de bolo de casamento, grades entre as sacadas com ferros tecidos por ourives militantes em todos os barroquismos, e também descobrira que uma morte cada vez mais próxima espreitava todas aquelas maravilhas centenárias de ferro, cimento, gesso e madeira capazes de dar uma cara melhor a ruas sujas de negligências já históricas, poeiras petrificadas e desleixos imemoriais, onde os vizinhos se apinhavam em casas de soleira e dignidade perdidas, degradadas pela necessidade a cortiços órfãos de água, com banheiros coletivos e promiscuidades hereditárias. E, embora soubesse que da altura do automóvel a fruição não é igual à do pódio da janela do ônibus, mais propício a liberações espirituais, naquela tarde Conde pediu ao sargento Manuel Palacios dois favores, pelos quais lhe seria grato o resto da vida: primeiro, que não falasse; segundo, que dirigisse a trinta quilômetros por hora. Só queria silêncio e velocidades humanas para observar outra vez aquelas paisagens esquivas, mas que ele já conhecia e de que até gostava, enquanto se sentia abrasado pelo temor de que talvez aquele pudesse ser seu último encontro com a arquitetura mais ignorada e maltratada da cidade onde nascera: o lúgubre furacão que ao meio- -dia já avançava para o sul de La Española, depois de abater a diminuta Guadalupe – arrancando até algumas das árvores que Victor Hugues em pessoa mandara plantar quase dois séculos antes naquela Place de la Victoire dos ideais revolucionários –, esse mesmo ciclone sacana podia entrar em poucos dias por aquelas ruas e demolir a beleza decrépita dos segundos e terceiros andares, que só ele – estava convencido – observava agora, pensando em seu lamentável e seguro falecimento, preparado pelos anos e pelo abandono. Qual podia ser o destino daquela cidade senão essa morte violenta, forjada pela prolongada agonia do esquecimento? Ou também morreria castrada, nova Atlântida afundada no mar por um pecado imperdoável, apesar de ainda desconhecido? À merda, disse ele nas profundezas tétricas de sua reflexão: dá na mesma o modo como se morre, se no fim todos vamos morrer. Até você vai morrer. E, para acelerar o trâmite, acendeu outro cigarro e fumou com a avidez de um condenado que realiza sua derradeira vontade.

Quando voltou à Central e disse ao coronel Molina "Aceito o caso", seu novo chefe aplaudiu satisfeito e atendeu a outra exigência: o sargento Palacios podia trabalhar com ele. Mas foi aí que o coronel começou a enumerar suas condições: tinha no máximo três dias para resolver o mistério da morte castrada de Miguel Forcade; precisava agir com a maior discrição, pois já conhecia as implicações políticas de um assunto que era um manjar branco para a imprensa internacional, sempre empenhada em desacreditar o governo; queria que ele lhe desse informes, pessoalmente, duas vezes por dia – embora pudesse falar quanto quisesse com o major Rangel –, pois ele precisava ligar todas as tardes para Alguém que, por sua vez, precisava ligar para outro Alguém encarregado pelo Ministério das Relações Exteriores de falar com o cônsul norte-americano e dizer-lhe como iam as investigações; e devia procurar ser o mais ortodoxo possível em seus métodos, embora tivesse carta branca para fazer o que fosse necessário: tudo com a condição de nos três dias previstos chegar à verdade, fosse qual fosse a verdade. Pois aquela história podia se transformar em outro escândalo internacional, que seria aproveitado pela imprensa marrom, reforçou o coronel, obcecado com os meios de comunicação e seu cromatismo, e o único modo de evitar isso era entregando a verdade. E repetiu sua orgânica saudação militar.

Agora, em frente ao casarão do Vedado, de onde saíra para um destino imprevisto e para onde voltara, onze anos depois, o já norte-americano e agora defunto Miguel Forcade, Mario Conde se perguntava que preço poderia ter a descoberta daquela verdade exigida pelo chefe... Para começar, por que o mataram como se fosse um animal, Miguel Forcade?

– E como entramos, Conde? – perguntou afinal o sargento Manuel Palacios, depois de guardar a antena e fechar o carro, diante do olhar displicente do superior.

– Aqui moram os pais do morto e aqui deve estar a mulher dele, que também veio na viagem de visita... Por enquanto tentaremos entender um pouco quem era o tal Miguel Forcade.

– Um filho da puta?

– Isso não se discute, mas falta saber de que marca e categoria – reforçou Conde, enquanto abria o portão que levava a uma mansão, erguida lá pelos anos vinte e também mordida por esquecimentos e desleixos, clamando pelo benefício de uma demão de tinta.

O jardim que a rodeava era uma vegetação densa, úmida, com uma estranha mistura de arbustos, flores, trepadeiras, relva e árvores vigorosas, embora toda aquela desordem floral parecesse cuidada com peculiar esmero, conforme mostravam os precisos caminhos traçados entre a vegetação que se esparramava em toda a extensão do terreno. A obra de uma mão rigorosa, mas ao mesmo tempo tolerante com a vontade das plantas, era perceptível naquela pequena floresta tropical, onde Conde conseguiu contabilizar a copa majestosa de uma paineira, a frutificação escura e rugosa de um sapotizeiro e o milagre pré-histórico de dois pés de fruta-do-conde, carregados ainda com suas agressivas granadas verdes, donas de um coração alvo e delicado, dividido em cem sementes negras. Enquanto percorria o caminho que levava à casa, Conde topou com uma *picuala* carregadinha e, ao passar por ela, atreveu-se a pegar uma de suas pequeníssimas flores, que viviam em estranha convivência de cores, entre o vermelho e o branco.

– Josefina adora o cheiro da *picuala* – disse e bateu à porta, depois de guardar a flor num bolso.

A anciã que abriu tinha no rosto o mesmo acúmulo de sono exibido por Conde: as rugas que circundavam seus olhos eram de um tom marrom profundo, e seu olhar vinha coberto pelo véu cinzento e ardente de um longo cansaço ou de várias horas de choro. Na comissura dos lábios havia restos de magnésia branca, capaz de estremecer o estômago vazio de Mario Conde. Os policiais se apresentaram, pediram desculpas por chegarem sem aviso prévio e explicaram o motivo da visita: falar com os familiares de Miguel Forcade.

– Sou a mãe dele – disse a anciã, e sua voz parecia mais jovem que o rosto. Para alívio de Conde, a mulher executou uma varrição precisa com a língua, e a nata branca desapareceu de sua boca. – Entrem e sentem-se, vou chamar a mulher dele. Meu marido é que não pode descer, hoje está se sentindo muito mal. Está muito doente, sabem, e isso que aconteceu piorou o estado dele, coitado – concluiu, enquanto sua voz se apagava, mas sem perder aquele brilho juvenil que surpreendera Conde.

– E quem cuida do jardim, ele ou a senhora?

A anciã sorriu, como se recuperasse algo da energia esgotada.

– Ele... Alfonso é botânico, e esse é o jardim dele. É bonito mesmo, não?

– Um poeta conhecido meu diria que é um lugar em que tão bem se está – disse Conde, recordando o amigo Eligio Riego.

– Alfonso adoraria ouvir isso... – admitiu a anciã, com os olhos úmidos.

– Quem é, Caruca?

Do corredor que devia levar aos quartos, brotou aquela voz, perseguida pela figura de sua dona.

– Ai, desculpe – disse a recém-chegada, e atrás dela vinha um homem corado que tinha as sobrancelhas unidas e tossia levemente, com a insistência seca e incontrolável dos fumantes.

– Esta é Miriam, minha nora – informou a anciã. – E ele é um velho amigo dela...

– Adrián Riverón, às suas ordens – disse o homem, tossindo de novo.

Antes de cumprimentar e de se apresentar, a primeira reação de Conde fora começar a contar nos dedos, mas teve a inteireza aritmética de se conter: pelo que havia lido no relatório, Miguel Forcade tinha quarenta e dois anos ao sair de Cuba, portanto morrera com cinquenta e três, não? Mas diante de si tinha uma mulher loira – talvez loira demais, e desconfiou que o excesso podia ser decorrente de alguma vigorosa descoloração –, de coxas maciças, mal e mal disfarçadas por um short, e de seios empinados debaixo do pulôver leve, pontuado por mamilos dispostos a furar o tecido. Mas Conde também teve de olhar seu rosto, decididamente jovem, no qual conseguiam brilhar dois olhos cinzentos (ou verdes? ou azuis?), que abriam caminho entre pestanas pretas e curvas; no máximo trinta anos, calculou o policial quando conseguiu voltar a pensar, enquanto engolia em seco, contando agora com os dedos da mente para calcular que, antes de sair de Cuba, o quarentão Forcade se casara com aquela mulher quando ela tinha menos de vinte.

Enfim, Conde não devia perder as esperanças, era o que começava a conjecturar quando se chamou à ordem.

– Estava explicando a sua sogra que viemos para saber algumas coisas sobre Miguel... Sei que é um mau momento para os senhores, mas estamos muito interessados em resolver esse caso o quanto antes.

– Estão interessados mesmo? – disse Miriam, destilando ironia, enquanto ocupava uma das poltronas.

Seu amigo, que tossiu de novo, revoluteou como gaivota aturdida em busca de orientação, até que foi apoiar-se no espaldar alto do assento escolhido por Miriam, como se fosse guarda-costa da jovem. O olhar de Conde, inibido pelo protecionismo de Adrián, afastou-se daquelas pernas maciças, e só então o policial reparou que não fizera seu habitual estudo cenográfico do lugar, descobrindo que, como poucas vezes, aquela sala merecia ser estudada com o mesmo rigor científico prodigalizado à mulher. Porque o passado de Miguel Forcade como subchefe provincial de Bens Expropriados tinha ali suas mais seguras evidências: móveis de estilos históricos, espelhos com molduras lavradas, porcelanas de diversas idades, procedências e escolas, dois enormes relógios de pêndulo, vivos e ativos, várias telas com cenas de caça, naturezas-mortas, gravuras mitológicas e nus oitocentistas – datáveis pela abundância de carnes expostas –, além de um par de tapetes (persas? voadores?) e de abajures que só faltavam gritar sou Tiffany para demonstrar até que ponto o eram – principalmente aquele, empoleirado num pé de metal, que imitava um tronco de árvore sobre o qual repousava uma fronde de vidro aberta e pendente, talvez pelo excesso de frutas visíveis, cálidas e maduras, entre o vermelho e o violeta. Conde, impressionado pelo acúmulo de tanta relíquia sem dúvida valiosa, imaginou a origem expropriatória daquelas joias abandonadas pela burguesia cubana e depois abandonadas outra vez por Miguel Forcade em sua não explicada deserção. Um homem que sabia aproveitar as oportunidades, pensou, corroborando esse pensamento com os olhos de novo sobre as carnes sólidas de Miriam, a quem decidiu devolver a bola molhada da ironia:

– É bonito ver que uma família pode reunir tantas coisas agradáveis e valiosas, não? – e moveu a mão, num círculo que terminava na mulher.

49

– Interessa-lhe saber de onde saiu tudo isso? – replicou ela, e Conde logo percebeu que ela seria um bocado difícil de engolir.

– Claro. Talvez isso ajude a saber essa verdade de cujo interesse a senhora suspeita.

– Eu não suspeito de nada, tenente. Eu só sei que Miguel foi mutilado e morto, aqui em Cuba. E isso é um fato.

Conde observou o rosto endurecido de Miriam e viu as lágrimas que começavam a rolar pelas bochechas sulcadas da anciã. Aquele silencioso pranto materno podia desarmá-lo e, então, ele se concentrou na viúva bonita.

– Por isso mesmo é que estamos aqui... E, como esse fato cheira a vingança, precisamos saber mais do passado de seu marido... Meu companheiro e eu temos a missão de chegar à verdade, e acredito que, se a senhora nos ajudar, vai ser mais fácil, não acha?

Miriam deu um suspiro longo e cansado. Pelo jeito, aceitava a trégua, mas não concedeu a Conde a vantagem de ouvir sua rendição temporária.

– Agora não importa muito o que eu acho. Diga, o que querem saber?

– Onde Miguel disse que ia e por que saiu sozinho? – perguntou Conde, olhando nos olhos da jovem, mas foi a anciã quem tomou a palavra.

– Desde que chegou, ele quase não saiu na rua, porque... Bom, os senhores sabem da história: ele tinha medo de ser detido, ou algo assim, por ter ido embora da forma como foi... Mas naquele dia, quinta-feira, ele disse que queria dar umas voltas, ver um pouco Havana, e que preferia ir sozinho, porque Miriam ia ficar na casa da irmã, em Miramar. E saiu daqui mais ou menos às cinco.

Manolo olhou para Conde, como que pedindo autorização, e o tenente aceitou com os olhos. Sabia que o companheiro era mais hábil naquele tipo de interrogatório verbal e, além do mais, seu silêncio lhe possibilitaria observar com mais vagar as riquezas acumuladas naquela sala; por isso, voltou a olhar os abajures Tiffany e depois as pernas, os seios e os olhos de Miriam, com uma ansiedade febril, porque foi naquele instante que teve a melhor percepção valorativa daquela mulher: Miriam era exatamente um fruto maduro, com sua pele brilhante, rija, como uma casca preciosa encarregada de proteger toda a polpa elaborada ao longo de sua existência, e agora estava pronta para ser comida, com uma plenitude de sabores, odores e texturas colocados num zênite além do qual não havia outras ascensões imagináveis. Aquela maturação total e espantosa corria o risco iminente da flacidez e da decomposição passado o momento do clímax, mas, enquanto isso não acontecia, podia ser um manjar dos deuses. Pena que a fruta não tivesse caído em suas mãos, concluiu Conde, tratando de voltar ao fio da conversa, empurrado pelo olhar insistente de Adrián Riverón.

– Poderia existir alguém que quisesse se vingar dele por algo que tenha acontecido em Cuba antes de Miguel ir embora?

– É muito difícil saber, companheiro – disse a anciã, buscando a aprovação da nora. – Ele trabalhou em coisas importantes aqui, mas, como os senhores devem saber, não levou nada de Cuba nem se meteu em nada lá fora...

– Nem lhe interessava vir – atalhou Miriam, descruzando as pernas. Conde estudou, vampiresco, o círculo vermelho visível na coxa que suportara o peso da outra perna. – Veio porque o pai está passando muito mal, e Miguel sempre o adorou. Mas veio com medo de que lhe fizessem alguma coisa. Sabia perfeitamente que aqui não tinham se esquecido dele. E estava certo, não? Por isso é de se pensar que lhe aconteceria o que aconteceu...

– Por favor, Miriam – interveio indeciso aquele que atendia por Adrián Riverón, que dessa vez não tossiu, embora continuasse de pé, guardando com eficiência a retaguarda quiçá vulnerável da mulher.

– Deixe-me terminar de dizer... – exigiu ela, sem deixar de olhar para Conde.

– Por favor, desculpem-na – interrompeu de novo Adrián, o defensor, sorrindo para os policiais. – Ela está nervosa, sempre teve esse temperamento – e pigarreou umas duas vezes.

– Não há nada que desculpar – disse Conde, sorrindo, com o olhar preso nos olhos de Miriam: olhos secos e magnéticos. – Senhora, já que tem tantas dúvidas, quero que seja sincera comigo e me diga uma coisa: quem seu marido foi encontrar na tarde de quinta-feira? E por que preferiu ir sozinho, se é que tinha tanto medo de sair na rua?

O nome de Gerardo Gómez de la Peña revolveu, como outro furacão, o mar das Saudades Submersas de Mario Conde. Ainda podia lembrar-se dele, vestido com aquela *guayabera* de um azul fresco e leve, com calças amarelo-claras, de tecido tão macio, mas encorpado, caindo com precisão elegantemente milimétrica sobre os sapatos: aqueles exatos e inesquecíveis sapatos. Conde fechou os olhos e os viu outra vez: eram mocassins, cômodos até de olhar, de uma cor de mogno que se enfurecia em marrom, com gáspea entretecida, solas levíssimas e uma denominação de origem pelo jeito indiscutível: tinham de ser italianos. Gerardo Gómez de la Peña entrou no teatro da universidade, naquela tarde, e seus sapatos entraram para sempre nos desejos de Conde: *aqueles* eram os sapatos que ele queria, concluiu sem nem refletir, enquanto observava suas botas russas, rígidas, pesadas, parecendo pinos de boliche (como a cabeça dos irmãos soviéticos, dizia-se), com que ele precisava assistir às aulas todo dia, considerando o ermo aterrador de sua sapateira. O pai morrera um ano antes, e a família estava absolutamente quebrada. A ideia de abandonar a universidade e procurar trabalho já tinha deixado de ser uma possibilidade para se transformar em urgência, e agora Mario Conde pensava se aqueles sapatos que vira passando ao lado e com os quais ainda sonhava – e que nunca chegara a ter nem sequer parecidos – não tinham sido a causa de ele ter se tornado policial, enfrentado a necessidade de ter dinheiro o mais depressa possível e dar uns companheiros menos proletários a suas botas russas, mais propícias a andar pelas estepes, pela tundra ou até pela taiga.

Gómez de la Peña subiu ao tablado, seguido pelo decano da faculdade e pelo secretário-geral da Juventude. O superministro era o protagonista da noite, pois das alturas de sua responsabilidade histórico-econômica parecia ser o gênio maravilhoso encarregado de materializar todos os milagres produtivos da ilha: desde levar às últimas e magníficas consequências a economia socialista até – por meio dessas consequências e dessa economia – transformar o país em território livre do subdesenvolvimento, da monocultura, do desemprego, da escassez, das diferenças sociais e até de buracos nas ruas, de eufemísticos vazios na gastronomia e de listas de espera nos terminais de ônibus.

E sobre aquela terra prometida discursou o alquimista planejador, o profeta da prosperidade, diante de um público literalmente cativo: quem não assistisse receberia uma admoestação no histórico escolar, haviam esclarecido todos os coordenadores, e Conde não lamentou muito ter ouvido por quase duas horas as realidades futuras de que ele mesmo desfrutaria em dois quinquênios no máximo, porque, segundo o discurso do companheiro ministro, era garantido até que o companheiro Mario Conde bem depressa teria tantos sapatos quantos lhe fossem necessários, certo?

Doze anos depois, a história demonstrara que nenhuma daquelas promessas tivera a mais remota possibilidade de se realizar e que nem várias toneladas de fé e comércio preferencial bastariam para concretizar o milagre salvador. Por isso, Gerardo Gómez de la Peña agora usava pijama e uns chinelos que deixavam à mostra dedos mal articulados, magros e definitivamente feios. O que pode um par de sapatos, pensou Conde, e só então olhou para o rosto do homem que sorria diante da chegada de dois policiais. Do cabelo grisalho, mas abundante, de que se lembrava, Conde agora só viu fiapos desarrumados, crescidos até comprimentos espantosos para que, penteados a partir da altura da orelha esquerda, cobrissem o crânio liso e caíssem sobre a orelha direita para depois descerem até a nuca, como se aquele ato de malabarismo capilar evitasse que seu dono fosse um simples careca, assumido estoica e dignamente. A cara rosada de antes se transformara num pergaminho muito antigo e mal guardado, percorrido por gretas e rachaduras: dez anos de marginalização social, política e alimentar tinham sido suficientes para envelhecer aquele anjo caído, transformado de um dia para o outro no demônio do mimetismo econômico e do entreguismo comercial que haviam devastado qualquer crescimento planejado das esferas produtivas do país, introduzindo cortes australianos para a cana, garrafas tchecas para as cervejarias e técnicas siberianas para a agricultura, entre outros horrores ainda lembráveis, mas dos quais nunca mais se voltara a falar. O trovão estrepitoso de Gómez de la Peña havia soado e ecoado só por algumas semanas, porque sobre sua cabeça de frio tecnocrata abominado caíram todas as culpas de um desastre previsível: ao fim e ao cabo, a bonança econômica nunca tinha sido planejada para as atuais gerações, às quais só cabia a austeridade inesgotável e um espírito de sacrifício sempre renovado e quase cristão. Além disso, copiar modelos estrangeiros era um disparate, com o sol e o calor que sempre havia na ilha, certo? Só se devia trabalhar olhando para o futuro e com pensamento independente, foi a conclusão daquele julgamento sumário, capaz de tirar de circulação Gerardo Gómez de la Peña e de decretar o fim da possibilidade de alguém como Mario Conde chegar a ter um par de sapatos como os que vira em certa noite inesquecível: marrons, macios, italianos...

No entanto, o dirigente destronado conservara alguns dos antigos privilégios de superministro: aquela casa no Nuevo Vedado, por exemplo, à qual Conde pretendia dedicar maior atenção, pois na verdade ela o exigia, com sua estrutura de blocos assimétricos, suas paredes de tijolos à vista, seus vitrais multicoloridos, seus espaços incomuns e próprios de um futurismo dos anos cinquenta que encontrou naquele feudo que era a burguesia médio-alta um de seus terrenos mais férteis, distante da chusma que chegara ao mesmo bairro do Vedado. A propósito, perguntou-se Conde, quem teria sido o dono original daquela mansão?

Os policiais comunicaram o motivo da visita, e Gómez de la Peña, o execrado, respondeu que já sabia da morte de Miguel Forcade e os convidou a entrar naquilo que chamou de sala de recepção. Um sofá e quatro poltronas de vime, brancas e acolhedoras, distribuíam-se em torno de uma mesa de mesma fibra e cor e, na parede do sofá, Conde se admirou com a magnífica reprodução de uma possível obra de Cézanne que, afora as plantas, era o único adorno do aposento: sobre a tela estendia-se uma rua – que não parecia ser da velha Paris, mas de um pequeno povoado costeiro ou provinciano –, ladeada de árvores acariciadas por um vento insistente, capaz de inclinar as copas, fundindo as folhagens numa paleta rotunda de verdes outonais e ocres vespertinos, dos quais, graças a alguma magia recôndita, brotava uma luz própria, sabiamente extraída da mistura de ar invisível e de folhas que estão para ser arrastadas pelo vento em direção a um céu azul, envolvente, raiado de pinceladas magenta.

– Gostou, tenente? – perguntou em voz baixíssima Gómez de la Peña, ao observar a atenção que o policial dedicava à pintura.

– Em geral gosto de Cézanne e dos impressionistas, se bem que não conhecia esta obra. É de Cézanne?

– Pois não é de Cézanne... É um Matisse do primeiro período, mas quase ninguém o conhece porque não está em nenhum catálogo do mundo.

– E onde está o original?

Gómez de la Peña passou a mão pelos fios compridos que lhe cobriam a cabeça.

– Todo mundo faz a mesma pergunta... – e sorriu, enquanto prolongava a pausa e movia o braço como que buscando a direção em que se achava a tela. – Este é o original – afirmou categórico, apontando para o quadro.

Aí foi Mario Conde quem teve de sorrir: aquele velho estigmatizado e pecador também conservara o senso de humor.

– Não ria, tenente. Este é o original – insistiu Gómez de la Peña. – Se quiser, olhe de perto... Mas, se não for um especialista, vai precisar acreditar em mim... É um Matisse.

Já mordido pela dúvida, Conde observou o anfitrião. Seria um Matisse de verdade? Pelo que sabia, no país não havia nenhuma peça daquele pintor cotadíssimo no mundo, e parecia-lhe ridículo encontrar uma obra dele, ainda por cima impressionista, dependurada na parede de uma casa. Se era o original, devia valer uma verdadeira fortuna: um milhão, dois milhões, três...?, perguntava-se, enquanto se aproximava da pintura e fruía sua textura empastada, de cores puras e vigorosas, capazes de produzir aquele efeito mágico de gerar luz própria. Encontrando a um canto, discreta e alarmante, a assinatura desengonçada e valiosa do mestre, sem data, e, já impossibilitado de conter o policial que tinha dentro de si, Conde pensou consigo mesmo que valeria a pena saber como aquela maravilha chegara à sala de recepção do anjo caído Gerardo Gómez de la Peña.

Estou vendo que gosta do quadro, tenente, mas ainda duvida da autenticidade. E, se conhece um pouco de pintura, seu receio é lógico, porque este é o único Matisse que existe em Cuba. Todos os que entendem um pouco de pintura reagem como o senhor quando o veem pela primeira vez, e foi precisamente por isso que decidi colocá-lo aí, para que as pessoas vejam, duvidem, depois se convençam e acabem espantadas por ser eu o dono de uma beleza assim... Porque, deixe-me dizer, esse quadro é uma coisa única. Pelo que pude averiguar, foi pintado por Matisse lá por 1904, antes de seu famoso período fauvista, que já está anunciado aqui: estão vendo esta liberdade na cor, estes tons puros, esta força no desenho que lhe confere toda a expressividade...? Enfim, o toque de clarim anunciando um gênio, pendurado nesta humilde parede. Claro que, tendo esta tela aí, eu me sinto importante, não tenho vergonha de dizer isso. Apesar de agora eu não ser nada e de meus livros de economia política não serem editados nem lidos por ninguém, muita gente ainda se lembra de mim e conservo uns amigos ali por cima. Por isso, toda vez que alguma pessoa vem a esta casa, eu a trago até aqui e, se ela souber alguma coisa de arte, vai me perguntar o que o senhor perguntou, e eu sempre respondo a mesma coisa: sim, este é o original... E me divirto vendo como babam. Durante quase vinte anos, ele esteve em meu quarto, sem ser visto por ninguém, porque me parecia ostentação um dirigente como eu, com uma missão histórica, ficar exibindo um Matisse na sala de casa, não é mesmo? Além disso, queria evitar a tentação dos ladrões e dos puristas ideológicos, duas raças igualmente temíveis. Sabe quanto dinheiro está pendurado nesta parede? Não menos de três milhões e meio de dólares... Mas gosto mais de ver as expressões de assombro do que de manter o quadro escondido em meu quarto ou vendê-lo e guardar esse dinheiro num banco suíço, porque, além do mais, ter tamanho dinheiro seria crime de acordo com as leis de nosso país, não é mesmo? Claro, pôr em exibição uma peça assim tem seus inconvenientes: todos os dias é preciso retirá-la e guardá-la, e a gente sempre tem um pouco de medo de que algum louco chegue em pleno dia com um revólver e faça qualquer coisa para levá-la. Mesmo assim, decidi assumir esse risco, desde que aconteça com os outros o que está acontecendo com o senhor... É uma vingancinha estética contra o esquecimento e a ingratidão social. Mas o que vai lhes interessar mais é saber que o responsável por esse óleo aí foi o falecido Miguel Forcade. Sim, é o que estão ouvindo. O problema é que Miguel sempre foi um homem bastante inculto, e era mais inculto ainda quando tinha vinte e cinco anos e trabalhava na Divisão de Bens Expropriados. Lembro que, para ele, só possuíam valor os quadros que parecessem antigos e tivessem personagens ou paisagens clássicos. Só para terem uma ideia, um dia ele quase ficou louco porque encontrou *As meninas* numa casa do Vedado... Coitado. Nessa época, eu estava trabalhando no Instituto Nacional da Reforma Urbana e era responsável por distribuir as casas abandonadas pelos "vermes" que iam para o Norte. Meu instituto entrava em ação depois de terminado o trabalho da divisão a que Miguel pertencia. Eles confiscavam tudo o que era de valor, davam diversos destinos a essas coisas, e depois nós decidíamos o que fazer com as casas: se iam servir de escritórios, alojamento de bolsistas, se iam para alguma pessoa específica ou para várias famílias que a dividiriam. Mas no dia em que nos encontramos, esse Matisse e eu, eles tinham se atrasado no trabalho, e, quando cheguei àquela casa de Miramar, o pessoal dos Bens Expropriados ainda estava lá. Lembro que foi em maio de 1961, só um mês depois da invasão da Baía dos Porcos, e aqueles pobres burgueses iam embora em massa, fugindo da ameaça vermelha e deixando para trás as riquezas acumuladas em várias vidas... Mas foi tudo uma grande coincidência, juro, porque quase nunca eu participava pessoalmente da seleção das casas. O problema é que era preciso arranjar com urgência vários locais para alguns jovens que vinham do Oriente com bolsa e que iam se concentrar em Miramar. Por isso eu estava na área e cheguei sem avisar àquela casa onde havia verdadeiras maravilhas de arte. Olhe, que eu me lembre, havia um Goya, um Murillo, várias peças menores do impressionismo e este Matisse. Mas as pessoas que trabalhavam com Miguel, que eram mais incultas que ele, decidiram que essa peça não tinha nenhum valor artístico e que sem dúvida havia sido pintada pelo filho do dono da casa, porque o rapaz era um paisagista tropical tardio que imitava os mestres com a inocência perfeccionista dos eternos imitadores. E, como eu lhes disse que gostava do quadro, na mesma hora certificaram a obra como confiscada e a venderam para mim por quinhentos pesos... Aí dentro tenho o documento de compra, se quiserem ver, junto com os certificados de autenticidade assinados por especialistas de Nova York e Paris, que estavam presos atrás da tela. Dessa forma, entraram três milhões de dólares nesta humilde casa. O que acham disso...? Pois deixem-me dizer agora que esse mesmo Miguel Forcade, que me beneficiou naquele dia de 1961, foi quem me puxou o tapete quando ficou na Espanha em 1978. Porque, depois de sair do negócio dos Bens Expropriados, ele foi mandado à União Soviética para estudar economia e voltou em 1968 com um currículo brilhante. Então, vinculou-se à Divisão de Planejamento e Economia, e, quando fui designado para dirigi-la, em 1975, pedi que ele trabalhasse comigo, e ele chegou a ser meu braço direito. Por isso, do mesmo modo que lhes digo que ele era inculto em pintura francesa moderna, posso lhes garantir que como economista era quase um gênio, tanto que muitas vezes tive medo, pois ele podia ocupar meu lugar. Um belo dia, sem que ninguém esperasse, Miguel Forcade desertou e se perdeu pela Espanha, para depois passar aos Estados Unidos. Aquilo provocou toda uma investigação, como vocês podem imaginar, e, embora nunca tenha sido encontrado nada que o incriminasse e motivasse a deserção, apareceram na Divisão várias irregularidades que me obrigaram a dar as explicações mais extensas que já precisei dar na vida... Aí veio toda aquela confusão, e, quando os planos econômicos começaram a falhar por causa da indisciplina dos quadros e da falta de cultura de trabalho que há neste país, decidiu-se que uma cabeça devia rolar, e nenhuma era melhor que a minha... que até sem cabelo ficou.

– O que acham dessa história? – perguntou Gómez de la Peña quando a esposa se retirou, depois de servir o café.

– Típica – disse Conde, procurando um adjetivo preciso, significativo, mas que não fosse ofensivo para aquele homem que tinha condições de levá-lo até o passado de Miguel Forcade, para o qual tratou de se dirigir. – E por que Miguel veio vê-lo depois do que lhe fez?

– Dentro do possível, Miguel e eu fomos amigos. Talvez os senhores saibam que amizade não é coisa muito frequente quando o poder está no meio: qualquer um pode ser o magnicida, e Miguel tinha todas as condições para ser meu sucessor. Mas, mesmo assim, eu confiava nele. Até onde podia confiar, claro. E, agora que já não somos nada, ele veio ver como eu estava e desculpar-se comigo pelo que fez.

– Só para isso? – insistiu Manolo, acomodando-se na ponta da poltrona.

– Acho que sim... A menos que quisesse ver como é a vida de um dirigente destituído. Também pode ser, não é?

– Por acaso ele disse por que ficou na Espanha?

Gómez de la Peña sorriu ligeiramente e balançou a cabeça.

– Não perguntei diretamente, mas falamos alguma coisa... Ele não disse nada de concreto: falou que previa o que aconteceria três anos depois, que sabia que os programas de desenvolvimento não funcionariam... Enfim, uma exibição de capacidades adivinhatórias que não me convenceu.

– E não comentou por que veio a Cuba? – prosseguiu o sargento, sem se dignar a olhar para o chefe.

– Falou da doença do pai. Estava muito velho. Eu até achava que já tinha morrido.

– E o senhor acreditou?

– Não deveria acreditar, sargento?

– Talvez, pois o senhor o conhecia bem... E não lhe disse para onde ia quando saiu daqui?

– Saiu lá pelas sete, um pouquinho depois, porque já estava escuro. Comentou que queria ver um parente, mas não me disse quem era. Mas de fato falou que era uma coisa muito importante para ele.

– Disse assim, que era importante para ele?

– Sim, tenho certeza de que disse isso.

– Falou sobre o medo que teve de voltar a Cuba?

– Disse algo, claro. Mas tratei de tranquilizá-lo. Afinal de contas, o que ele fez outros mil fizeram... Ultimamente quase virou moda, não? E, bom, ele não tinha nenhuma pendência na justiça nem nada do tipo. Inclusive, pelo que se sabe, nem levou nada.

– Nem mesmo algumas das coisas que expropriou nos anos sessenta e que podiam valer tantos dólares como este quadro?

– Que eu saiba, não. Mas eu não revistei a mala dele no aeroporto, embora por acaso eu o tenha acompanhado naquele dia.

– E lembra se alguém da alfândega revistou?

Gómez de la Peña olhou para o teto antes de responder.

– Desculpe, sargento, mas sua inocência me comove... Como dirigente que era, Miguel Forcade saía sem inspeção alfandegária.

Manolo assimilou com elegância sua comovedora inocência e continuou:

– Então não o revistaram e ele pôde tirar o que quis.

– Com licença, Manolo – interrompeu Conde, incomodado com a ingenuidade de seu subordinado e com a sua própria ao crer que uma simples cópia de Matisse poderia estar em lugar privilegiado daquela residência também privilegiada, tomada em usufruto permanente por um funcionário logicamente privilegiado, que em algum lugar seguro da casa devia ter, também em seu nome, o documento que o creditava como proprietário do imóvel. – Diga-me uma coisa, senhor Gerardo, mas, por favor, diga a verdade: a casa onde Miguel Forcade morava foi o senhor quem deu?

O velho ministro decapitado controlou o sorriso, mas não o expulsou do rosto.

– Era previsível, não?

– Sim, como também foi o senhor que se outorgou a si mesmo esta casa, certo?

– Certo – admitiu Gómez de la Peña, mas continuou: – Como também é verdade que durante vários anos outorguei quase todas as casas dos vermes que ficaram vazias neste bairro, em Miramar, em Siboney, no Vedado, no Casino Deportivo etc. etc. etc... Era nossa vez, afinal de contas. Justiça histórica, recompensa pelo sacrifício e pela luta, o momento dos despossuídos, não?

Conde respirou para aliviar a tensão. Sentia ganas de apertar o pescoço daquele especialista em cinismo que tivera o privilégio sócio-histórico-político-concreto de dar, outorgar, conceder, decidir, administrar, repartir e favorecer em sua posição de dirigente confiável e em nome de todo um país. Achava insultante a arrogância com que ele admitia o modo como tinha exercido o poder, criando compromissos e dívidas, corrompendo os caminhos pelos quais deixava seu rastro gosmento. Por causa de tipos como Gómez de la Peña, sem dúvida, ele estivera na polícia durante mais de dez anos, postergando sua própria vida, para pelo menos lhes arranhar a segurança prepotente e, se possível, fazê-los pagar algumas daquelas culpas irremissíveis. Mas esse sacana está escapulindo das minhas mãos, pensou, observando o pijama que representava a cômoda condenação a que ele fora submetido: a distância do poder, que, no entanto, não o privava daquela casa no melhor lugar de Havana, do automóvel soviético que ele guardava na garagem e nem sequer de um Matisse de três milhões e meio, legalmente adquirido — e jamais se saberia se era verdade — por quinhentos pesos cubanos, para sua fruição pessoal e para o ardil maligno de pasmar visitantes. Se pudesse pegá-lo em alguma coisa, filho da puta, pensou, mas tentou sorrir quando falou:

— Se puder ser sincero de novo comigo, responda a outra pergunta: não lhe parece realmente vergonhoso ter na parede desta casa um quadro milionário, comprado com seu cargo, enquanto ali fora há pessoas que passam a semana comendo arroz e feijão depois de trabalhar oito ou dez horas e que às vezes não têm nem uma parede para dependurar um calendário?

Gerardo Gómez de la Peña alisou de novo a triste cobertura de sua calva vexaminosa e fitou diretamente os olhos do tenente investigador:

— Por que deveria me envergonhar, precisamente eu, um velho aposentado que gosta de olhar para este quadro? Pelo que vejo, tenente, o senhor não conhece muito bem este bairro, onde em casas tão confortáveis como esta há outros quadros tão belos quanto este, adquiridos por caminhos mais ou menos semelhantes, e onde se acumulam também esculturas de marfim e de madeiras africanas preciosas, onde estão na moda os móveis nicaraguenses, onde as empregadas são chamadas de "companheiras" e são criados cães de raças exóticas que comem melhor que sessenta por cento da população mundial e oitenta e cinco por cento da nacional... Não, claro que não me envergonho. Porque a vida é como dizem: quem pegou pegou... E quem não pegou, que pena, mas se ferrou, certo?

Em dois minutos, a noite desabou sobre a cidade, mas o céu escuro continuava limpo, totalmente alheio ao remoinho de nuvens que deveria seguir sua trajetória predestinada em direção à ilha. Com a boca impregnada pela acidez mórbida que as entrevistas com personagens daquela espécie deixavam, Conde pediu a Manolo que o levasse de volta à Central para cumprir um dos acordos feitos: entregar o primeiro informe diário ao coronel Molina.

– E o que vai dizer a ele, hein, Conde?

– Que estou começando a lhe ser grato por me dar esse caso. Porque já estou convencido de que vou quebrar as pernas de algum filho da puta.

– Tomara que seja desse. Imagina só, dizer que sou inocente...

– Mas ele te pegou no flagra.

– E você? Te enrolou direitinho com aquele quadro...

Manolo acabou sorrindo e pediu um cigarro ao chefe. Não perdia o costume de fumar pouco, sem realizar investimentos prévios.

– E você acha que ele tem a ver com a morte de Forcade?

– Não sei, diria que não. E você?

– Ainda não diria nada, porque, se Forcade veio reclamar aquele quadro ou qualquer outra coisa de valor que pudesse ter entregado a Gómez de la Peña, esse homem seria capaz de tudo, não? Mas agora o que a gente precisa saber é quem é o parente com quem Forcade tinha um assunto importante para resolver. Quer dizer, se for verdade o que de la Peña disse e se esse parente existir...

Mario Conde acendeu o próprio cigarro enquanto o sargento dobrava em direção ao estacionamento da Central.

– Talvez Miriam saiba... – disse.

A freada de Manolo foi eloquente:

– Conde, Conde, vai querer se meter nessa fogueira?

– Que fogueira, Manolo? Estou precisando falar com ela e já...

– Como se eu não te conhecesse – disse ele entre os dentes, estacionando o carro em sua vaga. – Estava comendo a loira com os olhos.

– Porque valia a pena, ou não?

A notícia de que o coronel Molina saíra às cinco da tarde não surpreendeu Mario Conde. O novo chefe era novo demais para saber que ali não existiam horários e que o major Rangel ia todos os dias à Central, inclusive aos domingos e no 1º de Maio. Mas, quem sabe, se o tivessem deixado escolher ele teria dado um bom espião...

Em seu cubículo, Conde redigiu a nota na qual dizia ao coronel que tinha começado a investigação, que passou pela Central às seis e meia e que naquela noite tentaria fazer outra entrevista. Tomou fôlego, tirou o telefone do gancho e discou o número da antiga casa de Miguel Forcade.

– Alô, é a Miriam?

Subir ou descer: essa foi sempre a questão. Porque descer e subir, subir e descer a Rampa consistira na primeira experiência extraterritorial de Conde e seus amigos. Tomar o ônibus no bairro e fazer o longo percurso até o Vedado, com o único objetivo de subir e descer ou descer e subir aquela ladeira luminosa que nascia – ou morria – no mar, decretou para eles o fim da infância e o início da adolescência, tal como tinha ocorrido com a Campanha de Alfabetização para os irmãos mais velhos ou a iniciação sexual nos bairros de Pajarito e Colón para a geração de seus pais: equivalia a assinar um ato de independência, a sentir que lhes haviam crescido asas próprias, a se saber física e espiritualmente adultos, mesmo que na realidade não fossem – nem então nem nunca. Mas chegaram a crer que todas as fronteiras para o estágio adulto estavam marcadas por aquela avenida cheia de promessas, levemente pecaminosa para sua mística adolescente, uma ladeira pela qual eles deviam descer ou subir, ou subir e descer, em bandos, tendo como meta um sorvete no ápice e o prêmio do mar – sempre o mar, como a maldita circunstância – no abismo, embora só com o verdadeiro empenho de subir e descer a Rampa sem companhias paternas e com a ilusão de encontrar um amor em alguma de suas esquinas. Foi como um segundo batismo aquele ato cheio de significados da ascensão e do descenso por aquela rua que era como a vida, a única avenida da cidade com calçadas atapetadas de granito polido, onde eles pisavam sem consciência estética mosaicos inimitáveis de Wifredo Lam, Amelia Peláez, René Portocarrero, Mariano Rodríguez e Martínez Pedro, por andarem com os olhos fixos nos neons magnetizantes dos *night clubs*, proibidos até a enorme cifra de dezesseis anos – La Zorra y el Cuervo, Club 23, La Gruta, Coctel Club; por quererem observar o mistério do Pabellón Cuba e aquele Salón de Mayo com o último grito da vanguarda, escoltado pelos dois melhores cinemas de Havana, onde passavam filmes estranhos intitulados *O demônio das onze horas*, *Cidadão Kane*, *Beijos proibidos* ou *Cinzas e diamantes*, que eles fizeram questão de ver, apesar de incapazes de usufruir. E também praticavam aquele alpinismo urbano para obterem a visão fugaz dos desnutridos hippies tropicais, miméticos e malvistos, alternada com as descobertas burlescas daqueles afeminados que faziam questão de sê-lo e mostrá-lo, assim como pela gulosa observação das minissaias recém-chegadas à ilha, estreadas exatamente naquele plano inclinado pelo qual pareciam rolar todos os rios dos novos tempos: inclusive as primeiras corredeiras da intolerância, de cujos arrastões eles também precisaram fugir, ainda tão jovens e corretos, estudantes e deslumbrados, quando se desataram as caçadas de rapazinhos empreendidas pelas hordas da correção político-ideológica, armadas de tesouras dispostas a devorar qualquer cabelo que passasse das orelhas ou a alargar calças por cujas pernas não passaria um limãozinho: triste lembrança de tesouras e camburões para exorcizar uma penetração cultural perniciosa, liderada por quatro ingleses cabeludos que repetiam palavras de ordem tão reacionárias e perniciosas como aquela que dizia que você só precisa de amor... A política e o cabelo, a consciência e a moda, a ideologia e o uso do cu, os Beatles e a decadência burguesa e, no final do caminho, as Unidades Militares de Ajuda à Produção com seus rigores quase carcerários como corretivo formador do homem novo.

A exagerada candura de sua própria iniciação juvenil surpreendeu Conde naquela imprevista subida de outono, à beira de seus trinta e seis anos, mais de vinte depois de realizada a primeira subida – ou foi descida? –, em companhia de Coelho, Anão, Andrés, talvez também Pello, todos armados de um cigarro, um pedaço de fumo de rolo mastigado como se fosse o chiclete do inimigo e uma ilusão no peito – ou quem sabe um pouco mais abaixo. ("All you need is love", certo?) Naquela mesma Rampa, que Heráclito de Éfeso qualificaria, dialeticamente, de diferente, Conde reencontrou seus deslumbramentos daqueles tempos, agora às escuras, com os clubes fechados, o Pabellón melancólico, a pizzaria abarrotada e a ausência daquela namorada remota que ele costumava esperar na esquina da loja Indochina, onde agora se vendiam talvez os últimos relógios soviéticos enviados de uma Moscou cada dia mais distante e mais imune às lágrimas. Tudo era excessivamente patético, mas ao mesmo tempo sórdido e comovente, e na evocação daquela inocência compacta de seu próprio florescimento para a vida, o policial, no exercício de suas funções, acreditou encontrar algumas causas remotas de desenganos e frustrações posteriores: a realidade não acabara sendo questão de caprichosas e voluntárias ascensões e descensos, inconscientemente alternados, com mares e sorvetes nas metas, mas uma luta para subir e não descer, para subir e continuar subindo, para subir e ficar lá em cima, pelos séculos dos séculos, com uma filosofia ascensional da qual eles haviam sido excluídos, definitivamente banidos – Andrés tinha razão de novo –, condenados todos, ou quase todos, ao eterno exercício de Sísifo: subir para ter de descer, descer para ter de subir, sabendo que nunca ficariam em cima, cada vez mais velhos e mais cansados, tal como ele subia naquela noite, depois de ter descido, à procura daquela loira que agora balançava o braço na esquina do Coppelia e que, quando Conde chegou, lhe disse:

– O que foi, tenente? Até parece que está com vontade de chorar.

– Estou, mas não vou chorar... É que acabo de saber da morte de uns bons garotos que conheci faz tempo. Mas não importa... Afinal, onde quer conversar?

A mulher acariciou os cabelos e olhou para os quatro ventos, à procura de um destino:

– O Coppelia está impossível, se bem que eu gostaria de tomar um sorvete. Descemos até o Malecón?

– Então vamos descer mais uma vez – disse Conde, comandando a marcha em busca do mar.

– Parece que não fiz uma boa escolha, não acha? Faz dois dias tiraram desse mesmo mar o cadáver de meu marido e ainda não pudemos nem enterrá-lo. Dizem que amanhã... Que loucura tudo isso... Sabe de uma coisa? O pior da morte de Miguel foi que o atiraram no mar: ele tinha um trauma ou sei lá o que, não gostava nem de banho de mar. Eu, sim, gosto do mar, qualquer mar...

Conde também olhou para a costa, do outro lado do muro, e viu as ondas socavando suavemente as rochas.

– O ciclone vem para cá – disse e observou a mulher.

– Acha que vai chegar?

– Tenho certeza.

– Pois eu vou embora assim que o enterrarem. Quer dizer, se os senhores deixarem.

– Por mim não há problema – assentiu Conde, quase sem pensar no que dizia.

Na realidade, ele preferia que Miriam ficasse: alguma coisa na força dela – como também nas coxas, no rosto, nos cabelos e naqueles olhos protegidos por pestanas que pareciam barras torcidas e que fizeram Conde pensar, poético, se ela deveria ter sido surda e por isso Deus lhe dera aqueles olhos – o atraía como uma predestinação: a loira, provavelmente falsa, tinha cheiro de cama, assim como as rosas têm cheiro de rosa. Era algo que ele pressentia ser natural e endêmico, fazendo-o imaginar a possibilidade de respirar aquele cheiro justamente numa cama, cujos quatro pés fraquejaram quando ela comentou:

– Em suma, não tenho nada mais que fazer aqui – e observou os pés, empenhados num pêndulo insistente.

Levantando-se do chão onde jazia na cama sonhada e destroçada, o policial buscou uma saída:

– E sua família?

O suspiro de Miriam foi longo, talvez teatral.

– Meu irmão Fermín é o único que me importa em toda a família. Os outros ficaram com raiva quando comecei com Miguel e, depois, quando fui para Miami, por pouco não me excomungam... Uns merdas – disse, com raiva quase incontida. – Mas, como agora vim com dólares, não sabem em que altar vão me pôr... Tudo por uns *jeans*, umas camisetas com letreiro e dois ventiladores chineses.

– E por que seu irmão importa?

– Conheci Miguel por causa dele... Eles trabalhavam juntos. E sempre se deram bem. Foi o único que não me condenou... Além disso, sempre foi o que teve menos sorte na família. Ficou dez anos preso.

– O que ele fez?

– Uma confusão com um dinheiro da empresa onde trabalhava.

– Malversação?

– Estamos falando de Miguel ou Fermín?

– Miguel, claro... Mas preciso saber mais. Quem é Adrián, por exemplo?

– E o que é que ele tem a ver com tudo isso?

Conde não teve de se esforçar para a paciência vir em seu socorro. Precisava fazer aquele touro bravo passar por sua capa a cada investida e, sem o aguilhoar, tentar conduzi-lo para o curro certo.

– Que eu saiba, não tem nada a ver. Mas como hoje estava com a senhora...

– Adrián foi meu namorado, milênios atrás. Meu primeiro namorado – e algo pareceu afrouxar-se nas amarras da mulher milenar.

– E continuaram amigos?

Ela até sorriu, ao dizer:

– Que amigos... Se fazia dez anos que não nos víamos. Aqui não me restou nada, e ali também não tenho nada. Mas gosto de falar com ele: Adrián é um homem tranquilo, ele me faz lembrar o que fui e pensar no que poderia ter sido. Só isso.

– Pelo que entendi, o carro que seu marido estava usando era de seu irmão Fermín, é isso?

– Sim – disse ela, olhando para Conde. – Um Chevrolet 56 que Fermín herdou de um tio meu, irmão de minha mãe. O que o governo lhe deu foi confiscado quando ele foi preso, para dar o exemplo... Era isso que queria saber?

Ele acendeu um cigarro. Era agradável estar ali, de costas para o mar, longe do furacão, voltado para a Rampa e com toda a noite pela frente, acompanhado por aquela mulher loira e apetitosa. Mas um morto flutuava naquele oceano ainda plácido, como um manto infinito e escuro.

– Essas coisas e outras mais... Por exemplo, não acha que a morte de Miguel possa ter a ver com um marido ciumento ou algo assim?

– Está louco? Isso não seria um marido ciumento, mas um selvagem que...

– É uma possibilidade, não acha?

– Não, claro que não acho. Miguel não fazia esse estilo. Sempre foi mais do tipo romântico e, além disso... Bom, ultimamente ele já não podia, entende?

– Quem sabe não foi por alguma coisa ocorrida há muito tempo e ressuscitada agora... – continuou Conde, aproveitando o tom confidencial de Miriam.

– Já lhe disse que não, mas pense o que quiser. Para isso é policial, e inclusive é pago para ser.

– Sim, embora não o suficiente – admitiu Conde, tomando o cuidado de aliviar outra vez a tensão para lançar-se a novo rumo. – E que outra razão, além do pai doente, Miguel tinha para se arriscar e voltar a Cuba depois de ter ido embora como foi?

Ela o mirou nos olhos, e o policial viu um olhar tão profundo que era possível se perder nele.

– Não estou entendendo.

Agora foi ele que respirou fundo, buscando o caminho menos pedregoso:

– Quero dizer que talvez ele tenha voltado para resolver alguma coisa que deixou pendente quando se foi... Ou quem sabe para pegar algo muito importante que deixou abandonado...

– Já sei aonde quer chegar. Qual é seu signo?

Conde soltou a respiração antes de responder:

– Libra... Serve?

– Em parte. Parece mais sagitário.

– Mas sou um libriano típico, juro... Ele veio buscar alguma coisa?

– Alguma coisa como o quê?

– Um quadro muito estranho de Matisse, por exemplo. Ou quem sabe até um Goya. Não sei, alguma coisa que tivesse muito mais valor que abajures Tiffany...

Ela girou a cabeça para olhar o mar por um instante. O mar continuava ali, como ela pareceu comprovar antes de dizer:

– Se tivesse vindo por isso, ele teria me dito... E o senhor acha que eu iria lhe contar?

– Não sei, depende... Digamos que depende do que é mais valioso: o que veio buscar ou fazer justiça.

– Desculpe, mas está dizendo bobagem... Continuo achando que Miguel foi morto, bom, pelos que queriam matá-lo... E aí, que mais?

– Bem, há uma coisa que talvez a senhora saiba... Hoje estive com Gómez de la Peña, e ele falou que Miguel saiu da casa dele dizendo que precisava ver um parente para tratar de alguma coisa muito importante. Sabe algo sobre isso?

Ela fechou as pálpebras, e suas pestanas carnívoras quase tragaram Mario Conde.

– Não, ele não me falou disso. Não sei que parente poderia ser e menos ainda que coisa importante precisava tratar com ele...

– E por que Miguel foi ver Gómez de la Peña?

– Eles se conheciam há anos, não? Mas não acho que tenham sido amigos. Não sei por que insistiu em ir à casa dele. Gómez não lhe disse?

– Disse uma coisa que não me convenceu e acho que ainda por cima juntou algumas mentiras... E, se for assim, é por aí que pode estar a verdade.

– Então quer saber a verdade...

Conde jogou a guimba no mar e expulsou toda a fumaça dos pulmões:

– Gostaria de saber, também, com que idade a senhora se casou com Miguel.

– Dezoito. E Miguel, quarenta. Que mais?

Conde sorriu de novo:

– Miriam, por que toma tudo como ofensa?

Dessa vez foi ela quem tentou sorrir, mas o riso não lhe chegou aos lábios: o esgar do pranto irrompeu então em sua boca, dobrando-a para baixo. Sempre para baixo, como uma cascata que já parecia irreprimível. Mas as lágrimas que apareceram em seus olhos, grossas e brilhantes, tinham um matiz irreal: era como se viessem de outro rosto ou de outra pessoa, ou de outros sentimentos, que estivessem muito longe dali, talvez do outro lado do mar. Pérolas falsas, foi o julgamento de Conde.

– Mas o senhor não entende nada? Não está percebendo que eu não sei o que vou fazer da vida quando voltar para Miami?

A primeira coisa que eu quis ver foi a rua 8. Antes de chegar em casa, antes de me deitar com ele. Na minha cabeça, eu tinha inventado a rua 8, e ela era uma espécie de festa, um museu, sabe? Não conseguia imaginá-la de outra maneira: um lugar divertido, cheio de luzes e agitação, onde se ouvia música a todo volume e com gente andando pelas calçadas, despreocupada e feliz da vida, aproveitando aquela Pequena Havana onde sobrevivia o bom e o ruim que desapareceu desta outra Havana. Por isso também devia ser um lugar parado no tempo, onde eu ia encontrar um país que não conheci e que sempre tive curiosidade de ver como tinha sido: aquele mesmo país, de antes de 1959, com um café em cada esquina, uma vitrola tocando boleros em cada bar, um jogo de dominó em cada porta, uma rua onde se podia conseguir qualquer coisa sem necessidade de fazer fila e sem verificar se dava ou não pela caderneta de racionamento. Como todo mundo, daqui eu ouvia as histórias e mitifiquei a bendita rua 8; na minha cabeça, eu a transformei em algo assim como o coração da Miami dos cubanos... Lembro que já havia escurecido quando saímos do aeroporto, e depois de três anos sem nos vermos eu disse a Miguel qual era meu primeiro desejo, e ele me perguntou o que eu queria ver na rua 8 de tão urgente, e eu disse: isso mesmo, a rua 8, a Pequena Havana... E fazer uma coisa natural, como comer um pão com carne numa esquina.

Mas a rua 8 não passa disto: uma rua inventada com a saudade de quem está em Miami e com os sonhos dos que querem ir a Miami. É como as ruínas falsas de um país que não existe nem existiu, e o que fica dele está doente de agonia e prosperidade, de ódio e esquecimento. E por isso o que encontrei, no lugar em que devia estar a rua 8 que fui inventando enquanto esperava minha licença de saída, foi uma avenida feia, sem alma nem vida, onde quase não havia gente andando pelas calçadas, onde também não ouvi a música que queria ouvir nem encontrei a diversão despreocupada que tinha imaginado ou o carrinho que venderia o pão com carne que eu queria. Nem sequer portais com muitas colunas, porque em Miami não há portais... Três bêbados numa esquina gritavam obscenidades para os carros que passavam. "Esses são exilados", informou Miguel, quase com desprezo, e dois velhos parecidos com meu avô, de chapéu e tudo, tomavam café ao lado de um restaurante... O resto era silêncio. Um silêncio de morte.

"Miami é um lugar esquisito que não se parece com o que a gente acha que deveria parecer, não?", comentou Miguel quando dobrou no fim da Pequena Havana e tomou o rumo de casa pela rua Flager. "Olhe bem: Miami é nada. Porque tem tudo, mas lhe falta o mais importante: o coração."

Aqueles primeiros anos foram muito ruins para ele. Em Madri, quase teve de viver da caridade das freiras e, quando conseguiu entrar nos Estados Unidos e foi para Miami, precisou trabalhar como porteiro de hotel, cobrador no *free-way*, caixa de supermercado, até que conseguiu um emprego numa empresa que importava e exportava produtos de Santo Domingo, e as coisas melhoraram. Mas nunca se meteu em política, apesar de terem ido várias vezes falar com ele para isso. Sabe, com o cargo que ele ocupava em Cuba, talvez tivesse facilitado muito as coisas ele ter feito algumas declarações e caído nas graças de uns magnatas da política, mas ele me disse uma vez numa carta que tinha medo de que alguém descobrisse que tinha sido ele o interventor das propriedades de muita gente que estava exatamente em Miami. E as pessoas de Miami não são das que esquecem e perdoam, isso eu lhe garanto, apesar de gostarem de mostrar que fazem vista grossa com os renegados dispostos a entrar no barco delas: é uma questão aritmética, de simples soma de fatores, certo?

Naquela noite, em casa, Miguel e eu afinal conseguimos conversar sobre o motivo de ele ter ficado na Espanha sem falar antes comigo e sem preparar nada. Eu nunca quis reprovar a decisão dele, porque sabia que alguma causa importante devia existir por trás daquela saída imprevista, vivendo como vivíamos aqui em Cuba, onde tínhamos quase tudo que se podia ter. Enfim, ele me contou que a situação no trabalho dele já não era a mesma de antes e que qualquer dia tudo viria abaixo, como aconteceu um pouco depois, e também me contou que o meu irmão Fermín estava juntando dinheiro para comprar uma lancha e sair comigo para Miami enquanto ele ficava na Espanha, porque não queria ir pelo mar. O trauma dele com o mar, sabe? Mas depois descobriram a malversação de Fermín, que foi preso, e todo o plano caiu por terra... Sem que eu ficasse sabendo de nada.

E ali estávamos nós, em Miami, uma cidade que Miguel não tolerava, vivendo de salário e tentando construir outra vez a vida, e juro que é uma coisa bem difícil. Aquilo da rua 8 foi uma espécie de presságio de tudo que eu ia e não ia encontrar em Miami, e logo depois entendi por que Miguel dizia que Miami não se parecia com o que a gente acha que ela deve parecer. Embora aquilo esteja cheio de cubanos, as pessoas já não vivem como viviam em Cuba nem se comportam como se comportavam em Cuba. Os que aqui não trabalhavam lá só pensam em trabalhar e em ter coisas: cada dia uma coisa nova, seja qual for, mesmo que seja preciso morrer de trabalhar. Os que aqui eram ateus ali se tornam religiosos e não perdem uma missa. Os que foram comunistas militantes se transformam em anticomunistas mais militantes ainda e, quando não conseguem esconder o que foram, apregoam o que foram, exibindo como um troféu a renúncia que fizeram com conhecimento de causa, entende? E tem até gente que saiu daqui espumando de raiva e que lá está mais fodida ainda e começa a dizer que o melhor é haver diálogo e tudo se acertar. Além disso, ali acontece uma coisa parecida com o que acontece aqui com a imagem de Miami: lá as pessoas começam a mitificar Cuba, a imaginá-la como um desejo, em vez de lembrá-la como realidade, e vivem no vai não vai que não leva a lugar nenhum: não se decidem a esquecer Cuba nem a ser pessoas novas, num país novo, e afinal não são nem uma coisa nem outra, como acontece comigo, que, depois de oito anos morando lá, não sei onde quero estar nem o que quero ser... É uma tragédia nacional, não...? Miami é nada e Cuba é um sonho que nunca existiu... Na verdade, não sei por que estou lhe contando todas essas coisas da minha vida, de Miguel, de Fermín. Talvez porque o senhor me dê alguma segurança. Provavelmente porque estou com medo e sei que o pior é que agora preciso voltar e Miguel não vai estar lá para me ajudar a viver aquela vida estranha que ele me obrigou a escolher. E o senhor ainda acha esquisito eu amaldiçoar a hora em que decidimos voltar e ficar dez dias neste bendito país?

Depois de sete tentativas fracassadas, no oitavo telefone público que encontrou Conde ouviu o sinal de linha que lhe pareceu música celestial. Com a alma por um fio, pôs na caixa coletora sua última moeda e discou o número de Manolo, e o toque que chegou do infinito lhe pareceu uma merecida recompensa profissional.

– Sou eu, Manolo. Ouça bem, espero que a linha não caia.

– Diga lá, Conde.

– Me aconteceu uma coisa muito estranha...

– Viu um fantasma?

– Cale a boca e escute, não tenho mais moedas: falei com Miriam, e ela me contou metade da vida dela. Amanhã cedo você precisa entrar em ação e resolver duas coisas o mais rápido possível: primeiro, o pessoal da Imigração tem que dar um jeito de ela não sair antes de três ou quatro dias, por qualquer motivo, mas sem parecer que está sendo retida. A companhia aérea pela qual ela veio pode dizer que não há lugares, que não há voos, que os aviões não têm gasolina, qualquer coisa, mas ela precisa acreditar que não somos nós que a estamos obrigando a ficar, está bem? Porque ela precisa continuar falando... A segunda coisa é que você deve recolher toda informação que houver sobre Fermín Bodes Álvarez, o irmão dela. Pelo que Miriam me disse, acho que esse homem pode saber o que Miguel Forcade veio buscar em Cuba, porque agora tenho certeza de que ele veio buscar alguma coisa que não conseguiu levar em 1978, e foi por essa coisa que o mataram. Entendeu?

– Porra, Conde, nem que eu fosse retardado. E o que faço depois?

– Vai me pegar na casa do Velho, vou falar com ele. Espero você lá.

Mario Conde desligou, com um suspiro de alívio, quando de longe lhe chegou o retumbar do canhonaço que marcava as nove da noite em ponto. Era hora de fechar as portas da cidade para protegê-la dos piratas, e o policial olhou seu relógio atrasado, como se sua precisão lhe importasse, e em sua mente voltou a ver a retirada de Miriam, Rampa acima, contemplada pela primeira vez de costas e à vontade, com aquelas nádegas que do novo ponto de vista se revelaram perfeitas, magnéticas, com sua dureza de carne firme e abundante, que como um ímã arrastavam em sua subida as premonições e os desejos de Conde, abandonado à beira-mar, com uma afirmação cheia de dúvidas nos ouvidos. Não sei o que vou fazer da vida, dissera ela antes da fuga, e agora, pensava ele, poderia ter-lhe dito: Subir pela Rampa até o céu, e eu a acompanho, mas não o disse e o que viu então a seus pés foi a suja *calzada* de Infanta, pela qual chegava seu ônibus, como um animal escuro e raivoso, prenhe de todos os cheiros, iras e desejos que se moviam pela cidade. Abordar – gritou para si mesmo, e correu até se dependurar numa porta.

– Ainda bem que veio.

– Por quê? Estava precisando de polícia?

– Está de mau humor?

– Ainda não sei.

O magro Carlos sorriu em sua cadeira de rodas e acendeu o cigarro que tinha entre os lábios.

– Então que cara é essa, bicho?

– Cara de merda... Estou esbodegado, com fome, com sono, preciso continuar sendo policial e não tenho sorte com as mulheres. Quer dizer, não tenho nada do que deveria ter, o que mais você quer?

– Deixe de bancar o poeta e lembre que depois de amanhã é seu aniversário e precisamos fazer alguma coisa.

– Tem certeza, Magro?

– De que, Conde?

– De que precisamos fazer alguma coisa.

– Não quer?

– Não sei.

– Mas eu quero... Bom, a gente só faz trinta e seis anos uma vez na vida, não?

– E só uma vez dezoito, quarenta e nove ou sessenta e dois. E quase nunca oitenta e oito.

– É o que eu digo. Por isso já falei com os parceiros e todo mundo vem aqui na quarta. Andrés, Coelho, até Miki... e falta avisar Candito Vermelho, mas não sei se ele vem.

– E por que não viria?

– Como por que, bicho? Não sabe que Candito agora é adventista ou batista ou uma desgraça dessas?

O assombro de Mario Conde foi compacto.

– Tá brincando. Desde quando?

– Bom, foi o que me disseram. Caiu fora da baiuca clandestina de cerveja, não faz mais trambiques e fica o dia inteiro dizendo que Jeová é seu salvador.

– Não acredito – respondeu Conde. – Ele sempre foi meio místico, mas daí a ser adventista... Ou é nazareno...? Escute, está aí uma coisa que é preciso ver, e de qualquer maneira gostaria de falar com ele. Olhe, chame o Andrés, vamos ver se ele pode nos levar até a casa do Vermelho, enquanto isso eu vou comendo o que a Jose guardou pra mim.

Quando Conde entrou na cozinha, chegaram da sala os últimos acordes da vinheta final da novela das nove. Em cima do fogão, tapada com um prato, encontrou a comida que Josefina lhe reservara por pura precaução. Sobre uma base de arroz branco, a mulher havia derramado feijão-preto e, confinada a um canto, estava a coxa de frango frita.

– A salada está na geladeira – ouviu às suas costas, e Conde demorou um instante para se virar.

A fidelidade do Magro e de sua mãe sempre o desarmava pela simplicidade elementar, mas inalterável: ele tinha um lugar naquela casa, como talvez não tivesse nem em sua própria casa quando os pais estavam vivos, e comprovar aquele pertencimento o enternecia até levá-lo, em noites como aquelas, quando acumulava cansaços, decepções, rancores, preocupações, carências e até dores, à beira tangível do pranto, por isso, ao se voltar, preferiu dizer:

– E aquele animal ali comeu todas as batatas fritas, como sempre?

– Eu disse para guardar para você, mas ele falou que tinha certeza de que você não vinha...

– Se não fosse por você, eu diria que ele é um filho... Não, melhor não dizer, né?

– Isso é com vocês – anuiu Josefina, sorrindo, como sempre.

Conde deixou os pratos na mesa e olhou para a mulher.

– Sente aí um pouquinho, Jose.

Ela obedeceu e soltou um suspiro dolorido.

– O que foi? Está cansada?

– Estou, cada dia me canso mais.

– Escute, Jose, deixe eu dizer uma coisa: a ideia de festejar meu aniversário aqui é de seu filho.

Josefina sorriu de novo, agora com vontade.

– Ele disse isso? Vou ter que concordar com você que ele é um filho daquilo que você está pensando. Porque a ideia foi minha.

– Mas você está louca, velha? Sabe o que é enfiar aqui nesta casa todos os amigos bêbados dele?

– E seus... Não é problema nenhum. Até já tenho as coisas que vou precisar para a comida.

– E com que dinheiro comprou?

– Não se preocupe, já está tudo resolvido.

– E o que você vai fazer?

– Isso é surpresa.

– Já está igual ao filho – garantiu Conde, deixando o osso limpo do frango na beira do prato.

– Estava com fome?

76

– E quando não está? – disse o Magro, entrando na cozinha.

– Você comeu minhas batatas fritas, bicho.

– Esqueça essas batatas fritas e lave as mãos que o Andrés já está chegando.

– E aonde vão? Quer dizer, se é que se pode saber – perguntou Josefina, recolhendo os pratos da mesa.

– À casa do Vermelho – disse Mario, enquanto acendia um cigarro. – Seu filho contou que ele se meteu a batista. Ou mórmon? E olhe, juro pela minha mãe que não acredito.

Na borda descendente dos quarenta anos, Candito Vermelho estava convencido de que seu destino inapelável era morrer no mesmo cortiço onde tinha nascido: uma casa de cômodos promíscua de Santos Suárez, com as paredes escalavradas e os fios de eletricidade formando varais presos aos beirais como tentáculos venenosos. Ter nascido e crescido num lugar como aquele moldara com um fatalismo domiciliar irremissível boa parte de seu jeito de ser: desde menino, aprendera que até o mínimo espaço para brincar precisava ser defendido, se necessário com murros, e, quando cresceu, também aprendeu como os murros podem abrir outras portas da vida: a do respeito entre os homens, por exemplo. Talvez por isso tenha ficado amigo de Conde e assim continuado até quando ele entrou para o difícil clã da polícia: uma vez Candito o vira defender a murros sua dignidade maculada pelo roubo de uma lata de leite, quando foram juntos a uma escola no campo, e saiu em sua defesa desde aquele dia e para sempre. Porque a fidelidade também era parte de seu código corticesco, e ele sabia praticá-la, em todas as circunstâncias.

Quando se conheceram, Candito já tinha repetido duas vezes o primeiro ano do pré-universitário e sido um dos primeiros a deixar o cabelo crescer, para formar com seu pixaim ruivo e rebelde aquele afro alaranjado que lhe valera o apelido que ainda carregava: era o Vermelho e continuaria sendo, mesmo militando numa seita protestante, luterana ou calvinista. Na época em que se conheceram, Candito se expressava com uma violência peculiar e comedida que também tinha uma ética: nunca ninguém o via maltratar quem fosse menor que ele ou desvalido, e o respeito dos amigos por ele cresceu até se transformar numa amizade sossegada. Depois, enquanto Conde e os outros companheiros estudavam na universidade, a vida, a fatalidade ou o destino puseram o Vermelho nas raias de um marginalismo sempre próximo da ilegalidade, no qual ganhava a vida pelas brechas das carestias e da ineficiência estatal: e Conde, como policial, se aproveitara daquela circunstância. Em troca do conhecimento das ruas trazido pelo Vermelho e de informações úteis para resolver alguns de seus casos, o tenente lhe oferecia, com sua amizade, o compromisso de uma proteção incondicional, caso esta fosse necessária por motivo de conflitos com a lei. Foi um acordo entre cavalheiros que tinha como única e insuperável garantia seu senso de honra e amizade, aprendido nos cortiços e nos bairros de Havana, quando essas palavras ainda tinham um sentido profundo.

Nos últimos tempos, porém, Candito provavelmente tivera algum tipo de revelação mística. Ao contrário do que ocorria em seu meio, onde imperavam as religiões africanas, tão pragmáticas e compreensivas, que prometiam todo tipo de proteção e ajuda no mundo material (tanto em questões de justiça quanto de amor, ódio e vingança), o Vermelho havia começado a se aproximar da Igreja católica, segundo dizia, buscando a paz que o mundo exterior, agressivo e hostil, era incapaz de lhe oferecer. Então, de vez em quando, ia a uma missa ou passava um tempinho na igreja, sem se confessar, mas rezando a sua maneira, que se caracterizava por pedir a Deus que lhe desse paz e saúde, para ele e para seus entes queridos, entre os quais estavam aqueles três homens que irromperam em sua casa depois das dez da noite.

Cuqui, a mulatinha rija e obediente que agora vivia com o Vermelho, abriu a porta e sorriu ao reconhecer os recém-chegados, que a cumprimentaram com um beijo.

– E onde está seu marido? – perguntou afinal Carlos, olhando para o interior da salinha onde alguém monologava na televisão sobre as excelentes perspectivas da próxima safra de açúcar.

– No templo.

78

– A esta hora?

– Sim, às vezes volta lá pelas onze...

– Pegou firme – interrompeu Conde, e Cuqui inclinou a cabeça.

A moça sabia que os amigos de Candito tinham direito a certas confianças que lhe eram negadas.

– Se quiserem, podem ir buscá-lo, é aqui virando a esquina.

– O que acha, Conde? – hesitou Carlos. – Pode ser que ele não goste.

– Eu passo a vida tirando Candito das igrejas. Vamos... Cuqui, vá preparando o café que já, já chegamos com ele – garantiu o policial, pondo de novo em marcha a cadeira de Carlos.

O templo cristão nunca teria sido identificável pela arquitetura: parecia quase um galpão destinado a armazenar mercadorias, com um telhado alto e uma porta dupla que, ao ser aberta, engolia a cruz colocada ali para advertir de suas funções. No entanto, o júbilo religioso que transbordava do local podia ser ouvido a muitos metros de distância: as vozes e as palmas dos fiéis, entoando um compassado hino de amor a Jeová, corriam pela rua, com o impulso irrefreável de uma fé veemente demais e com força suficiente para deter os três amigos na calçada.

– Só pode ser aí – confirmou o magro Carlos.

– Acha mesmo que devemos entrar, Conde? – perguntou Andrés, sempre comedido, enquanto Carlos e Mario se entreolhavam. Agora o cântico havia subido dois tons, e as palmas acrescentavam seu ritmo, como se o Jeová invocado estivesse para chegar.

– Não, melhor não entrarmos. Vou dar uma espiadinha e ver se o Vermelho me enxerga.

Sem refletir no porquê do gesto, o policial puxou a camisa, como se precisasse dar um jeito em seu aspecto maltratado, e atravessou o curto portal para introduzir a cabeça no recinto sagrado. E o que viu lhe pareceu comovente: aquela igreja nada tinha a ver com os conceitos de igreja armazenados no cérebro catolicamente treinado de Conde. Para começar, faltava o altar, sempre precedido pela imagem do santo padroeiro do templo, pois na parede limpa, caiada, só se dependurava uma cruz rústica de madeira sem nenhum Cristo sacrificado. As paredes, também desprovidas de santos ou adornos, tinham grandes janelas abertas para a noite. Apesar disso, a ventilação era insuficiente, pois contra o rosto de Conde chocou-se uma atmosfera quente e suarenta, exalada pela massa de fiéis ali reunidos, que batiam palmas como seres em frenesi, movendo o corpo para um lado e para o outro, enquanto cantavam em coro com o negro baixinho e magro que, sem batina nem colarinho, atuava como dirigente daquela comunicação com a divindade, gritando periodicamente "Sim, tu és, Jeová!" para entusiasmar o rebanho que vociferava "Sim, aleluia!". Nas primeiras filas, Conde avistou finalmente a cabeça ruiva de Candito e deu um primeiro passo para o interior do templo, quando foi surpreendido por uma brutal incongruência: saber-se rodeado por aquelas pessoas que entendiam da existência de Deus e o louvavam com uma veemência espiritual e física pelo visto inesgotável o fez retroceder para a porta, empurrado por sua evidente incapacidade de pertencer àquela horda de crentes e salváveis. Ajeitando novamente a camisa, sob a qual portava uma arma, Conde saiu para a rua, alarmado pela dúvida: quem estaria enganado, ele ou todas as pessoas reunidas dentro daquela igreja sem altares nem Cristos? Aqueles que acreditavam em algo capaz de salvá-los ou ele, que mal acreditava num par de coisas que podiam ser salváveis?

– Cacete – disse, ao voltar para perto dos amigos, e Carlos o observou, alarmado.

– O que foi, Conde, expulsaram você?

– Não... sim... Olhe, acho melhor a gente esperar aqui fora, né?

– Escute aqui, Candito, que raio te deu de se meter a adventista, se você era meio católico e quando tinha algum galho procurava um babalaô? – perguntou Conde, quando finalmente conseguiram arrumar os móveis na salinha e abrir espaço para a cadeira de rodas do magro Carlos.

Da cozinha chegava o cheiro do café que Cuqui estava coando, e na mente de Conde, ainda impressionada pela prova de fé que tinha observado, vagava agora a imagem de um Candito todo vestido de branco e lançando imprecações ao maligno diante de uma legião de fiéis.

80

– Não enche, Conde, não comece a se meter na vida das pessoas – interveio Carlos, dirigindo-se depois a Candito: – Escute, Vermelho, quer dizer então que você já não pode beber, fumar, dizer palavrão nem... – e baixou a voz até transformá-la num sussurro – ...nem afogar o ganso por aí se alguma dadivosa der em cima de você?

Candito balançou a cabeça: aquelas figuras não tinham jeito mesmo.

– Não é assim como vocês estão achando. Ainda não fui batizado. Acho que não estou preparado. O que acontece é que de vez em quando vou ao templo e me sinto bem ali.

– Cantando e batendo palmas? – indagou Conde, incrédulo.

– Sim, e ouvindo as pessoas falar de amor, paz, bondade, limpeza espiritual, esperanças de salvação, tranquilidade, perdão... Ouvindo o que não se diz em lugar nenhum e de pessoas que acreditam no que estão dizendo. Isso é melhor do que vender cerveja ou comprar couro roubado para fazer sapatos, ou não?

– Sim, é verdade. Você faz bem, Vermelho – sentenciou Andrés.

– O quê?! Você também vai se meter nessa lorota? – quis saber Conde, imediatamente arrependido da carga de sarcasmo de sua pergunta.

– Que diabo há com você, Conde? Eu disse que o Vermelho tem razão. Mais nada. Não é, Candito?

O dono da casa sorriu. Conde olhou para ele, buscando transformações físicas visíveis, e achou que o sorriso do Vermelho estava diferente: talvez mais plácido, mais condescendente, seguro e à prova de gozações. Naquele sorriso havia uma esperança para crer.

– É natural Conde ficar assim, Andrés. Bom, você o conhece melhor que eu... Uma vez eu lhe disse para ter cuidado, porque estava ficando cínico, não foi, Conde?

– Desculpe, Vermelho, não é o que Andrés pensa, mas é que nem depois de vê-lo aí eu imagino que você esteja nessa – disse Conde, tentando salvar a situação.

– E por que não me imagina nessa? Será que acha melhor eu ser meio delinquente a vida toda e passar o dia sobressaltado, achando que essa porta pode abrir e haver aí um policial que não vai ser você? Ou que, para esquecer como estou fodido, eu entorne uma garrafa de rum pela manhã e outra à noite, como você? Não é melhor rezar e cantar um pouco, hein, Conde, e pensar que há alguém em algum lugar que só exige que você tenha fé e seja bom? Olhe, Mario, acho que estou cansado dessa merda toda...

– Você disse merda, Candito – anotou o Magro, e Candito sorriu. A paz de seu espírito começava a ser evidente, pensou Conde.

– Sim, dessa merda toda por todo lado. Você sabe como eu era. Mas acho que a gente pode mudar, se ainda der tempo, e eu quero mudar, mesmo que tenha de esquecer muitas coisas que fui durante muito tempo. Além disso, já não me sinto vazio, como antes, e agora estou aprendendo que a gente não pode viver vazio a vida toda. Está entendendo?

– Estou, Candito – respondeu Andrés. – Sei bem o que é se sentir vazio...

Como se não tivesse ouvido o médico, Conde olhou Candito nos olhos e pegou um cigarro. Fez um gesto, perguntando se podia acendê-lo, e o outro assentiu com a cabeça. Conde ponderou que o amigo tinha dito algo capaz de convencê-lo e agora invejava aquela possibilidade de mudança e plenitude que o Vermelho tinha vislumbrado pela via da fé religiosa. Todos os que estavam na igreja eram melhores que ele? A certeza de isso ser verdade alarmou mais o espírito incrédulo de Mario Conde.

– E como a gente sente essa mudança, Vermelho?

– Não se sente, Conde, se procura. A primeira coisa é querer. Por exemplo, querer mudar, ou querer bem ao próximo, ou querer viver limpo de ira e rancor.

– E perdoar todo mundo? – indagou Conde, como se fosse um interesse pessoal.

– Sim, e perdoar. Ninguém deve julgar...

– Aí, sim, que estou fodido. Mas muito fodido mesmo. Você quer que a gente esqueça tudo? Não, meu irmão, há coisas que não dá para perdoar, e você sabe disso...

– Dá, Conde, dá.

– Pois, se é assim, fico feliz por você. Quem me dera conseguir mudar, querer e crer e até amar a todos os próximos, inclusive os dois milhões de filhos da puta que conheço. O que acontece é que às vezes não acredito nem em mim mesmo. Estou desclassificado. E não quero perdoar: não, nem a pau. É que eu não quero...

– Não vou lhe dizer para ir ao templo, porque o respeito como amigo e não gosto de dizer a ninguém o que deve ou não deve fazer nesse tipo de coisa. Nem à minha mulher... Mas seria bom se você pudesse.

– Esqueça, meu caso não tem jeito, mas, se lá se sente bem, fico feliz, e você sabe disso, porque não sou tão cínico como você às vezes acha e lhe quero mais bem do que imagina... Mas me diga uma coisa: nessa sua religião o cara pode ir ao aniversário de um parceiro?

Candito balançou a cabeça de novo e continuou sorrindo. A graça de Deus, se é que o havia tocado, parecia estar agindo nos centros nervosos que geram o riso, pensou Conde, herético e anatômico.

– Claro que sim. E, se for muito amigo, acho que posso até tomar uns tragos. Você sabe que nunca vou ser fanático. O que eu quero mudar são outras coisas que estão aqui dentro – tocou a cabeça, de um ruivo já filetado de grisalho –, porque não posso mudar algumas que estão fora...

– Bom, depois de amanhã, na casa do Magro. É meu aniversário e diz ele que trinta e seis anos a gente só faz uma vez.

– Mas é claro que vou. E não se preocupem. Eu sei o que tenho que levar, certo, Conde?

– Que Deus conserve essa sua sabedoria, Vermelho... De qualquer maneira, também vim porque quero lhe perguntar uma coisa, saber o que você acha, porque talvez você possa me ajudar a entender o rolo em que me meti agora. Olhe, um sujeito vem de Miami ver a família. Vem com a mulher, que é vinte anos mais nova que ele. O sujeito foi um alto mandachuva nos anos setenta e ficou na Espanha, mas o deixam entrar para ver se vem buscar alguma coisa, embora parecesse estar limpo quando saiu daqui. Mas o sujeito um dia despista os que foram colocados atrás dele e se perde, depois de se encontrar com um cara terrível que foi seu ex-chefe... E aparece dois dias depois, na praia do Chivo, meio comido pelos peixes. Foi morto com uma porrada na cabeça, mas, além disso, e é isso o que eu quero que você processe, além disso lhe cortaram o pau e os ovos com uma faca... Isso soa como ciúmes ou você acha que é outra coisa? Acredita que possa ter a ver com os abakuás* ou algo assim?

Candito Vermelho se remexeu na poltrona, pondo as pernas de tal modo que protegesse a região da genitália. Havia perdido o riso e parecia outra vez o Candito de sempre, dono daquela desconfiança felina com que olhou para os amigos e respondeu:

– Isso não foi por ciúmes, e você sabe que os abakuás não fazem isso, Conde... Aí deve ter outra coisa, mas muito fodida...

– Também acho.

– Cheira a vingança.

– Mas uma puta vingança...

– Está vendo, Conde, e você ainda diz que não se deve perdoar... O que fizeram com esse sujeito é terrível.

– Bom, o que eu preciso é que você, sem dar na vista, verifique o que pode significar isso e se alguém comentou alguma coisa por aí.

Candito olhou para as próprias mãos, concentrado.

– Estou fora do ambiente, Conde, mas vou ver por aí se alguém sabe dessa história. Mas o mais importante seria saber o que esse sujeito veio buscar...

Conde olhou para o Vermelho e resolveu que, apesar do respeito e da inveja que agora nutria por ele, não deixaria escapar aquela oportunidade:

– Isso só o morto, o assassino e Jeová sabem. Escute, Vermelho, por que você não fala com esse seu parceiro que sabe tudo para ver se ele me ajuda a resolver esse rolo?

---

* Sociedade secreta masculina formada em Cuba no início do século XIX, principalmente por escravos provindos da região da atual Nigéria. (N. T.)

Agora tudo ficaria muito mais claro: pois bem, um ciclone tropical não é a rebelião de todas as forças da natureza contra o homem nem uma maldição celestial, tampouco uma vingança da atmosfera contra seus destruidores. "É, simplesmente, um fenômeno atmosférico comum do oceano Atlântico e do mar do Caribe nesta época do ano, formado por sistemas de baixa pressão, em torno de cujo centro o vento gira a grande velocidade, em sentido contrário aos ponteiros do relógio quando se desenvolve no hemisfério Norte", disse o locutor da Radio Reloj, acrescentando: "Oito horas e seis minutos, hora oficial". Conde verificou que seu relógio estava atrasado, como sempre, talvez girasse ao contrário, como o ciclone setentrional, mas o deixou em seu tempo próprio e aumentou um pouco o volume do rádio: "A região central, chamada olho do furacão, pode ter diâmetro de dez a sessenta quilômetros, e nesse perímetro o céu é limpo, sem correntes de ar, mas ao redor do olho se forma uma espécie de anel onde giram os ventos mais fortes... Quase sempre os ciclones tropicais se formam no mar, a partir de agrupamentos de nuvens associadas a diferentes sistemas atmosféricos, como ondas tropicais, baixas polares e na porção sul das frentes frias". E acrescentou: "Radio Reloj, oito horas e sete minutos, hora oficial", sem falar nada sobre o medo. Porque em seu discurso o locutor deve ter lembrado, como Conde, que na memória histórica da ilha, mesmo antes de se ter noção da própria história, o furacão foi o Deus mais temido pelos primeiros homens que ali habitavam, que o consideravam o Pai dos Ventos e lhe atribuíam capacidades de inteligência e vontade, de poder e perversidade. Sua imagem possível, perpetuada em pequenas figuras de barro e pedra pela imagística daqueles bárbaros pacatos e nudistas, fumadores de tabaco e outras ervas mais alegres, tinha braços aspados e inequívocos que lhes brotavam do ventre e sempre uma expressão de terror no rosto: era o monstro do medo do conhecido e do sofrido, o mais tangível dos medos, depois herdado e aprendido por outros homens que durante outros séculos chegaram e ficaram naquelas costas que os deslumbraram com sua beleza, apesar do terrível flagelo outonal que, em memórias difusas, se afirmava ter provocado chuvas de sangue, fogo, areia, peixes, árvores, frutos e até estranhos seres antropomorfos, diferentes de quaisquer residentes da Terra, trazidos de paragens ignotas pela ira do furacão. E o medo prosseguiu seu curso, porque os novos ilhéus também aprenderam a maléfica capacidade de engano dos ciclones, a mesma que Mario Conde agora constatava, observando aquele pedaço de céu, visível da janela de sua cozinha, que continuava azul, ferrenhamente azul, como se estivesse no olho do furacão, ainda que agora o homem da rádio afirmasse que Félix, com ventos máximos de 210 quilômetros por hora e pressão mínima de 910 hectopascais – que diabo serão esses hectopascais? –, se encontrava, segundo boletim das seis da manhã desse dia, 8 de outubro de 1989, a 81,6 graus de latitude norte e 18,1 de longitude oeste, a quase 120 quilômetros ao sul de Georgetown, ilha Grand Cayman, e a uns 450 ao sul de Cienfuegos, no centro de Cuba, e que seu rumo estimado para as próximas 12 a 24 horas o levaria para nor-noroeste, a uma velocidade de translação que se reduzira a uns 12 quilômetros por hora, talvez para que o fenômeno ganhasse em organização e intensidade, tal como o astuto corredor de fundo que reserva sua melhor energia para o remate decisivo. Por isso se dizia que sua mobilidade podia ser maior a partir da tarde e que as províncias ocidentais da ilha deviam estar alertas para o deslocamento do organismo meteorológico, em especial a província de Havana, Radio Reloj, acrescentou outra vez, e Conde não ouviu a hora porque disse, em voz alta:

– Eu sabia. Esse sacana vai passar por aqui.

E calculou, com um esforço aritmético digno de Héctor Pascal: a 12 por hora, são 120 em 10 horas, 240 em 20 horas, 264 em um dia. Não, são 288 quilômetros em um dia, e em 2 dias somam 576, de modo que na manhã do dia 10 Conde poderia ver o ciclone caminhar como Félix por sua casa, atravessando a Calzada e acabando com tudo e com todos, como uma rebelião das forças destruidoras da natureza contra o homem, como uma maldição celestial, como uma justa vingança da atmosfera contra seus destruidores, dissesse o que dissesse aquele infeliz locutor que lia o que havia sido escrito por um também infeliz meteorologista que nada devia saber de maldições, castigos, dívidas e pecados só expiáveis de um modo terrível e temível: um furacão, por exemplo. Um terremoto, por outro exemplo. O Armagedom ou o Apocalipse como prefácio de um Juízo Final?

Conde acendeu o cigarro quando terminou sua xícara gigante de café, a única poção mágica capaz de tirá-lo do estado de escaravelho e transformá-lo outra vez em gente, depois de cada despertar, e lembrou que, oficialmente, aquele podia ser seu penúltimo dia como policial e, com toda certeza, sua última jornada como habitante dos trinta e cinco anos, e o que via ao redor e dentro de si não lhe pareceu especialmente satisfatório.

– Minha mulher quer que eu arrume o jardim hoje, o que você acha?

– Que você está louco, se fizer isso... Começa assim, depois ela vai querer que pinte a casa, limpe a caixa-d'água e até que dê banho nesse cachorro feio que vocês têm. Aí você está fodido para sempre, porque ela vai lhe dar uma sacola com a caderneta da comida e eu vou te ver na fila da venda, pegando pão todos os dias e indo conferir no açougue se chegou o frango ou o peixe. E aí você não tem mais salvação: vai virar o que mundialmente se conhece como velho de merda.

– Tem razão – afirmou o major Rangel, depois de ouvir com atenção inabitual a síntese de perigos concretos desenhada por Conde e que era tão fácil prever. – Sabe o que foi que eu descobri agora que estou sempre em casa? Que Ana Luisa guarda até por uma semana inteira um prato de mandioca cozida. Olha só, ela põe as mandiocas num prato e as enfia na geladeira, e preciso sempre tirar a droga do prato com quatro mandiocas duras para pegar a jarra de água... E ontem eu já não aguentava mais as benditas mandiocas e perguntei por que guardava aquilo, e ela disse que quer fritar as mandiocas, mas que ainda não chegou óleo na venda. De modo que vão ficar lá até aparecer o óleo... Não acha que é demais?

– É o que eu digo: você precisa se rebelar – prosseguiu o tenente, afundando a mão e até o braço na ferida onde tinha posto o dedo –, dizer que não é um velho de merda e, se já não é policial, vai ser, sei lá, provador de charutos.

– Você já está dizendo disparates, Mario Conde.

– Bom, estou dizendo disparates, mas consegue imaginar que bom trabalho seria esse? Olhe, você ficaria no escritório da fábrica de Montecristos, de H. Upmanns ou de Cohibas, ou de qualquer outra que te dê na telha, recebendo os charutos feitos no dia, todos em caixas. E você vai pegando os charutos, um a um, acende, dá duas ou três fumadas, não muitas, porque senão vai morrer em uma semana, se o charuto estiver bom, você o apaga e, como o aprovou, põe outra vez na caixa. E assim com todos os que vão sendo feitos no dia. As caixas vão ficar um pouco fedidas com tantos charutos apagados, mas o comprador terá a garantia única no mundo de que aqueles charutos foram provados por um perito fumador de havanas.

O Velho sorriu, com toda a largueza com que podia sorrir.

– Eu não sei como é que deixo você entrar nesta casa. E, se Ana Luisa te ouvir, vai me obrigar a cortar relações contigo.

– As mulheres não entendem dessas sutilezas.

– Mas sabem de outras... Agora percebeu que estou por baixo e aproveita para passar o dia me mandando fazer coisas.

– É o cacete – admitiu o tenente. – Você que passou a vida mandando nos outros... Acha estranho não ter esse poder, não é mesmo, Velho?

Rangel olhou para o tampo limpo da escrivaninha e tossiu antes de responder.

– Isso de mandar é que nem doença. Depois que você se acostuma, quase prefere viver com ela, mesmo sabendo que ela leva para o túmulo, não...? Acho que é um vício terrível, que você não consegue largar sem mais nem menos.

– Mas você gostava?

– De certa forma, sim, apreciava, se bem que, como você sabe, nunca fui injusto com os outros. Exigia deles o mesmo que exigia de mim. Quer saber de uma coisa, já que estou soltando tudo isso? Faz vinte e oito anos que não me deito com outra mulher que não seja Ana Luisa. E não pense que foi por falta de oportunidades. Foi por falta de tempo, por não querer me complicar, para não ser vulnerável, para continuar sendo chefe... Foi como se tivesse pegado todas as outras coisas da vida, enfiado num saco e atirado no fundo de um armário: e não deixei para fora nada além do que precisava para ser um bom chefe... E olhe como terminou tudo. Me mandam embora por não ter sido um bom chefe e agora sou como um desses charutos apagados, que ninguém mais quer fumar.

– Está se sentindo vazio, não?

O Velho tentou sorrir, mas o riso devia ser uma das coisas confinadas no saco escondido: a intenção abortou em seus lábios, e os últimos vezos de chefe vieram em seu socorro.

– Escute aqui, chega de asneiras. Quais são as novidades do caso?

Conde olhou para o jardim da frente e verificou que ele estava precisando de uma boa limpeza, assim como havia necessidade de uma demão de tinta nas paredes e, a crer em seu pobre olfato, de um bom banho no cachorro psicótico do major, um maltês de patas compridas que fugia quando se via diante de desconhecidos; sentiu uma terna compaixão pelo Velho e seu vazio vital. Nem o Jeová de Candito tinha o poder de lhe devolver aquelas satisfações históricas postergadas por outras necessidades histórico-concretas: triste destino final para um monógamo como Antonio Rangel, condenado agora a viver entre mandiocas adiadas por falta de óleo.

– Ontem falei com a família do morto, principalmente com a mulher, e ela me contou algumas coisas bem interessantes. O mais estranho é que quase me disse que eu devia investigar o irmão dela, um tal Fermín Bodes. E também entrevistei o antigo chefe do morto aqui em Cuba, Gerardo Gómez de la Peña. Lembra-se dele?

O Velho assentiu, e Conde lhe contou detalhes de seus encontros com aqueles personagens e da história da fuga planejada por Fermín Bodes e Miguel Forcade, doze anos antes.

— E estou para descartar a história de represália por ciúmes.

— Descarte já – ordenou o major, como se estivesse outra vez à frente da Central de Investigações Criminais. – Concentre-se agora em Fermín Bodes: esse pode ser o fio que leva à meada.

— E o dono do Matisse?

— Você bem que gostaria de ferrar esse cara, não?

— Você sabe que eu adoraria.

— Mas não faça prejulgamentos. Não tire os olhos de cima dele, porque ele talvez também saiba de alguma coisa, mas esse é um osso bem duro de roer. Quer dizer que um quadro de três milhões, porra. Bom, agora ponha uma coisa na cabeça, Mario Conde: você tem dois dias para resolver essa história e vai resolvê-la em dois dias. Mostre ao coronel dos espiões que não me enganei quando disse que você era o pior desastre de minha vida profissional, mas o melhor policial que já trabalhou comigo. Faça isso por mim, está bem?

— E se eu falhar desta vez?

— Esqueça isso. Não pode falhar.

— E se eu falhar, Velho?

O major Antonio Rangel olhou Conde nos olhos.

— Vai me deixar decepcionado...

— Ei, não é para tanto.

— Para mim, sim, é. Vá em frente, que Manolo chegou, e não deixe de me ligar se precisar.

Conde ficou de pé, e a pistola que carregava na cintura caiu no chão. Ele a recolheu, soprou a poeira e a devolveu ao lugar.

— Se continuar emagrecendo, vou precisar levá-la amarrada como se fosse um cachorro. Bom, quer dizer que resolvo entre hoje e amanhã?

– Vá embora de uma vez, Mario, antes que te ponha para fora. Ah, e ouça bem isto: tenha cuidado com Miriam. Não se complique nessa história, certo?

– Como quiser, chefe – e lhe fez uma saudação marcial quase perfeita, que teria encantado o cheiroso coronel Molina.

Rolando Fermín Bodes Álvarez fora condenado a quinze anos de prisão em 1979 por malversação continuada, tráfico de influências, graças a sua posição num organismo central do Estado, e falsificação de documentos. De todos os crimes, o que mais agradava Conde era o de malversador: lembrava-lhe aquela piada de Miki Cara de Boneca, seu velho amigo que era mau escritor, sobre certo escriba muito conhecido em outros tempos e até premiado por suas estrofes de ocasião, homenagem, saudação, aniversários e oportunidades propícias, que fora condenado a ter as mãos cortadas por ser mau versador e que, acusado de ser poeta, fora absolvido por falta de provas... Dos anos sentenciados pelo juiz, Fermín cumprira dez – dois terços da pena, por boa conduta – e saíra da prisão fazia apenas três meses. Só três meses?, pensou Conde, e aquilo lhe pareceu extremamente revelador: um saía da prisão, o outro voltava para Cuba... Ao ser detido, Fermín Bodes havia desviado de sua empresa um valor calculado em cento e cinquenta mil pesos, dos quais foram confiscados oitenta mil, pois o resto tinha sido gasto, entre outras veleidades, na construção de sua casa – confiscada –, na retribuição de favores e na compra de um motor de popa – também confiscado –, que nunca fora associado a uma saída clandestina do país. E para que, então, ele queria o motor? A troca de favores, porém, também não foi investigada a fundo, ou pelo menos não estava esclarecida no relatório que o sargento Manuel Palacios obtivera naquela manhã. O mais espetacular do caso era que Fermín tinha chegado sem dificuldades aos cento e cinquenta mil pesos obtidos por aquele laborioso caminho, sem que ninguém percebesse. Simplesmente hilário, pensou o policial, fechando a pasta.

De seu pequeno escritório na Central, Conde voltou a observar a paisagem quase imóvel que se lhe oferecia da janela. Aquele mar de copas de árvores, interrompido pelas cúpulas da igreja próxima, sempre o ajudara a pensar, e agora ele precisava pensar como poucas vezes em sua trajetória: o próximo passo seria interrogar Fermín, mas ele pressentia que aquela conversa só confirmaria as informações e os prejulgamentos que ele já tinha. O irmão de Miriam devia ser suficientemente astuto para não lhe revelar dados que levassem a sua incriminação, caso fosse verdade que Miguel tinha voltado a Cuba por causa de alguma coisa que só o cunhado podia lhe dar ou ajudá-lo a conseguir. Claro, pensou Conde: talvez Miguel tenha preferido evitar riscos no aeroporto, apesar de seus privilégios alfandegários e protocolares de 1978, pois o que precisava tirar do país podia ser grande, evidente ou perigoso demais. Mas o que seria? Um homem por cujas mãos passara um Matisse de três milhões, cedido em troca de uma residência no Vedado, devia ter encontrado em suas expropriações sucessivas algumas coisas capazes de mudar a vida de uma pessoa – ou mesmo de várias pessoas. A fuga acelerada da burguesia cubana, compelida a realizar seu desejo ou sua necessidade de ir embora apenas com uns poucos objetos pessoais, havia ensejado o abandono de verdadeiras joias, muitas vezes escondidas no interior de um armário com fundo falso ou dentro de um colchão, com a esperança de reavê-las depois da rápida recuperação de seus privilégios perdidos. Diamantes? Pérolas? Joias de ouro? Não, tudo isso Miguel podia ter tirado, se estava certo de que sairia pelos caminhos burocraticamente privilegiados da Alfândega. Algo mais volumoso? Aquele estranho Matisse dependurado na parede de Gerardo Gómez de la Peña não saía de sua cabeça quando procurava o objeto possível. Sim, podia ser uma tela grande, especialmente valiosa. Mas onde diabos estava? As que Conde viu na casa dele não pareciam coisa de alta cotação, mas como podia saber com absoluta certeza? E se não fosse uma tela? Ou seria precisamente o Matisse de Gerardo Gómez de la Peña? Sim, claro que sim, podia ser, pensou Conde, e agradeceu a Candito seu novo fervor místico, que até o impedia de beber: se na noite anterior tivessem feito o que costumavam fazer (um litro por pessoa era a média mínima), agora sua cabeça estaria explodindo, com aquela mixórdia de possibilidades escondidas por trás de um homem castrado e jogado ao mar – ao mar que ele tanto temia –, depois de ter a cabeça golpeada com a fúria de um rebatedor de *home run*... Sim, o mar tinha a ver com aquela história: o mar pelo qual Miguel teria fugido, com seu provável butim, quase seguro, não tivesse ele um medo irrefreável do mesmo oceano ao qual havia sido atirado, como metáfora póstuma de uma fobia que o pôs à beira da ruína e à mercê de freiras caridosas na fria Madri daquele inverno de 1978. O oceano que também abriu seu abismo entre Miriam e Fermín, na ilha, e Miguel, na península da Flórida: um mar que em trinta anos tragara tantas vidas e que vomitou, talvez com repugnância, o cadáver de Miguel Forcade, cunhado do ex-presidiário e ex-dirigente Rolando Fermín Bodes Álvarez, que agora entrava no cubículo, enquanto o gentil sargento Manuel Palacios segurava para ele a porta aberta, dizendo:

– Entre, por favor.

Fermín tinha quarenta anos e nenhum vestígio visível de ter passado a quarta parte da vida na prisão, de onde só saíra meses antes. Tinha ainda a pele lisa, com um matiz rosado que se avermelhava na proximidade do pescoço, e seu corpo apresentava-se compacto, com peito amplo e braços de músculos trabalhados que denunciavam evidente interesse fisiculturista. Suas mãos eram finas demais para o gosto de Conde, com dedos cuidados, e ele tinha os mesmos olhos da irmã: de um cinzento indeciso entre o verde e o azul, com aquelas pestanas espessas e curvas. Sem dúvida tivera muito sucesso com as mulheres em seus dias de dirigente enriquecido, e o policial sentiu o despertar de seu rancor de frustrado diante de um homem que podia ter feito o que ele mais desejaria no mundo: chegar a um lugar e escolher uma mulher, bem linda e bem boa, e dizer: entre aí no saco... e carregá-la no ombro, sem mais complicações. Além disso, com aqueles braços, sem dúvida, era capaz de rebater uma bola e tirá-la do campo...

– Gosta de jogar beisebol? – começou Conde, olhando para os braços de Fermín.

– Quando era menino jogava, como todo mundo, por quê?

94

– Não, por nada – comentou o policial, soltando um suspiro de cansaço. – Vi em sua ficha que saiu da prisão há três meses. O que fazia na prisão?

– Não estou entendendo.

– Quero saber se trabalhava em alguma coisa.

– Sou arquiteto e trabalhei nisso quase a vida toda.

– Entendo – disse Conde, que, apesar da intenção, não conseguiu se conter –, e fazia halterofilismo na prisão?

– Não, nunca fiz halterofilismo. Faço ginástica... Foi para me perguntar isso que mandou me buscar?

Conde ignorou, como se não se preocupasse com a pergunta de Fermín, quase calcada na da irmã. Voltou a olhar pela janela e dali se dirigiu ao arquiteto ginasta que, quando menino, jogara beisebol: sem dúvida era um homem bem curtido pela vida e demonstrava ter adquirido habilidade de porco-espinho: ao cheirar perigo, enroscava-se, deixando visíveis apenas os aguilhões agressivos.

– O senhor sabe por que mandei buscá-lo e espero que possa me ajudar em alguma coisa... A morte de seu cunhado continua sendo um mistério para nós, principalmente por algo que não sabemos. O que Miguel veio buscar em Cuba? Veio ver alguém, recuperar alguma coisa que deixou quando ficou em Madri?

– Continuo não entendendo – disse Fermín, depois de observar Conde por uns instantes.

– Não imaginei que fosse tão difícil para o senhor. Isso me obriga a ser explícito... Vamos ver: não lhe parece muito casual, excessivamente casual, esse assassinato, se não houver uma razão muito poderosa no passado de Miguel Forcade? Não lhe parece que Miguel veio buscar algo, reclamar algo, uma coisa muito valiosa que esteve nas mãos dele quando trabalhou como expropriador e que ele não pôde tirar quando foi embora de Cuba em 1978?

– Não tinha pensado nisso, realmente – disse agora Fermín, depois de uma pausa mais longa.

Conde sentiu que seus nervos se retesavam. Aquele sacana ia tirá-lo do sério, e isso ele não podia permitir. Miriam e Fermín continuavam sendo seus únicos caminhos visíveis para a verdade, e ele não devia se importar com a arrogância daquele delinquente, mas com a verdade.

– Quando foi que viu Miguel pela última vez?

– Um dia antes de ele ser morto. Fui à casa dele e deixei meu carro para o caso de ele precisar.

– E não ficaram de se encontrar na noite seguinte?

– Não.

– Ele ia ver um parente naquela noite.

– Não sei que parente seria.

– Devo pensar que o senhor não tem nenhuma ideia do motivo de terem assassinado Forcade?

Agora o arquiteto sorriu. Um sorriso que levava a presumir a possibilidade de que tinha os trunfos nas mãos.

– Eu diria que o assaltaram, não?

– E os ladrões depois o caparam? E deixaram seu carro sem levar nem um pneu? Nisso ninguém acredita, Fermín... E decerto vocês não voltaram a falar de sua saída clandestina do país, aquela que andaram planejando para quando ele ficasse na Espanha?

Conde esperou alguma reação visível à pergunta intempestiva, mas Fermín continuava impassível. Dez anos de prisão deviam ter-lhe ensinado algumas coisas da vida.

– Não sei de que saída está falando.

– Da sua e de sua irmã Miriam. Ela me contou tudo.

– Não sei por qual motivo ela lhe contaria uma coisa que nunca aconteceu.

– E para que o senhor queria o motor de popa que havia em sua casa quando o prenderam em 1979?

– Para pôr numa lancha, claro. Gosto de pescar, como muita gente neste país que tem lanchas e mais outras coisas e faz com elas coisas permitidas e às vezes até indevidas... Ainda se fala disso no jornal e todos eram dirigentes ou militares e até havia alguns que eram policiais, como o senhor... Ou mais policiais que o senhor – rematou, tocando um dos ombros com dois dedos.

– Sim, tem razão – admitiu Conde, com os músculos rígidos da ira que se acumulava. Aquele homem lhe dissera agora a única verdade comprovável de toda a conversa, e essa verdade tocara fibras sensíveis demais: viu de novo seu amigo major, vazio e esquecido, e sentiu que caíam seus diques de contenção, para que a ira transbordasse; que vá tudo à merda, pensou, mas falou pausadamente: – Já que chegamos a este ponto, o senhor me obriga a dizer uma coisa: procure não ter nada a ver com a morte de Miguel Forcade, porque, se estiver metido nisso, vou fazer o possível para que o senhor passe o resto da vida fazendo ginástica numa prisão. Para alguma coisa sou policial, como me lembrou. Pode ir embora.

Fermín Bodes ficou de pé e observou o sargento Manuel Palacios, que permanecera em obediente silêncio, e depois o tenente Mario Conde.

– Muito obrigado pelo conselho – disse e saiu, fechando suavemente a porta.

Conde sentiu os passos de Fermín afastando-se em direção aos elevadores e suspirou forte, enquanto apertava as têmporas com a polpa dos polegares.

– O que você acha dessa figura, Manolo?

– Esse sujeito sabe mais que as baratas e tem merda até nos bolsos, Conde. Mas tirou você do sério. Nunca tinha ouvido você dizer uma coisa assim a ninguém...

– Ah, Manolo, queria ver se ele pelo menos ficava nervoso...

– Bom, e o que vamos fazer, pôr gente atrás dele?

Conde pensou um instante.

– Não, não faz sentido... Bom, parece que nada faz sentido nessa história.

– E por onde seguimos agora?

– Pelo que Miguel Forcade pode ter vindo buscar... Olhe, ligue para esta pessoa – e apontou um nome e um número de telefone numa folha. – Pergunte se podemos ir falar com ele daqui a uma hora. Eu vou ver se o coronel Molina finalmente está no escritório para dizer a ele que espere sentado a solução deste caso...

– Não, espere, rapaz, não me diga mais nada. Vamos ver se eu sei qual é: é um Matisse bastante impressionista, com umas árvores movimentadas pelo vento numa rua deserta e que no fundo tem uma manchinha amarela que pode ser um cachorro?

– O cachorro não vi, mas acho que é esse o quadro.

– É *Paisagem de outono*. Olhe só onde estava! E como é que eu nunca fiquei sabendo que estava com esse homem? Como você disse que ele se chama mesmo?

– Gerardo Gómez de la Peña, aquele que foi diretor de Planejamento e Economia. Não se lembra mais dele?

– Levemente – admitiu o velho Juan Emilio Friguens, sorrindo, com aquele gesto só dele, de esconder a boca e a ironia atrás da mão, posta em posição de guarda-chuva fechado: os dedos eram tão compridos que deviam ter mais ossos que os necessários e movimentavam-se como os de um esqueleto animado por alguma dança-de-são-vito. O comprimento das falanges, porém, mal dava para esconder os dentes lupinos do velho, sempre disposto a rir de suas próprias piadas. – É que eu preciso reservar a memória para coisas mais importantes, sabe? Cada dia tenho menos neurônios úteis... – e cobriu de novo a boca risonha.

Conde também sorriu: sentia uma admiração límpida por aquele homem sarcástico e sossegado. Conhecera-o durante a investigação de um roubo de várias telas do Museu Nacional, quando o vice-diretor de Belas-Artes recomendara-lhe falar com ele: Friguens era o homem mais bem informado em Cuba sobre obras de arte perdidas e possíveis mercados para elas e tinha na cabeça o catálogo mais confiável de todas as peças importantes que alguma vez tivessem transposto as costas da ilha, num sentido ou noutro.

– A notícia de que esse Matisse existe merece um trago. Tenho Havana Club branco e envelhecido, com qual deles vocês vão caminhar para a perdição?

– Branco sem gelo – pediu Conde.

– Envelhecido, mas só um pouquinho – aceitou Manolo.

– Eu também prefiro o envelhecido, mas sem as limitações do rapaz. Resumindo... – disse Friguens e saiu para o interior da casa repetindo – "Resumindo, resumindo".

98

Vê-lo caminhar também era um espetáculo: aos oitenta anos, mantinha uma postura ereta, talvez com ajuda da escassez de carnes que o envolvia, e andava com os pés para fora, com uma pressa tão irrenunciável quanto as *guayaberas* claras que ele usava no verão e os ternos escuros envergados no inverno. Friguens era o último exemplar da espécie de cavalheiros elegantes, e mesmo em sua própria casa os recebera com aquela *guayabera* cinzenta, de mangas compridas, indicada para a estação outonal.

Durante trinta anos, aquele homem, transformado agora num velho quase seco, tinha sido o crítico de arte do *Diario de la Marina*, o que lhe dera um verdadeiro poder nos meios artísticos cubanos: Friguens funcionou, então, como uma espécie de guru, e uma opinião desfavorável sua, lançada das páginas daquele periódico centenário, católico e conservador, podia arruinar até uma exposição conjunta de Picasso e El Greco. Seu prestígio, porém, superava a plataforma a partir da qual lançava elogios ou anátemas, pois se sabia que Friguens se comportava como um verdadeiro incorruptível; ao contrário da prática habitual de seus colegas, ele jamais aceitou recompensas em dinheiro vivo nem em mercadoria de nenhum dos pintores, galeristas ou *marchands* com quem se relacionava, e as paredes de sua casa eram prova daquele ascetismo essencial: os únicos desenhos visíveis eram aquelas cópias idilicamente comerciais da *Última ceia* e do Sagrado Coração de Jesus, que poderiam estar na sala de qualquer católico cubano da velha guarda.

Quando o jornal foi definitivamente fechado, pouco depois do triunfo da Revolução, quase todos os companheiros de Friguens tomaram o caminho do exílio político. Ele, ao contrário, decidiu permanecer no país, aferrado a suas consequências culturais: viver em Cuba (pelo menos enquanto se fabricar rum e continuarem existindo tão bons pintores, disse ele uma vez a Conde) era sua única condição existencial, muito embora, por causa de seu passado como redator daquele jornal inimigo, lhe tivessem aplicado um castrador rebaixamento, sepultando-o vivo numa emissora de rádio onde seu nome se perdia em meio a uma confusão de palavras lançadas ao éter, etéreas. Sua resignação cristã deve tê-lo ajudado naquele calvário, pensou Conde, pois ter vivido durante anos no ápice do poder de influência e encontrar-se de repente atirado à mediocridade das informações passageiras podia ser um castigo forte demais para alguém acostumado a ver sua assinatura estampada, todos os dias, num jornal de ampla circulação e sólido prestígio. Mas Juan Emilio aceitara esse desafio, mais uma vez sem se corromper: nem o rancor nem o ódio se apoderaram dele, que conservou o orgulho de ser a enciclopédia gratuita de consultas de todos os que quisessem saber alguma coisa sobre o movimento artístico e comercial das artes plásticas cubanas entre os anos 1930 e 1960.

– Aqui está o rum – anunciou, voltando à sala, e entregou a cada um o respectivo copo. O dele e o de Conde quase chegavam aos limites superiores.

– Mestre, os médicos sabem que o senhor ainda toma esse remédio?

Friguens sorriu, com o ocultamento habitual da boca, e disse:

– Rapaz, faz vinte anos que não vou ao médico. A última vez foi porque os joanetes começaram a me aporrinhar...

– Saúde para mim e para esse aí, porque para o senhor está sobrando – disse Conde, com o copo no alto, ao que os três provaram o rum.

Juan Emilio bebeu pela segunda vez antes de falar.

– Rapaz, fiquei muito feliz por você ter vindo. Porque faz trinta anos que ando intrigado com esse Matisse. Bom, não só eu... Você sabe que agora não deve valer menos de quatro ou cinco milhões de dólares? Sim, porque é uma obra rara, das últimas do período pós-impressionista de Matisse, antes de ele passar a ser uma das "feras", quando em 1905 fez aquela exposição no Salão de Outono de Paris, com Derain, Rouault e Vlaminck. Não sei se você sabe que foi ali que se inventou a tendência fauvista. É ali que eles começam a fazer uma pintura na qual o desenho e a composição são mais importantes, é a partir dali que eles recuperam as cores puras, bem agressivas às vezes. Se bem que a verdade é que Matisse sempre cultuou esse trabalho com a luz, que ele aprendeu com o mestre Cézanne... Olhe, pelas notícias que tenho, esse quadro deve ter sido pintado em 1903, numa época em que o pobre coitado, para falar em bom cubano, estava na *fuácata*, matando cachorro a grito, com uma mão na frente e outra sabe Deus onde, vendendo-se baratíssimo.

Imaginem que andava trabalhando como ajudante de decorador e foi um dos pintores dos frisos do Grand Palais. E dessa baixa quem tirou proveito foi Marianito Sánchez Menocal, sobrinho do general García Menocal, que andava numas de ser dândi por Paris; como achou barato, comprou o quadro. Depois Marianito o trouxe para Cuba quando o tio era presidente, e a guerra de 1914 estava começando na Europa; aqui a família ficou com a obra até a crise de 1929, quando eles também ficaram na pendura e decidiram vendê-lo aos Acosta de Arriba, família dona de engenhos em Matanzas, que não sabia muito de arte, mas tinha dinheiro de sobra e um filho meio, bom, meio afeminado, um gay, como se diz agora – e salientou o agora, com alguma ideia maligna na cabeça. – Enfim, a bichinha quis comprar o quadro, porque Matisse já era famoso, e ela imaginava que a peça devia ser alguma coisa importante. Quando os Acosta de Arriba saíram do país, falou-se muito que a pintura já estava perdida, porque eles não a levaram, mas também não se soube o que havia acontecido com ela. Lembro que se comentou que o quadro já não estava com a família porque tinha sido comprado por um ministro de Batista lá por 1954, mas a verdade é que nunca se soube muito bem onde tinha ido parar o Matisse. Estão acompanhando? Bom, o que se sabe com certeza é que a bichinha que o comprou dos Sánchez Menocal, quando chegou a Miami, não devia estar com o quadro, porque poucos meses depois um de seus amantes a matou com dois tiros no peito e nunca se mencionou que havia um Matisse nesse angu... O caso é que se formou uma nebulosa em torno do quadro, e quem o comprou preferiu que ninguém voltasse a vê-lo, que não se falasse dele, por alguma razão. O que acha disso, Conde da Transilvânia?

O policial bebeu um longo trago e deu duas tragadas no cigarro.

– Cruel.

– Sinônimo de falcatrua e também de artimanha – rematou o velho, realizando o exercício completo de sorrir.

– Agora seria preciso saber como foi que ele chegou a essa casa onde foi expropriado como um bem recuperado pelo Estado, sem nunca ter passado pelas mãos do Estado.

– Ai, rapaz, se eu for falar dessas histórias...

– Tenho de averiguar, então, de quem era aquela casa para ver se conseguimos completar a história do quadro... Porque naquele lugar havia outras telas de impressionistas e me disseram que também um Goya e outras coisas mais.

– Não lhe disseram como era o Goya? – saltou o velho, espicaçado em sua curiosidade profissional e na medula de seu orgulho.

– Não, isso não sei.

– Porque em Cuba havia três Goyas, e se esse estava em Miramar só podia ser o dos García Abreu... Então foram eles que compraram o Matisse?

Conde atacou outra vez seu copo de rum.

– Juan Emilio, você tem certeza de que no Matisse há uma mancha amarela que parece um cachorro no meio da rua?

– Sim, no fundo. Quase não se vê, mas está ali, como Deus está no céu. Certeza absoluta.

– Mas você viu ou não viu o quadro?

– Ah, Deus, não, mas não é preciso. E o cachorro também não.

– E como sabe que o bendito cachorro estava ali?

– Porque me descreveram o quadro e eu guardei na memória – disse e sorriu, com ocultamento dental inclusive. – Lembre-se que eu vivia disso...

– E como é que não vi esse maldito cachorro, se vejo todos os cachorros de rua do mundo? Diga outra coisa, Juan Emilio, há mais quadros famosos, desses que valem milhões e se perderam em Cuba nessa época?

– Olhe, rapaz, que eu saiba há mais três que podem cobrir de pesos quem os tiver. Mas eu não acredito que ainda existam, porque algumas pessoas que iam embora, para não deixarem as coisas, preferiam escondê-las em qualquer lugar ou até queimá-las. Foi o que fez Serafín Alderete, que era o dono de meia Varadero, quando pôs fogo sabe em quê? Num Ticiano... Olhe, só de lembrar me dá cãibra – disse e, para conjurar o tremor, acabou com um só gole sua dose de rum. – Pobre imbecil. Bom, como lhe dizia, além desse Matisse que ainda preciso ver para crer, há outras três peças das quais nunca mais se soube e que hoje devem custar vários milhões, com o acréscimo do mistério de seu desaparecimento durante trinta anos. Uma, que vi com estes olhos quando ainda era esboço, é uma mesa de Lam. Você conhece *A cadeira*, certo? Bom, Lam estava fazendo um díptico, formado por essa cadeira e uma mesa; sobre a mesa ele ia pintar uma espécie de "natureza-viva", conforme ele mesmo me disse. Mas, como o chinês Lam estava passando mais fome que rato em loja de ferragens, quando terminou *A cadeira* vendeu-a aos Escarpentier, acho que por trezentos pesos. O verdadeiro valor nunca se soube bem, porque os Escarpentier não diziam, e Lam o esqueceu em uma semana, depois de comer metade do dinheiro, de beber outra metade com os amigos e de ficar devendo a várias pessoas mais ou menos outra metade... E foi aí que começou a trabalhar no esboço dessa mesa, que ia ser melhor ainda que a famosa cadeira. E eu sei que ele terminou, mas Lam nunca disse onde foi parar essa pintura. Ninguém a viu terminada, mas eu lhe garanto que existe, ainda que Lou Lam, a viúva, tenha dito para mim da última vez que esteve em Cuba que ele nunca a acabou. Mas acredite em mim, que sei mais que essa moça francesa: *A mesa* existe... A outra obra é um Cézanne que estava com a família dos marqueses de Jaruco. Esse eu nunca vi, mas María Zambrano, que uma vez foi àquela casa, ela, sim, o viu e me falou dele: diz Mariita que era uma paisagem normanda, com um lago em que se refletiam as árvores que o rodeavam. Em 1951, denunciaram que o quadro tinha sido roubado; nunca se voltou a saber dele, e o caso é que não está nem em museus nem em coleções privadas conhecidas de nenhum lugar do mundo. Você imagina, rapaz, um Cézanne perdido pelo mundo? E a terceira é um Picasso do período azul que era de uma família do Cerro, dado por Alfonso Hernández Catá. O boato é que Picasso, quando ainda presenteava desenhos, deu essa obra a Hernández Catá em Paris, e ele, numa de suas viagens a Cuba, teve uma paixonite de velho pela moça da família e, para demonstrar aos parentes que era um sujeito de classe, deu-lhe de presente o Picasso. Depois, quando essa gente foi embora, encontrou-se na casa um quadro falso de Picasso, que era uma cópia tosca do suposto original: o mais estranho é que esse pessoal, que ainda vive em Miami, nunca vendeu o quadro nem o expôs mais. Meu irmão, que mora lá, tem contato com eles e perguntou sobre o Picasso; eles dizem que sempre foi falso e por isso o deixaram aqui em Havana, mas eu não acredito. Hernández Catá não era nenhum imbecil para andar presenteando cópias ruins de Picasso a uma mulher por quem andava louco, não acha?

– Sim, isso não soa bem, embora dos velhos libidinosos se possa esperar qualquer sacanagem, não? Agora, outra coisa: que tamanho teriam essas telas?

Juan Emilio fechou os olhos, e Conde teve a impressão de estar vendo um morto. Mas sabia que o cérebro do aparente defunto estava funcionando no máximo número possível de rotações.

– Eu não sou nenhum velho libidinoso, sabe...? Bom, o Lam podia ter dois metros e meio por dois. Sim, mais ou menos. O Cézanne, pelo que Mariita Zambrano me contou, devia ter um metro e pouco por um metro, mais ou menos. E o Picasso, sim, era menor: setenta e cinco por quarenta centímetros, algo assim...

Conde calculou tamanhos enquanto Friguens dava proporções, então concluiu:

– O Picasso e o Cézanne podem ser tirados mais ou menos com facilidade. Mas o Lam é grande demais.

– Sim, rapaz, até enrolado é grande – admitiu o velho jornalista, e perguntou: – Mais um pouquinho de rum?

Conde ficou de pé e olhou as ausências de seu copo. Não lhe faltava desejo de reparar aquele vazio, mas decidiu desfraldar a bandeira branca da trégua etílica.

– Não, Juan Emilio, obrigado. Hoje tenho de estar sóbrio porque o fio continua emaranhado... E pode ser que você me ajude a desenrolá-lo. Mas agora estamos indo – disse, lamentando em seu íntimo que Friguens não insistisse no convite alcoólico.

Desde que fora promovido a investigador policial, Mario Conde sempre fugira daquele tipo de incumbência: examinar calhamaços, escarafunchar arquivos, fazer buscas em papéis. Embora atendesse com frequência à rotina investigativa, sua metodologia se baseava cada vez mais em pressentimentos, predisposições e lampejos do que em raciocínios estatísticos ou conclusões de lógica estrita, e por isso ele preferia deixar para os auxiliares o lado científico da investigação. Mas a pressa imposta pelo dia e meio que lhe restava de prazo o obrigou a fechar-se com o sargento Manuel Palacios naquele escritório opressivo do Arquivo Nacional e mergulhar na busca de dois dados remotos: o endereço em Miramar dos García Abreu e o registro do inventário de objetos realizado naquela casa pelos funcionários de Bens Expropriados, entre os quais devia estar Miguel Forcade. O itinerário cubano daquele Matisse trazido por Sánchez Menocal, comprado depois pelos Acosta de Arriba e supostamente vendido a um ministro de Batista em 1954, talvez pudesse continuar, caso eles confirmassem que a peça estivera naquela casa de Miramar que, conforme assegurado por Friguens, devia ser a dos García Abreu, que haveriam de ter alguma razão para não tornarem pública sua aquisição milionária. Além disso, a incapacidade de Conde para visualizar aquela mancha amarela que o velho crítico identificava como um cachorro começava a corroê-lo com a intensidade de uma suspeita malvada.

— Você deu uma boa olhada no quadro, Manolo?

O sargento fez uma marca na ficha que estava examinando e encarou o chefe.

— Porra, Conde, olhei. E acho que nem gostei muito, para falar a verdade. Quase não se vê nada, velho.

— Você é um selvagem, ignorante e, de quebra, insensível. Aquilo é pós-impressionismo... Mas viu o cachorro?

— O cachorro amarelo?

— Aham.

Tal como o velho Friguens, Manolo fechou os olhos por um instante. Conde imaginou que ele teria o quadro gravado na mente; ao abrir as pálpebras, Manolo disse:

— Não, a verdade é que não lembro.

Conde suspirou e aceitou a derrota.

– Bom, vá em frente, continue procurando.

E voltaram aos calhamaços. Só em momentos assim Conde sentia falta da eficiência dos computadores, capazes de deglutir um nome – García Abreu, talvez – e contar toda uma história, com fotos incluídas. De resto, sua inabilidade cibernética o fazia pensar naquelas máquinas como uma aberração da inteligência humana, com as quais talvez tivesse criado um dos monstros de sua autodestruição. A confiança infinita depositada pelas pessoas no raciocínio eletrônico daqueles aparelhos sem sensibilidade chegava a lhe dar medo: não era admissível que o homem transferisse toda a sua sabedoria e capacidade de análise para tais monstrengos desalmados e que esse ato antinatural não tivesse efeitos devastadores. Para sorte de Conde, o subdesenvolvimento crônico da ilha e o de seu intelecto pré-pós-moderno o mantinham vacinado contra aquela pandemia mundial incoercível. Se bem que, afinal de contas, pensou outra vez naquele instante, não faria mal se naquele arquivo houvesse uma maquininha salvadora, capaz de lhe contar toda uma história (com telas inclusive) depois de apenas escrever um nome: Henri Matisse, por exemplo.

– Isso é trabalho para três dias – disse, desesperado diante daquele desafio, e ficou de pé, enquanto acendia um cigarro. Uma necessidade física de escapar dali se cravara em seu estômago, ameaçando perfurá-lo.

– Já se rendeu? – perguntou Manolo, sorrindo. – Resistiu quase uma hora...

– É que não aguento isso.

– E eu devo aguentar...?

Conde deu uma tragada no cigarro, olhou os calhamaços e disse:

– Não devia. E mais, ninguém deveria... Mas alguém tem que se ferrar e acho que hoje é sua vez...

– Sempre é...

– Não comece, Manolo, que quando posso eu te salvo – disse, procurando em seu repertório alguma desculpa que soasse elegante e necessária. – Olhe, enquanto você tenta encontrar algo, vou ver uma pessoa que pode nos ajudar nisso. Não sei como, mas acho que sim, que vai nos ajudar. Agora são onze e dez, certo? Bom, às duas nos encontramos na Central. Se não aparecer nada, você sai, e eu digo ao coronel Molina que mande outra pessoa... Porque eu é que não engulo isso, nem que me façam policial de novo... É que eu não aguento: olhe, já está me dando até urticária...

A velha avenida do Porto, entre a zona do Arquivo Nacional e a igreja de Paula, podia ser o trecho mais ignóbil de Havana, pensou Conde, como sempre havia pensado: não era nem mesmo feio, sujo, horrível, desagradável, enumerou, descartando outros adjetivos; é alheio, concluiu, observando-o sob a luz intensa do meio-dia mais estival que outonal, enquanto avançava pela rua flanqueada de armazéns antiestéticos do lado do mar e de edifícios inóspitos do lado da cidade: blocos de tijolo e concreto levantados com a única perspectiva da utilidade, sem a menor concessão à beleza, sucediam-se formando uma muralha ocre e impenetrável de cada lado da rua, em que se acumulava o lixo extravasado dos depósitos, onde alguns cachorros fuçavam com mais esperanças que possibilidades. O mais terrível era que naqueles edifícios, despojados de sacadas, de arcadas e até de colunas visíveis, vivia gente, talvez em demasia; seus diminutos apartamentos tinham sido projetados em função do prazer rápido propiciado pelas prostitutas aos marinheiros de passagem, aos operários do porto e aos habitantes da cidade que se arriscavam a descer até aquela última fronteira do velho bairro de San Isidro, em pleno território de marginais: "o cais", aquele lugar que carregava toda uma história de pirataria moderna, vício e perdição, aquelas crônicas obscuras por causa das quais Conde sentia saudade do desconhecido, herdada por relatos ouvidos dos velhos que tinham se banhado naquelas lagunas de um mal sem fundo. Depois, muitas daquelas profissionais do sexo, redimidas moralmente e recicladas socialmente, tinham continuado a morar naqueles galpões, transformados, assim, em casas de família por ex-putas que agora tinham filhos, nem sempre qualificáveis de filhos da puta por uma simples razão de temporalidade, porque, na realidade, sua classificação mais justa deveria depender do momento em que haviam nascido: antes ou depois da reabilitação materna... Conde, que em alguma ocasião visitara aqueles apartamentos tristes, marcados por seu passado sórdido e onde certa manhã, trinta anos antes, a água tinha deixado de subir, pensou na tristeza cotidiana adicional daquelas pessoas, capturadas por um fatalismo urbanístico definitivamente cruel, gente que, ao sair à rua, precisava ver sempre aquele mesmo panorama escuro e desolador, tão distanciado de paisagens possíveis de Matisse, de Cézanne, de cadeiras e mesas tropicalizadas pelo chinês mulato Wifredo Lam. Não, não podia ser agradável levar a vida naquela zona, com um balde de água em cada mão e arrastando atrás de si aquela fealdade congênita, pensou ele enquanto rodeava a antiga igreja de Paula, deixada no meio da rua pela utilitária modernidade, e tomava o rumo da alameda em busca de uma árvore capaz de dar sombra e de um banco do qual pudesse observar o mar. E aquele tampouco era, na realidade, o mar que ele procurava, pois tal recanto da baía também lhe parecia sórdido, com suas águas envenenadas de miasmas e petróleos derramados, um mar sem vida nem ondas, embora premiado com a dimensão de liberdade de que ele desesperadamente necessitava: um espaço aberto, capaz de contrastar com a reclusão de arquivos e ruas cercadas de paredes esca-lavradas e histórias de putas.

Respirando o aroma pútrido da baía, Conde entendeu por que tinha fugido do arquivo onde repousava a memória legal do país: na realidade não lhe importava encontrar nada. Uma indolência malsã o invadira diante da revelação de tanto passado morto, de tanta existência transformada apenas em certidões, declarações, tabelas, minutas, extra-tos, protocolos, registros, duplicatas e até triplicatas, vazios de paixão e de sangue: toda aquela depreciada escória histórica sem a qual não era possível viver, mas com a qual era impossível conviver. A revelação alucinante de que tudo terminaria reduzido a um papel numerado e arquivado nos registros de nascimento, casamento, divórcio e morte havia sido demasiadamente apocalíptica para seu ânimo de vésperas de aniversário e libertação profissional; o árido rastro de coisa nenhuma deixado em trinta e seis anos menos um dia de vida desvelava-lhe a sufocante inutilidade de seus esforços, como homem, como ser humano, como animal supostamente inteligente. Que fazer para reverter aquele destino lamentável e patético, precisamente ele, que considerava sua memória, a memória, como um dos dons mais preciosos? Talvez a arte, como pouco antes comentara com ele o dramaturgo Alberto Marqués, tão afeminado e tão persistente, podia ser o remédio mais acessível a suas capacidades para escapar do esquecimento. Mas sua arte, ele já sabia, nunca conheceria a transcendência capaz de salvá-lo (a ele e à arte, como num dia de desespero clamara Martí: ou nos salvamos juntos, ou nos fodemos os dois). Ou sim?, perguntou-se, lembrando aquele outro gênio que se suicidou convencido de seu fracasso estético e cujo romance, depois, ganharia prêmios e reconhecimentos mais que merecidos. Não. Ele nunca escreveria nada assim, por que se enganar?, concluiu, deprimindo-se um pouco mais antes de se erguer e sair andando pela velha alameda de Paula – elegante avenida da Havana do século XVIII, também depreciada pelos anos e pelo esquecimento, com sua fonte de leões angustiosamente seca –, rumo à boca da baía, ainda distante. Seus passos, era inevitável, fizeram-no passar pela frente do bar mais mítico do porto, o Two Brothers, onde uma vez Andrés tinha tomado a bebedeira mais inesquecível de sua vida e onde ele tinha aprendido – e depois comunicado a experiência aos amigos – que ter mãe puta não faz do rebento (necessariamente) um filho da puta, apesar de ter nascido (isto sim) enquanto a progenitora era do ramo... Então havia algo mais que condições temporais e profissionais para ser (ou não) um filho da puta. Conde, em compensação, havia passado por tantas daquelas bebedeiras que para outros seriam inesquecíveis que as havia esquecido, confundindo suas proporções e histórias, suas causas e consequências. E com os filhos da puta acontecia-lhe coisa parecida: tinha conhecido tamanha quantidade deles que classificá-los por uma questão de ofícios maternos e temporalidades natais teria sido um esforço no mínimo cibernético. Mas a fachada do bar conseguira o efeito de ativar o ímã: o tenente Mario Conde olhou por cima da porta vaivém e viu o balcão meio desolado de pleno meio-dia, ocupado apenas por uns casos perdidos. Sim, definitivamente ele gostava daquele lugar. Mas foi o bafo profundo e envelhecido de um local dedicado por mais de cinquenta anos a vender bebida alcoólica que o impeliu sem remorsos para o interior fresco e acolhedor – ou pelo menos assim lhe pareceu – daquele bar sujo e magnético.

– Que rum você tem aí? – perguntou ao mulato balconista, como se fosse importante ou como se fosse provável escolher marcas e qualidades num bar degradado onde a única coisa realmente significativa era a existência (ou não) de algum líquido destilado para beber.

– Legendario branco, *papa* – respondeu o mulato, mostrando uma parte brilhante de sua dentadura dourada.

– Quanto a dose?

– Um peso, *papa*...

Conde enfiou a mão nas profundezas dos bolsos e tirou todas as notas e moedas que encontrou. Depositou tudo na madeira polida do balcão e conseguiu reunir três pesos e dez centavos. Guardou a fração inservível e olhou para o mulato.

– Me dá um triplo e não me chame outra vez de *papa*, porque não sou nem coroinha.

O mulato o encarou. Pegou a garrafa de rum e despejou quatro doses num copo.

– Eu disse três...

– Mas eu dou uma de brinde, *papa*... Parece que está precisando, não é mesmo?

Conde olhou o líquido que enchia o copo, com cor de pérolas falsas e odor de perdição, e disse a si mesmo que aquele mulato, especialista em tratar com bêbados, tristonhos, deprimidos e desesperados, tinha toda a razão, mais razão que muita gente no mundo, e por isso aceitou:

– Sim, é verdade, *papa*... Acho que estou precisando – e tomou o primeiro trago antes de ouvir a voz que chegava da retaguarda e de um escaninho ruim da memória.

– Põe aí pra mim o mesmo desse sujeito.

Acotovelado no balcão, Conde sentiu um tremor maligno enquanto o som da voz se tornava imagem em sua mente. E pensou: Não pode ser, antes de se virar e verificar que, sim, podia ser e era.

110

– Não vai me cumprimentar, tenente Mario Conde?

O rosto avermelhado do ex-tenente Fabricio tentava armar sua risada sardônica de sempre, e Conde se negou a lhe dar o gosto de mostrar os dentes. A última conversa dos dois, seis meses antes, tinha versado sobre mútuas lembranças às respectivas mães, antes de dar lugar à liberação da violência: caíram aos murros, em plena rua, e Conde ainda podia sentir a queimação pungente da bofetada que Fabricio lhe dera na cara.

– O que foi? Ainda está coçando? – perguntou Fabricio, encostando-se ao balcão, quase tocando no ombro de Mario Conde.

– Quem devia perguntar isso sou eu. Pelo jeito você parece estar com sarna.

Fabricio cheirava a álcool rançoso, altas doses fermentadas uma sobre a outra. Sorria como se estivesse dormindo, e Conde, que conhecia o assunto, concluiu que ele estava bêbado.

– Você não muda, Mario Conde.

– E parece que você também não – retrucou, deixando claro que não estava gostando nada daquela conversa capaz de lhe estragar o prazer do trago.

– Eu, sim, estou fodido, Mario Conde, eu não sou nada... Nem pistola mais eu tenho, como você – e, ao dizer isso, apontou para a cintura de Conde, onde se podia perceber a presença da arma.

Que estava fodido era evidente: o aspecto do ex-policial talvez correspondesse a uma fase anterior ao *delirium tremens*. O resto podia ser imaginável para Conde. O tenente Fabricio, um dos investigadores da Central, sempre tinha sido daqueles tipos que gostam de ser da polícia pelo prestígio social e pelo poder prático obtido por esse trabalho. Costumava andar fardado, sempre com divisas nos ombros, e em mais de uma ocasião tinha usado a pistola agora apreendida e desejada. No fim, foi descoberto que seu status de policial também lhe rendia outras vantagens: mais dinheiro do que vinha no envelope do salário mensal, entre outras coisas.

– Quem procura... – disse no fim Conde, tentando concentrar-se em seu rum.

– Foi uma sacanagem. Eu não estava em nada. São uns filhos da puta.

– E por que dispensaram você?

– Nada, você sabe como é isso. Os caras são que nem cão de presa: quando mordem não largam, até destripar.

– Mas você estava na jogada ou não?

– Isso é o de menos. O pior é cair nas mãos deles; por isso, se cuide.

– Obrigado pelo conselho – disse Conde, e tentou terminar a bebida. Alguma coisa em sua garganta impediu. Aquele ritual sagrado de tomar um bom trago de rum no balcão enegrecido e sábio de um bar como o Two Brothers, enquanto um negro desdentado e bêbado, com cara de ex-boxeador derrotado em mil lutas, começava a cantar com voz singelamente cristalina um bolero bonito de cem anos atrás, não tinha nada a ver com a presença ruim e a lembrança ainda pior que Fabricio lhe trazia.

– Fiquei sabendo que também degolaram seu amiguinho Rangel...

Conde deixou o copo no balcão e, com o mesmo tom lento e menor que tinha empregado até aquele momento, dirigiu-se ao outro, olhando-o nos olhos:

– Escute aqui, não ponha o nome de Rangel nessa sua boca porca... Foi por confiar em tipos de merda como você que ele se ferrou...

Conde enrijeceu os músculos, disposto a encarar a luta. No entanto, sua ética elementar de bebedor o impedia de tomar a ofensiva: ele nunca começaria uma briga com um bêbado e, não fosse um tipo como Fabricio, petulante e sujo, com quem tinha contas pendentes, até teria aceitado um primeiro golpe sem responder. Mas Fabricio sorriu, com aquele gesto amargo que o caracterizava.

– Quer dizer que continuam amiguinhos...

– Já deu, Fabricio.

– Não, se não posso mais falar de seu parceiro... Resumindo, está fodido que nem eu. Tiraram a pistola dele também?

Aí Conde não pôde evitar: sorriu. Fabricio se sentia mutilado pela falta da arma que devia completá-lo como homem, sua bebedeira era patética, e Conde entendeu que aquele personagem estava tão morto e castrado quanto o próprio Miguel Forcade. Aliviado por essa ideia, sua garganta voltou a abrir-se, e ele conseguiu terminar a benéfica dose de rum.

– Olhe, Fabricio, no final das contas foi um prazer falar com você. Adorei ver como está fodido, saber que não sinto pena e que não posso nem quero te perdoar. Fico feliz por ver como podem terminar os policiais filhos da puta como você... Então fique mamando todas aí sozinho e não erga um dedo, senão eu arrebento até com sua vida... – concluiu, soltando o copo e se afastando do balcão, para gritar, já perto da porta vaivém: – Ei, *papa*, obrigado pelo trago e cuidado com esse sujeito, ele é um dedo-duro, uma puta ruim, que quando era da polícia gostava de achacar gente como você – e saiu para a rua, sentindo que havia lavado uma parte recôndita de sua consciência.

Ele o viu chegando, com o copo de plástico e a colher de latão na mão esquerda e uma indecisão nervosa na direita. Era como se não soubesse o que fazer com aquele segundo braço, que não devia estar desocupado e, em seu ócio obrigatório, se tornara incômodo e incongruente, como se na realidade fosse um terceiro membro inesperado. O rosto, em contrapartida, revelava certa satisfação, que Conde atribuiu ao almoço recém-engolido no refeitório da fábrica vizinha. Adrián Riverón voltava finalmente a seu escritório da Oficoda municipal, onde se concentra a administração do sistema das cadernetas de racionamento e os registros de consumidores, lugar que muita gente, talvez por aguda imaginação poética, costumava chamar de Oficola*, resumindo em um desesperado neologismo tudo o que ali se engendrava: aquele escritório era o gerador de todas as filas, instituição nacional forjada por uma demanda que sempre superava as estritas ofertas regidas por uma caderneta de abastecimento que se tornara eterna e através da qual se distribuía desde cigarros até sapatos, desde açúcar e sal até cuecas (uma ou duas por ano?, duvidou Conde. Ou nenhuma?).

Quando Adrián o viu, toda a satisfação estomacal visível em seu rosto começou a evaporar, enquanto seu braço direito procurava no bolso da camisa algo que ele não encontrou, apesar da insistente busca.

---

* Em espanhol, *ofi*, abreviação de *oficina*, significa "escritório", e *cola*, "fila". (N. T.)

– Aconteceu alguma coisa, tenente?

Mario Conde murmurou um boa-tarde, enquanto punha um cigarro nos lábios e devolvia o maço ao lugar. Acendeu o cigarro, exibindo profundo prazer enquanto tragava e expelia o fumo, e disse:

– Não, não se preocupe, Adrián, não aconteceu nada – para acrescentar, como que lamentando sua distração: – Desculpe, não lhe ofereci um cigarro – enquanto pegava outra vez o maço.

– Não, obrigado, não fumo – disse o outro, e tossiu com profundidade cavernosa.

– Bom, é que eu queria falar com o senhor. Podemos conversar em seu escritório?

– Claro, como não?

Adrián Riverón, por exercer o cargo de diretor municipal da Oficoda, tinha o privilégio de contar com um pequeno espaço privado naquele local, onde antes devia ser uma loja, um bar ou uma adega. Era um dos tantos comércios fechados na cidade pela Ofensiva Revolucionária dos anos sessenta, reconvertidos depois em casas, escritórios ou depósitos. Por isso, mesmo com a lâmpada fluorescente acesa, o lugar dava a sensação de clausura e asfixia. Adrián lhe ofereceu assento, do outro lado de sua escrivaninha, e Conde observou, numa parede, o mapa do município, dividido por zonas comerciais, sobre as quais havia pequenos cartões com o número da região e a quantidade de consumidores.

– Com certeza tem muito trabalho, não?

– Sempre há trabalho: todo dia alguém morre, nasce, se muda, se divorcia, completa sete anos ou sessenta e cinco, e tudo isso significa que é preciso alterar registros e assinalar entradas e saídas. Como está vendo, um trabalho muito criativo.

Conde concordou, compreensivo, e apagou o cigarro no cinzeiro de barro.

– Adrián, vim aqui por duas razões. Miriam me contou que vocês foram namorados milênios atrás, como diz ela – e observou que, apesar do matiz avermelhado de sua pele, Adrián agora estava ficando mais sanguíneo, definitivamente corado. – E, pelo que vi, vocês continuam sendo bons amigos...

— Sim, somos amigos. Já faz milênios... — e tossiu.

— Então talvez possa me ajudar, porque, como deve saber bem, Miriam e o irmão, Fermín Bodes, são duas pessoas difíceis. Pelo menos eu estou convencido de que eles sabem coisas que podem ajudar a esclarecer a morte de Miguel, mas, por alguma razão, não me dizem. Está entendendo?

Adrián Riverón havia recobrado seu colorido habitual e, enchendo os pulmões de ar, encostou-se no espaldar da cadeira giratória.

— Não sei exatamente o que eu poderia dizer, mas em uma coisa o senhor tem razão: Miriam e Fermín são duas pessoas muito complicadas. Inclusive, com a história do casamento de Miriam e Miguel dá para escrever um mau romance... Porque ela foi praticamente obrigada a se casar, e me tiraram de circulação. O pai de Miriam é um daqueles tipos que dão vontade de vomitar. Tem uns doze ou treze filhos, com sete ou oito mulheres, e cada vez que se divorcia deixa a casa para a mulher anterior, porque sabe que vão lhe dar uma casa nova para a mulher nova. É um daqueles que agora costumam ser chamados de dirigentes históricos, o que na verdade ele é, porque faz trinta anos que está dirigindo qualquer coisa, sempre mal, mas não cai nunca.

— Conheço esses históricos.

— Pois bem, esse tipo, que nunca tinha se preocupado com Miriam, um dia apareceu naquela casa com Miguel Forcade, e parece que Miguel gostou da moça: ela tinha dezessete anos e, se agora qualquer um fica louco por ela, imagine com aquela idade.

— Sim, imagino — e de fato imaginava.

— E o velho Panchín Bodes, como é chamado pelos amigos, decidiu ali mesmo que aquele podia ser um bom matrimônio e quase obrigou a filha a se casar com Miguel.

— Arranjos familiares.

— Ou melhor, desarranjos — retificou Adrián, tossindo. — Mas casaram Miriam com o velho e arranjaram um bom posto para Fermín, que por milagre tinha conseguido terminar o curso de arquitetura. O que aconteceu depois o senhor já conhece.

— Mais ou menos. E como o senhor os conheceu?

115

– Por meio de Fermín. Ele é dois anos mais velho que eu, mas éramos da mesma turma de bolsistas e fazíamos remo na mesma equipe. Um dia eu fui à casa dele e lá conheci Miriam.

– Quer dizer que foi remador?

– Continuo sendo, embora já não participe de competições. Adoro água.

– Dá para perceber... pela cor de sua pele, né?

– Sim, claro.

– Há outra história importante nesse rolo da morte de Miguel... Ele foi castrado. O que uma coisa dessas dá a entender?

Adrián Riverón tossiu de novo, agora numa sequência mais prolongada. O vermelho sanguíneo da pele se intensificou outra vez, e em seus lábios apareceu um sorriso.

– Como é que eu vou saber, tenente? Para mim, isso é coisa de negros abakuás e de paleros*, não? Coisa de religião, certo?

– Não, acho que não, que esse não é o caminho, porque nem os abakuás nem os paleros fazem isso... E o que Miguel Forcade veio buscar em Cuba? Miriam comentou alguma coisa?

O diretor municipal da Oficoda sorriu agora com mais largueza.

– Tenente, acho que em vez de investigar Miriam, que foi um joguete dos outros, e Fermín, que não passa de um pobre filho de seu pai, seria melhor tentar conhecer um pouco mais Miguel Forcade. Porque, se for verdade que ele voltou para buscar alguma coisa, isso nem a mãe dele sabe. O senhor não imagina que tipo de gente era esse Miguel Forcade.

– Tenho uma vaga ideia...

– Sem dúvida, uma ideia pálida. Como dizem os jovens de hoje: esse cara era treta. Miguel Forcade nunca foi leal a ninguém... Esse homem sempre enganou metade da humanidade, e garanto que o tenente ainda vai descobrir muita porcaria no passado desse sujeito.

– Pelo que estou vendo, o senhor não gostava muito dele, certo?

---

* "Paleros" são praticantes do "palo cubano", religião derivada de práticas levadas a Cuba por escravos saídos do Congo. Tem bastante semelhança com a quimbanda. (N. T.)

O enrubescimento de Adrián Riverón voltou a tomar seu rosto, enquanto sua mão direita, definitivamente perdida, voava para agarrar o cinzeiro de barro, que ele pôs bem no centro da mesa.

– Não, não gostava nada dele, mas isso não quer dizer muito. Acho que de Miguel Forcade ninguém gostava, e qualquer um podia ter uma conta pendente com ele. Tenente...

– Mario Conde.

– Claro, Mario Conde. Miguel Forcade era um dos tipos mais filhos da puta deste planeta e, embora não fique bem eu dizer isso, acho que o mataram como merecia.

O sargento Manuel Palacios estava apanhando os últimos grãos de arroz da bandeja quando Mario Conde entrou no refeitório da Central. Como sempre, o tenente se espantou com a voracidade de seu subordinado e com aquela habilidade para resgatar as partículas dispersas de comida: apertava-as com o verso do garfo e as levava à boca, para mastigá-las conscienciosamente.

– Mandei guardar sua comida – anunciou Manolo quando o viu chegar.

– O que é?

– Arroz, ervilha e batata-doce.

– A que nível estamos caindo, compatriota! Isso quem come é você, por isso peça a minha se quiser...

– Sério, Conde?

– Sério, eu te dou de presente o rancho de hoje. E por que chegou tão depressa?

Manolo sorriu, satisfeito com seus resultados profissionais e com a perspectiva de traçar outra bandeja:

– Porque achei o que estava procurando.

– Não brinca! – exclamou Conde, com seu melhor assombro de quatro doses de rum adquiridas pelo preço de três.

– Isso mesmo. Encontrei a escritura da casa dos García Abreu, na rua 22, número 58, entre a 5ª e a 7ª.

– E o outro?

– Com o endereço na mão, foi fácil. Os García Abreu saíram de Cuba em março de 1961, e o inventário dos Bens Expropriados foi assinado por Miguel Forcade em maio do mesmo ano, mas uma coisa me surpreendeu: não anotaram nenhuma pintura. Então, falei com uma moça do Arquivo, uma mulatinha magrinha, com umas tetinhas assim empinadinhas, e perguntei se aquele papel era válido, e ela me disse que sim. Então, expliquei que faltavam quadros importantes, e ela me disse que isso vinha numa tabela anexa, porque os quadros importantes eram da alçada do Patrimônio. Então, ela me ajudou a procurar a tal tabela, e não encontramos em lugar nenhum... O que acha da história até aí?

– Que, se você não terminar depressa, eu te mato... E chega de dizer "então".

– Bom, então, com o número do inventário, ela ligou para o Patrimônio para ver se nos arquivos deles estava a cópia da outra tabela... E sabe o que disseram?

– Que também não tinham, que nunca existiu, que jamais foi vista, que não há tabela.

– Elementar, Conde.

– E, se não há tabela, é porque ela nunca foi preenchida e porque, assim como venderam o quadro de Matisse a Gómez de la Peña, venderam os outros a outras pessoas... Favores por via direta, esse é o nome.

– Acha isso mesmo, Conde?

– Acho isso e acho outra coisa, Manolo: que Miguel Forcade entendia mais de pintura do que Gómez de la Peña acreditava, e, se for como estou imaginando, o morto passou a perna no vivo vinte e oito anos atrás.

– Mas como, se lhe vendeu um quadro de quase quatro milhões por quinhentos pesos?

– Porque vendeu por muito mais de quinhentos pesos um quadro que não vale nem dez... Aposto que não existe tabela porque todos os quadros encontrados naquela casa eram falsos, e por isso o pessoal do Patrimônio não os quis. De alguma maneira, os García Abreu tiraram suas pinturas de Cuba e deixaram na casa cópias que podiam enganar qualquer interventor improvisado. Mas Miguel não mordeu a isca e tirou proveito da situação, vendendo essas cópias como originais. O mais certo é que ele dava um preço para o Estado por uma pintura registrada como falsa, vendida como um objeto qualquer, e ficava com toda a diferença por uma pintura que entregava como muito valiosa, dando com ela até o certificado de autenticidade que os García Abreu certamente deixaram, mas com a exigência de que ela não fosse exibida durante muito tempo. Miguel Forcade não estava louco para vender aquele Matisse por conta própria, muito menos o Goya e o Murillo que todo mundo sabia que estavam naquela casa. A menos que tivesse uma boa justificativa... Lembra que o filho dos García Abreu era um imitador de pintores famosos? Pois, se as coisas forem como acredito, o que Gómez de la Peña tem em casa é um García Abreu Júnior, e, se Gómez de la Peña descobriu isso, não duvido que tenha cortado tudo o que Miguel Forcade tinha dependurado. Vai, coma a outra bandeja, que vamos sair daqui a meia hora...

Os olhos de Manolo, em que se havia instalado seu estrabismo circunstancial e mais admirativo, acompanharam com assombro a retirada do chefe.

– Ei, Conde, como lhe ocorreu tudo isso?

– Com a ajuda de Baco, do Papa e da caderneta de abastecimento. Tudo por três pesos – disse, sem mencionar que a lavagem de alma realizada em cima da lembrança do ex-tenente Fabricio também tinha colaborado.

Sem olhar para o elevador, Conde subiu pelas escadas em busca do telefone, com a esperança de achar o velho Juan Emilio Friguens na emissora de rádio: juntos provariam a piada macabra do cachorro amarelo que García Abreu Júnior roubara de Henri Matisse.

Metido no pijama de sua cômoda condenação, Gerardo Gómez de la Peña sorriu para os recém-chegados. Naquela tarde, seu penteado parecia um pouco menos perfeito – escassez de vaselina, pensou Conde –, mas sua autoconfiança continuava intacta e até em franco crescimento, quando o tenente explicou a razão da visita:

– É que queríamos que o amigo Friguens, que é crítico de arte, visse seu Matisse.

O ex-poderoso sorriu um pouco mais.

– Esse quadro lhe deu o que pensar, não, tenente?

– Um Matisse é um Matisse...

– Ainda mais se está em Havana – acrescentou qualidades Gómez de la Peña, e os convidou a ir para a sala de recepção, onde se dirigiu a Friguens: – Aí está, professor.

Conde observou que o corpo magro de Juan Emilio sofreu um estremecimento. Parado a três metros daquela oferenda final de Matisse ao impressionismo e ao magistério de Cézanne, o velho jornalista guardou respeitoso silêncio, embargado talvez pela admiração de ter diante de si, depois de várias décadas, aquela obra-prima que considerava perdida para sempre. Conde, ao lhe pedir que fosse ver com ele o quadro de Gómez de la Peña, não lhe dissera nada sobre suas suspeitas e esperava com ansiedade a avaliação final do especialista: que seja falso, rogava mentalmente, para encontrar um motivo com que inculpar Gómez de la Peña ou, pelo menos, para ver sua petulância diminuída por um estelionato de vinte e oito anos...

– Sentem-se – disse o anfitrião, e os policiais obedeceram.

O velho Friguens, enquanto isso, deu dois passos em direção à tela, como um tigre envolvente a se aproximar da presa. Não falava, quase não respirava, quando deu um terceiro passo e reduziu a alguns centímetros a distância que o separava do Matisse.

– Souberam alguma coisa da morte de Miguel? – perguntou Gómez, fingindo não ver a admiração de Friguens, como se estivesse acostumado a assistir àquele tipo de espetáculo.

– Talvez – disse Conde, sem deixar de olhar para o jornalista.

– Que calor, não? – comentou o ex-ministro, disposto a não permitir que houvesse silêncio.

– É que vem aí o ciclone – afirmou Conde.

– É, deve ser isso.

120

– É isso – disse, quando Friguens deu mais um passo, como se quisesse continuar avançando pela rua gravada na tela e gozar a brisa que penteava as árvores daquele povoado francês.

O interesse de Conde obrigou Gómez de la Peña a olhar para a pintura, na qual aquele velho descarnado agora enfiava a cara, como se estivesse disposto a engoli-la.

– O que acha, mestre? – perguntou, com sarcasmo, o dono acidental do Matisse, e Friguens se voltou.

– E o senhor tem os certificados de autenticidade? – disse o crítico, tossindo um par de vezes e escondendo a boca atrás da mão em forma de guarda-chuva fechado.

– Com avais de Paris e Nova York.

– Poderia vê-los?

– Naturalmente – concordou Gómez de la Peña, pondo-se em pé, depois de enfiar os dedos disformes nas chinelas.

Quando o homem saiu, Conde acendeu um cigarro, procurando adiar o instante de sua pergunta.

– O que acha, Juan Emilio?

O velho crítico olhou novamente para o Matisse, enquanto se afastava para sentar-se numa das poltronas de vime.

– Deixe-me sentar. É incrível...

– E o que isso quer dizer?

– Isto: que é incrível – reafirmou Friguens. – Ah, eu não lhe disse, mas acho que descobri o motivo de os García Abreu terem comprado o Matisse em segredo. O problema é que, em 1952, Fernando García Abreu se meteu até o pescoço numa fraude bancária, mas saiu limpo graças à amizade com o presidente Batista. Por isso não era conveniente que se soubesse da compra de um quadro tão caro, não? – estava acabando de contar quando Gómez de la Peña voltou, tirando papéis de um envelope marrom.

– Aqui estão – disse, estendendo a Friguens umas folhas grampeadas.

Aproximando-as dos olhos, Juan Emilio leu as certificações, e um breve sorriso começou finalmente a formar-se em seus lábios, até que disse:

– Agora, sim, é incrível – como se seu vocabulário opulento tivesse secado com o impacto estético do Matisse.

– O que é incrível? – indagou Gómez de la Peña, com seu sorriso mais seguro.

– Que os certificados sejam autênticos, mas esse quadro seja mais falso que uma nota de vinte pesos com a cara do Conde. Não é incrível?

No espaço reduzido daquele diminuto recinto policial do terceiro andar, longe da ostentação futurista da casa que se havia autoconcedido, Gerardo Gómez de la Peña, calçando sapatos comuns, incapazes de provocar inveja, parecia um homem definitivamente envelhecido. Na realidade, o processo começou quando Juan Emilio Friguens tornou crível o incrível, anunciando com seu sorriso triunfal a impostura daquele Matisse pintado em Havana, muitos anos depois de ter sido criado o original francês. A ausência do cachorro amarelo tinha sido a dica mais evidente do falsificador, que deixara outras pistas malvadas de seu exercício de copista, como migalhas de pão lançadas para quem quisesse seguir o percurso até a verdade. Depois de gritar que aquilo era mentira, Gómez de la Peña começara a desabar diante das evidências mostradas por Conde:

– Se for autêntico, talvez não haja problemas. Mas isso nós precisamos saber com segurança, então vamos levar o quadro ao Museu Nacional, onde há dois especialistas a nossa espera. Mas, se eles disserem que é falso, parece que o senhor teve um bom motivo para matar Miguel Forcade, não acha?

Gómez de la Peña olhou para os dedos dos pés e não respondeu. Conde se regozijou ao observar a hesitação do petulante ex-ministro e lhe propôs:

– O senhor vai comigo agora à Central ou espera eu voltar para buscá-lo com uma ordem de prisão quando ficar certificado que o Matisse é falso?

Gerardo Gómez de la Peña preferiu acompanhar o tenente, que o levou a seu escritório do terceiro andar, onde parecia ter-se

122

concentrado o calor daquela tarde pré-ciclônica. Da janela, via-se um céu agora acinzentado, com ameaça tangível de chuva, embora as copas das árvores continuassem perfeitamente imóveis, como que avisando das más intenções daquela calma excessiva, preliminar à tempestade mais assoladora.

"Huracán, huracán, venir te siento / y en tu soplo abrasado / espero entusiasmado / del señor de los aires el aliento"*, recitou Conde para si mesmo, pensando no ciclone físico e espiritual que desesperou o primeiro grande poeta da ilha, mais de cento e sessenta anos antes, quando nada se sabia de hectopascais nem de trajetórias prognosticáveis, mas sim do horror vertiginoso, duramente aprendido, que se encerrava por trás da palavra furacão. E Heredia, com sua voz de poeta, clamou então pela passagem do ciclone, de seu ciclone, aquele de que necessitava e que esperava quase entusiasmado. Por que precisamos da mesma coisa, poeta?, perguntou-se Conde enquanto sua excitação crescia porque Manolo demorava demais a chegar com a resposta definitiva sobre outro vendaval, imaginado em óleo sobre tela. Por isso se voltou, ocupou sua cadeira atrás da escrivaninha e olhou Gerardo Gómez de la Peña bem nos olhos.

– O senhor acreditou mesmo durante esse tempo todo que esse quadro fosse autêntico?

O homem respirou sonoramente, expulsando todo o sopro que acumulava nos pulmões.

– O que está pensando? Que eu diria que tinha um Matisse verdadeiro sabendo que era falso?

– A vontade dos homens, como a dos furacões, também é insondável... Quem sabe... Porque também seria preciso saber se o senhor tem uma conta na Suíça, engordada por um Matisse verdadeiro...

– Mas não está entendendo que aquele filho da puta me enganou como se engana um imbecil? Ainda não consigo acreditar...

---

* "Furacão, furacão, chegar te sinto / e em teu sopro abrasado / espero entusiasmado / do senhor dos ares o alento", versos de "En una tempestade", de José María Heredia. (N. T.)

– Nem eu. Porque agora, sim, posso continuar achando que o Matisse verdadeiro existia, ou existe, e que foi por esse quadro que Miguel Forcade se atreveu a voltar a Cuba. E também acho que talvez tenha sido por esse Matisse verdadeiro, que vale até cinco milhões, e não três e meio como o senhor pensa, que alguém o matou e castrou, não lhe parece possível?

– Não sei do que está falando.

– De que vocês dois talvez tenham escondido a obra autêntica há vinte e oito anos...

– Não seja ingênuo...

Conde sorriu, mas, da posição em que estava, apontou para o homem com o indicador em riste:

– Se há um ingênuo aqui, é o senhor. E esta seria sua única salvação: que tivesse sido tão idiota a ponto de acreditar ter comprado um Matisse milionário por algo mais que quinhentos pesos e a concessão de uma casa no Vedado, se bem que, para resumir, a casa não era sua, certo? Mas tanto fazia dar a Miguel ou a Jacinto, desde que Jacinto pudesse retribuir bem esse favor... Mas, se não é um ingênuo e imbecil a quem Miguel Forcade enganou por todos esses anos, então pode ser um delinquente com várias acusações, inclusive, talvez, a de homicídio. O que prefere ser, ingênuo, imbecil...? Recomendo que seja isso, porque todos os outros caminhos agora vão dar na prisão.

Gómez de la Peña balançou a cabeça, negando. Pelo jeito, ainda achava incrível – Friguens já dissera – a catastrófica falsidade daquele quadro que ele costumava mostrar como seu estandarte de vitória sobre os castigos de sua falida gestão econômica, quando finalmente a porta se abriu, e Manolo, como Conde esperava, desenhou um V com os dedos.

– Mais falso que virgindade de enfermeira...

Gerardo Gómez de la Peña ouviu a sentença e desabou um pouco mais na cadeira, antes de dizer:

– Fico contente que o tenham matado. Porque era um filho da puta.

– Bom, agora me diga alguma coisa sobre Miguel Forcade que seja capaz de me surpreender – pediu Conde, disposto a assimilar informações que contivessem mais novidades ou revelações.

Sem fazer comentários, o coronel Alberto Molina ouviu toda a história que o tenente Mario Conde lhe contava: a longa pista de uma *Paisagem de outono* falsa que existia porque também existiu uma verdadeira cujo destino ainda se desconhecia, podendo uma das duas – ou talvez as duas – ter sido a causa da morte de Miguel Forcade. De pé, fumando o segundo cigarro desde que Conde chegara, o novo chefe da Central olhou os certificados de autenticidade e o comprovante de venda daquele Matisse, assinado por Miguel Forcade e por Gerardo Gómez de la Peña.

— E o original deve ter sido tirado de Cuba por esses García Abreu... Não?

— Até agora, é o que parece. Mas, quando Forcade ficou sabendo que esse daqui era falso, percebeu que tinha um bom negócio nas mãos e pensou rapidinho.

— Esse sujeito era um diabo – disse, por fim, voltando à cadeira. – Não estranho que tenha sido morto assim.

— São vários os demônios – comentou o tenente, pensando no major Rangel: "Este país está louco", diria o Velho, como se ainda fosse capaz de se espantar com alguma coisa.

— Está achando que Gómez é o assassino?

Conde voltou a calcular as possibilidades de seus prejulgamentos e preferiu não se arriscar dessa vez.

— Isso eu não posso garantir ainda, se bem que adoraria que fosse, porque não gosto dos tipos como ele. Mas ele diz que nunca soube que o quadro era falso e parece não estar mentindo. E isso o deixa sem motivos aparentes, não acha? De qualquer maneira, vou deixá-lo dormir aqui esta noite, na mesma cela onde estão o negro e o branquelo estupradores. Isso costuma ajudar, garanto...

O coronel ficou de pé novamente. Era evidente seu desconcerto diante dos enigmas que lhe eram propostos por aquela história de falsidades e enganos em cadeia, sustentada durante quase trinta anos.

— Não sei o que dizer... Tudo isso é novo para mim. O que me parece indubitável é que se remexeu num merdeiro... Mas, se não foi Gómez, quem pode ter sido, porra?

– Bom, por outro lado, há Fermín Bodes, o cunhado de Miguel. Tenho certeza de que esse homem sabe por que o finado veio a Cuba e, se sabe isso, também pode saber por que o mataram. E eu não duvidaria de que tenha sido ele mesmo. Mas nesse não tenho por onde entrar. É outro folgado e atrevido.

– E a mulher de Miguel?

– Está ótima... E também sabe de coisas que não diz e diz coisas sem ser perguntada. É quem mais me confunde nesse imbróglio... Ainda por cima, acho que não é loira... Agora, do que eu tenho cada vez mais certeza é que o assassino de Forcade devia saber o que esse homem veio buscar, e por isso o matou. Se bem que a história da castração continua soando como um ruído no sistema. Não acha?

O coronel apagou o cigarro e olhou para o subordinado.

– Não sei por que aceitei me meter nessa loucura, se estava tão tranquilo em meu escritório...

– O senhor já está vendo como é difícil resolver tudo em três dias. Mas vou prometer uma coisa... Diga, que horas são?

– Cinco e dez, por quê?

– Porque amanhã a esta hora vou responder a sua pergunta e lhe direi quem foi o assassino de Miguel Forcade... Espero que a essa hora o senhor já esteja com minha exoneração preparada. Está bem?

– Está bem... pela saúde dos dois – e deu meia-volta, sem se lembrar da saudação marcial.

Mario Conde só cantava boleros em duas situações bem precisas: quando pressentia que podia se apaixonar ou quando já estava total e desesperadamente apaixonado – que era seu único modo de se apaixonar. Embora sua sorte no amor não tivesse sido assim tão propícia para o cultivo de suas qualidades bolerísticas, várias daquelas letras, feitas com as mesmas palavras para cantar o amor ou o desengano, o ódio ou a mais pura paixão, tinham ficado presas a sua mente devido à veemência de suas febres amorosas cíclicas, durante as quais as cantara, mesmo fora do chuveiro. E havia um bolero em especial de que ele gostava mais do que de qualquer outro na face da Terra e da língua:

Pasarán más de mil años, muchos más,
yo no sé si tenga amor, la eternidad,
pero allá tal como aquí, en la boca llevarás,
sabor a mí...*

O sentimento de posse ferrenha revelada por essa canção conseguia expressar, mais que qualquer poema, mais que outras muitas palavras febrilmente buscadas e ensaiadas, sua pretensão de permanência: sempre desejava que suas mulheres arrastassem sem remédio a marca de seu amor, como um sabor bom nos lábios. Elas, para sua infelicidade, costumavam se esquecer dele, enquanto Conde sofria e ganhava distância dos boleros, até começar outro processo bacteriano de paixonite crônica e mortal.

Naquela tarde, traiçoeiramente, o policial sentiu vontade de cantar um bolero, mesmo sabendo que estava muito longe da possibilidade de se apaixonar. Miriam nunca seria mulher capaz de provocar nele aquela sensação de invalidez nascida do amor, embora ele não tivesse duvidado nem por um instante de que seria capaz de deitar e rolar com ela em qualquer lugar, caso a loira lhe desse o menor sinal de consentimento ou desejo. Gostava das coxas dela, gostava da astúcia e dos medos possíveis dela, mas gostava, sobretudo, dos olhos dela, aqueles olhos de animal predador que o fizeram lembrar outro velho bolero – *"por eso es que en las playas / se dice que hay sirenas / que tienen ojos grises / profundos como el mar..."*** –, numa situação em que, se bem lembrava, verso por verso, acorde por acorde, Conde nunca o teria cantado: porque não

---

* "Passarão mais de mil anos, muitos mais, / e não sei se tem amor a eternidade, / mas ali tal como aqui na tua boca levarás / o meu sabor", versos de "Sabor a mí", de Álvaro Carrillo. (N. T.)

** "[...] por isso que se diz / que nas praias há sereias / que têm olhos cinzentos / profundos como o mar", referência à música "Ojos de sirena", de Sindo Garay. (N. T.)

estava nem ficaria apaixonado pela viúva de Miguel Forcade, que batia as pestanas enquanto dizia, aparentemente decepcionada:

– Nunca imaginei que Miguel pudesse fazer uma coisa dessas. Quer dizer que vendeu um quadro falso? – perguntou, abanando-se com a mão, como se tivesse sido acometida pelo mais intenso calor.

A sala da casa estava iluminada pelos dois abajures Tiffany, que faziam brilhar um pouco mais os olhos cinzentos de Miriam. A seu lado, no sofá, o inseparável amigo Adrián Riverón também ouvira todo o elenco de falsidades exposto por Conde, pois Miriam insistira na permanência dele ali: sim, Adrián era como um irmão e gozava de toda a sua confiança.

– Quer dizer que a senhora também não sabia nada sobre esse quadro falso?

– Já disse que não. E também não fazia a menor ideia de que Miguel queria voltar a Cuba para buscar alguma coisa.

– É um encanto: ninguém sabe de nada, mas Miguel foi morto por alguma coisa, não acha?

Ela assentiu, e dessa vez foi Adrián Riverón quem tomou a palavra, depois de tossir duas vezes para limpar a garganta.

– Se me permite, tenente... Acho que já lhe disse hoje à tarde: por que não investiga em outro lugar e deixa Miriam em paz? O senhor já viu o que Miguel era capaz de fazer, não? Além disso, hoje ela precisou enterrar Miguel, que era seu marido, apesar de tudo. Não acha que ela já disse o que podia dizer?

Conde sorriu. Aquele eterno apaixonado por Miriam saíra empunhando um escudo para salvar a honra da donzela. Outro ingênuo?

– Não, não acho que ela disse tudo o que podia dizer e, além disso, não acredito nem em metade das coisas que ela disse... Mas quero esclarecer que não estou pressionando: só quero que me ajude a saber quem matou esse homem que ela enterrou hoje e que era marido dela, apesar de tudo. Está satisfeito?

– Preciso aguentar ser chamada de mentirosa? – protestou Miriam, pedindo com olhos e pestanas o apoio do amigo.

Adrián balançou a cabeça e tossiu, como se aceitasse o inevitável.

– É que tenho pena dela, entenda. Quer que eu lhe diga mais uma coisa que talvez ajude?

Conde pensou por um instante. Gostaria de ter uma imagem mais nítida de Adrián Riverón para entender por quais trilhas se movia aquele homem, mas por ora se resignou a ouvi-lo.

– Mas é claro – concordou, pegando um cigarro para si e oferecendo outro a Adrián.

– Obrigado, lembre que não fumo – disse ele, com um gesto de recusa quase exagerado, que Conde continuava sem entender: e a que se devia então aquela tosse de nicotina e alcatrão? Sem pensar mais, acendeu o cigarro e dedicou toda a sua atenção a Adrián Riverón.

– Olhe, eu conheço Miguel Forcade, bom, conheci, antes até de ele se casar com Miriam, porque tive a infelicidade de trabalhar com ele. E uma vez eu disse a ela, só uma vez, mas disse: esse homem não presta. Era um alpinista social sem escrúpulos e, quando viu que a corda estava balançando, ficou na Espanha, por alguma razão que desconheço, mas que não podia ser boa. Já viu, um tipo que vendia quadros falsos que nem sequer eram dele... Assim como essa conta pendente, Miguel Forcade deixou outras aqui em Cuba, por isso tinha medo de sair na rua, uma vez que não tinha mais nenhum poder aqui. Está entendendo?

– Entendo e agradeço sua ajuda, porque o senhor está me dando o motivo do crime: preciso investigar por todos os lados, porque qualquer pessoa que ele tenha prejudicado pode ser o assassino. E, se Miriam gostava dele como me disse ontem, seria melhor que me ajudasse um pouco mais.

Ela, que não deixara de observar Adrián enquanto ele despia Miguel Forcade em público, mostrando o que parecia serem suas carnes verdadeiras, olhou para o policial, que deparou com um brilho extra em seus olhos. Iria chorar outra vez? Mas não chorou; em vez disso, falou com uma fúria finalmente desatada:

– Vocês dois são iguais. Enxovalhando um morto. Tudo isso me dá nojo... Quando posso sair de Cuba, tenente?

Conde deixou os olhos de Miriam e observou o chão. O que aconteceria se ela lhe escapasse?

– Me dê mais dois dias.

– Mas só dois dias. Não tenho mais nada que fazer aqui. Vou embora e acho que nunca mais volto a pisar neste país... Pobre Miguel.

Uma noite, faz uns seis ou sete anos, Miguel me confessou que o maior erro da vida dele tinha sido sair de Cuba. Lembro que era final de dezembro e em Miami fazia um frio insuportável, principalmente para ele, que começava a se agasalhar quando soprava o primeiro vento do norte. Numa noite como aquela ele nunca teria ido a lugar nenhum, mas o dono da empresa onde ele estava trabalhando tinha organizado uma festa em sua casa nova de Coral Gables e convidou um grupo de empregados, entre os quais Miguel. Era uma espécie de despedida de ano com que o patrão brindava seus funcionários mais próximos porque os negócios tinham ido muito bem e, segundo Miguel, para que todos nós morrêssemos de inveja quando víssemos a casa que ele tinha comprado uns meses antes e alardeava o tempo todo.

Bom, aquilo de morrer de inveja podia ser verdade: a casa ficava na zona mais exclusiva do bairro, num lugar a que se chegava por uma rua onde havia uma guarita com guardas particulares, e era preciso exibir o convite impresso e numerado para passar. Depois a estradinha seguia por um bosque, onde havia várias casas, entre elas a do senhor Montiel, que era uma daquelas mansões que quem não vê não imagina nem em sonho: segundo Miguel, aquela casa tinha custado uns dois milhões de dólares, e o decorador havia cobrado mais de cem mil para arrumar tudo de acordo com o gosto do novo dono. Quando entrei e vi aquela maravilha, cheia de vidraças, luzes, mármores e tapetes, achei que tinha sido o dinheiro mais bem gasto do mundo, principalmente quando alguém tem vários milhões para gastar e até para se dar ao luxo de comprar uma Santa Bárbara de tamanho natural, com espada, coroa e cavalo, e colocá-la na entrada do jardim, debaixo de uma pérgula de mogno e rodeada de cestos de rosas príncipe-negro e de maçãs vermelhas... A *party*, a festa, era no pátio, ao redor da piscina, e, embora Miguel tivesse tomado vários uísques e nós tivéssemos ido nos sentar debaixo de um toldo, o mais perto possível das churrasqueiras onde estavam assando a carne, ele não parava de tremer, e eu lhe disse: Escute, se quiser vamos embora, mas ele me disse que nem me passasse pela cabeça a ideia de ir; precisávamos resistir pelo menos até a meia-noite para não fazer desfeita àquele cubanaço que era chefe dele e que tinha ficado milionário pisando em todas as cabeças que se pusessem em seu caminho. Por isso, sorriu e deu parabéns a Montiel quando ele chegou perto de nós e perguntou o que achávamos do seu casebre, e Miguel, sorrindo, comentou que a casa dele era *super nice*, e Montiel disse: Bom, Miguelito, não tão linda como sua mulher, e começou a rir e a dar palmadas nas costas de Miguel. Sem deixar de sorrir, Miguel viu Montiel se afastar e fazer piadinhas para outros funcionários e ali mesmo começou a tremer mais e, depois de tomar um gole de uísque, me falou: O maior erro da minha vida foi sair de Cuba, e eu achei que ele estava dizendo aquilo por causa do frio, mas depois percebi que era por causa da inveja.

Nós morávamos numa casinha alugada em South West que, para qualquer pessoa daqui, teria sido a maior aspiração da vida: era boa para nós dois, tínhamos um quintal com gramado e churrasqueira, ar-condicionado central e uma sala envidraçada que dava para um jardim com flores e árvores. Cada um tinha seu carro e nos fins de semana íamos a Tampa, Naples, Sarasota, St. Petersburg ou Key West e podíamos nos dar ao luxo de, às sextas-feiras, comer comida crioula nos restaurantes da rua 8 ou em qualquer outro de Coconut Grove ou de Bayside. Mas tudo aquilo era só o primeiro degrau de uma ladeira que podia chegar muito mais acima de onde havia chegado o senhor Montiel, com sua casa de dois milhões e tanto em Coral Gables. Além disso, Miguel sabia que o tempo estava contra sua ascensão: ele já tinha quase cinquenta anos e, como dizia, ainda não conhecia ninguém que tivesse enriquecido trabalhando honestamente... Por isso, a casa de Montiel era como a amostra de tudo o que nunca íamos ter, a não ser que acontecesse um milagre. Mas o que mais incomodava Miguel era sua condição de empregado: aqui em Cuba ele sempre tinha circulado por escalões mais altos e pôde sentir nas mãos o poder real. Agora, embora tivesse casa, carro e algum dinheiro no banco, Miguel não tinha poder, e isso era o mais difícil para um homem como ele aceitar. Entende?

Por isso, muitas vezes, quando ficávamos em casa à noite ou saíamos para passear pela Flórida, ele começava a dizer o que faria se tivesse oito ou dez milhões de dólares. Lembro que a primeira coisa, sempre que tocava nesse assunto, era montar um negócio próprio e ter um escritório particular, onde às vezes a secretária era eu e, outras vezes, uma senhora vestida com formalidade inglesa, conforme lhe desse na telha naquele dia... Então ele seria *mister* Forcade e exigiria esse tratamento por parte dos subordinados, porque aqueles milhões sonhados impunham certa distância entre ele e o resto dos mortais. Pobre Miguel.

Nos últimos anos, apesar de termos nos mudado para uma casa melhor em Coral Gables, da qual devemos quase a metade, e apesar de Miguel ter subido na empresa de Montiel, ter escritório próprio e secretária compartilhada com outro chefe de departamento, cada vez mais ele falava da possibilidade de mudar tudo e viver como dizia que merecia. Falava de um grande *business* que poderia fazer a qualquer momento e, quando eu lhe pedia que dissesse qual era esse negócio, sempre respondia: Você vai ficar sabendo quando tomar banho na piscina da casa que vou comprar, *mistress* Forcade, e ria sozinho. Eu sentia que o ânimo dele melhorava, e nos últimos meses, quando decidiu que viríamos para Cuba, apesar do que ele tinha feito, Miguel era quase o mesmo homem seguro e confiante que eu conheci aqui e por quem me apaixonei quando era mocinha. Ele averiguou e descobriu que a melhor coisa, para voltar a Havana, era fazer os trâmites pela Cruz Vermelha, mostrando os atestados de saúde do pai, e começou a falar por telefone com Fermín, que já tinha saído da prisão, para ele resolver o que fosse necessário por aqui. Por isso, dois ou três dias antes da viagem, eu perguntei se ele não lamentava mais ter saído de Cuba, e ele respondeu: O que eu lamento é ter demorado tanto para me decidir a voltar, e riu, como se fosse o cubanaço Montiel rindo de suas próprias piadas.

– Gosta das flores caídas, tenente?

A voz saiu de um arbusto e surpreendeu Conde no ato de recolher a diminuta flor branca, adormecida na trilha que levava para a rua.

132

– Sim, pode cheirar, é daquele sabugueiro que está à direita. O verdadeiro nome dele é *Sambucus canadensis* e pertence à família das caprifoliáceas. Se prestar bem atenção, vai perceber que é muito comum nos jardins, por ser ótimo como planta medicinal... Sabia? Vamos, cheire a flor. Tem um perfume bem peculiar, não é?

Conde tinha avançado dois passos, até entrever a figura diminuta e dessecada do ancião, pousada sobre um banco de ferro lavrado, junto ao qual repousavam duas muletas de madeira. Em meio àquela solidão, rodeado por tantas árvores, flores e silêncio, parecia um profeta depreciado pela memória e pelo tempo.

– É o senhor Forcade?

– Doutor Alfonso Forcade, a seu dispor – disse e deu início ao gesto demorado de estender a mão, enquanto afirmava: – E o senhor é o tenente Mario Conde, sem a menor sombra de dúvida.

– E por que não há dúvidas? – quis saber Conde, quando recebeu a inesperada pressão que brotava da mão do ancião.

– Porque Caruca, minha mulher, é a melhor fisionomista que já conheci, e ela me disse como o senhor era.

– É muito lindo seu jardim. Também disse isso a sua esposa.

– Sim, é lindo, por isso dou um jeito de vir aqui todos os dias, para ficar olhando minhas plantas, vê-las crescer... É uma das poucas satisfações que vão ficando. Mas em certos dias nem isso posso fazer. Não sei o que vai ser delas quando eu morrer, e quanto a isso também não há dúvidas de que será bem depressa... Olhe, com exceção daquele loureiro, da paineira, do *mamey* e da *picuala* que fica na cerca do fundo, todas as outras árvores deste jardim quem plantou fui eu, com minhas mãos, ou então as vi nascer, plantadas pela mão de Deus. Sabe que árvore é aquela ali, que parece uma paineira barriguda? Imaginava que não. Pois é um baobá, ou melhor dizendo, um dos três baobás que existem em Cuba, e esse fui eu que plantei... Quando vim para esta casa, todo este terreno era um relvado ralo, que eu mesmo revolvi para plantar essas maravilhas da natureza que o senhor está vendo.

– Por ofício ou por gosto?

O rosto do velho Forcade deu início a um movimento estranho. Seus dentes, gloriosamente artificiais, mostraram um sorriso tétrico e unidimensional, que só se expandia na linha vertical. Os músculos do rosto, vencidos pelos anos ou por alguma moléstia paralisante, deslizavam como se precisassem de lubrificação urgente e depois demoravam a voltar para a posição de repouso. Aquele jogo facial parecia exceder as possibilidades físicas do homem, que permanecia estático enquanto esperava o desaparecimento da careta.

– As duas coisas – disse enfim –, as duas coisas. A beleza e o dever podem andar juntos em algumas ciências da vida, e a botânica tem essa vantagem. Os policiais não têm tanta sorte, não é mesmo? Aqui eu tenho um verdadeiro catálogo de plantas cubanas, e cada uma delas tem dupla função: ser bonita e ser útil para as pessoas que conheçam seus segredos.

Conde acendeu um cigarro e olhou para as flores pendentes.

– O senhor já escreveu sobre esses segredos?

– Publiquei alguma coisa e ali em cima tenho vários catálogos inacabados, que serão entregues à universidade quando acontecer o que tem de acontecer... É terrível como o tempo da vida nunca nos basta, embora às vezes a gente exagere, como estou fazendo agora. Mas o problema que me preocupa não é esse: é o das plantas, que vão ficar sozinhas. Mesmo que o senhor talvez não acredite, cada uma dessas árvores sabe que sou o pai delas, ou pelo menos o tutor, e que minhas mãos as alimentaram, limparam, curaram e regaram durante trinta anos. Que minha voz falou com elas e que a minha presença as acompanhou desde que lançaram a primeira folha. Para elas, minha ausência vai criar um vazio, e o senhor pode estar certo de que muitas destas plantas vão ficar doentes quando eu morrer, e várias delas até morrerão depois de mim, pois serão as primeiras a saber de minha morte...

– Nunca tinha ouvido dizer que essas coisas acontecem com as árvores. Com os cachorros, sim... – e com algumas pessoas, pensou em dizer, mas mordeu a língua na hora certa.

– Pois eu lhe garanto: cada planta tem vida, portanto espírito, e aí se situa o centro de sua consciência: alma e matéria, certo? Não me olhe assim: são seres vivos, tenente, e a vida engendra espiritualidade, concorda? É uma sensibilidade diferente da nossa, mas seria cruel e estúpido não admitir ou não respeitar isso por uma simples questão de antropocentrismo estúpido... Tem um pouco de tempo para que eu lhe diga algumas coisas sobre as plantas? Pois se é assim, ouça isto: foi demonstrado cientificamente que elas, quando sintonizam com uma pessoa específica, são capazes de estabelecer uma relação permanente com ela, aonde quer que essa pessoa vá e mesmo que esteja entre milhões de indivíduos. Mas isso não é o mais espantoso: as plantas são capazes de sentir medo ou alegria e são dotadas da capacidade de perceber os pensamentos e os propósitos do homem e até de detectar suas mentiras... Mas também se sabe que elas são capazes de ter intenção, porque possuem a faculdade de perceber e reagir ao que acontece ao redor. Olhe, para dar um exemplo que pode lhe interessar: o jequiriti, de que, infelizmente, não consegui nenhum exemplar, é tão sensível a todas as formas de influência elétrica e magnética que é usado como indicador do tempo atmosférico, porque tem dispositivos capazes de prever furacões, tempestades elétricas, terremotos e erupções vulcânicas. Só uma inteligência e um espírito muito, muito sensíveis podem conseguir isso, concorda?

Conde anuiu diante do animismo científico que lhe propunha o velho Forcade. Alguma coisa naquele ancião lhe fazia lembrar os dias finais de seu avô Rufino, quando Mario se sentava junto a sua cama e lhe pedia que contasse aquelas poucas histórias já conhecidas que, como únicas gravações salvas do fogo do tempo, o avô repetia ao neto: a do dia em que realizara a façanha de conseguir o *home run* numa partida de beisebol que ganha graças àquela ação desesperada; a da noite em que precisara fugir de um marido ciumento, deixando três tiras de carne nas farpas de uma cerca; a da morte daquele galo índio com o qual ele ganhara a inacreditável cifra de trinta e duas rinhas, sobre o qual falava como se fala de um filho querido a quem precisou dar um destino melhor, pois sem dúvida o vovozinho Rufino também achava que seu galo tinha uma inteligência especial.

— Sabe alguma coisa de espíritos?

– Depende do que entende por espírito, tenente. Se para o senhor o espírito é uma manifestação da matéria, organizada por uma força ou um poder superior inescrutável, acredito. Porque não existe só o que é visível e evidente, como o senhor bem sabe...

– Nos manuais de marxismo, o senhor teria sido colocado na categoria de materialista idealista... Mas sabe por que estou perguntando?

– Acho que sim, o senhor é muito transparente – adiantou-se o velho Forcade. – Não percebeu como adivinhei sua intenção de cheirar a flor do sabugueiro que viu no chão? Se bem que aquilo era previsível demais... Mas não era tão previsível seu desejo de depois guardar a flor no bolso da camisa nem sua preocupação com o furacão que se avizinha.

Conde voltou a sorrir, surpreso com a eficiência divinatória do ancião.

– Como faz isso?

– É a coisa mais simples do mundo para quem está suficientemente preparado e tem, claro, as condições necessárias. Além do mais, deve haver duas pessoas capazes de se conectarem com competência.

– Está falando de telepatia e de transmissão de pensamento?

– Digamos que sim.

– Na universidade também nos disseram que a telepatia é um embuste pseudocientífico...

O velho Forcade, com um gesto, cortou a diatribe materialista de Conde, mas fez uma longa pausa e manteve-se totalmente estático, com as mãos pousadas no colo. A proximidade da morte, no caso dele, era uma daquelas circunstâncias visíveis e evidentes, mesmo antes de acontecerem.

– Costumo respeitar as mais diversas opiniões, mas gosto de confrontá-las com as minhas... Acho que concordamos que os impulsos nervosos possuem sua própria carga elétrica, não é? E que esses impulsos têm um centro emissor, que é o córtex cerebral, correto? Por que não admitir que essa matéria é capaz de expelir de sua massa essa carga eletromagnética e que outra massa similar capte as ondas específicas desse espectro e as decodifique? Claro, desde que haja toda uma série de condições para que isso aconteça... Olhe, quer que eu diga o que o senhor está pensando agora?

– Quero.

– Que eu sou um velho charlatão, é ou não é?

– Quase: estava pensando que o senhor tem boa conversa... E é um pouco charlatão. Como soube?

O sorriso de Forcade ficou travado mais em cima desta vez, e Conde precisou esperar que a cortina de seus lábios descesse morosamente para ouvir a resposta.

– Porque muita gente pensa isso de mim. He, he – disse e riu, como se tossisse, sem se dar ao luxo de soltar os músculos faciais. – Fez-me bem falar com o senhor. Quase esqueci que está visitando a casa por causa da morte de meu filho Miguel.

– Lamento, doutor – disse Conde, incapaz de encontrar uma saída mais digna que a de uma frase comum.

– Eu também lamento muito. Gostava de meu filho mais do que dessas plantas, como pode imaginar. Por isso queria que o senhor conseguisse descobrir quem o matou de um jeito pior do que se usa para matar um animal raivoso.

– Estou tentando.

– Meu filho jogava jogos perigosos, e isso às vezes custa caro... Quando vi que ele voltava a Cuba, tive a sensação de que alguma coisa ruim podia acontecer.

– A telepatia lhe permitiu saber alguma coisa que possa me ajudar?

O velho Forcade permaneceu em silêncio, como se não tivesse ouvido a pergunta. Mas suas mãos abandonaram as pernas e subiram até a cabeça, para percorrerem os ralos cabelos brancos.

– A telepatia não me disse nada, mas a experiência me adverte de que o assassino é alguém próximo dele.

– Isso eu também acho. Mas de quem o senhor suspeita?

– Não seria justo responder a essa pergunta e influenciá-lo, porque já verifiquei que o senhor é um homem que prejulga facilmente... Vamos fazer o seguinte: avance só até onde puder e, se sentir que todos os caminhos se fecham, então venha falar comigo e comparamos opiniões, está bom assim?

– Não acho que seja a melhor coisa, mas se o senhor prefere...

– Sim, acho que sim. O senhor está com pressa de resolver esse caso e tem inteligência de sobra para isso, dá para ver. E eu quero que o resolva, porque foi a vida de meu filho que se perdeu nessa tragédia. Mas prefiro ser espectador até precisar deixar de sê-lo. Entende? Um homem que está a ponto de morrer e perde o filho depois de dez anos sem vê-lo não costuma fazer prejulgamentos confiáveis: ele pode ser dominado pela emoção, e seria lamentável que eu o influenciasse em sentido errado. Por isso, é preferível que sua mente trabalhe sozinha, até esgotar todas as possibilidades.

– Mas minha leitura de seu cérebro me diz que o senhor pode me ajudar. Eu preciso saber o que Miguel veio buscar e é provável que o senhor possa saber algo que...

– Já acredita em telepatia? – atalhou o ancião.

– Um pouco mais... Mas quero ter outra prova. Vou pensar em uma coisa bem concreta e vou tentar transmitir ao senhor. Tentamos?

Alfonso Forcade sorriu, mas ao mesmo tempo assentiu com a cabeça. Conde, por sua vez, concentrou-se num pensamento e se propôs enviá-lo para fora de sua mente.

– Pronto? – perguntou o policial.

– Um momento, um momento... Pronto – disse o ancião.

– O que é?

– Muito fácil, tenente. É espantoso, seus pensamentos são totalmente transparentes: o senhor estava pensando num quadro, numa pintura com umas árvores. Se bem que estava tudo um pouco difuso, não?

– Claro, é uma paisagem impressionista – confirmou Conde, surpreso com sua capacidade de transmissão.

– Deve ser linda essa paisagem. Pena que eu não a tenha visto.

– Nem eu vi – lamentou o policial, estendendo a mão para tomar a direita do ancião, outra vez esquecida sobre as pernas exaustas. – Obrigado pela conversa – disse e soltou a mão do velho, desejando que Forcade não adivinhasse que sua mente estremeceu com a ideia de tocar os ossos de um defunto.

– Não se envergonhe, tenente – disse o velho, e Conde precisou sorrir.

– Forcade, o que suas plantas dizem sobre o ciclone Félix?

O ancião voltou o rosto para o jardim e observou as plantas por uns minutos.

– Aquela sálvia tem medo, sei pelas folhas. E o alho ornamental, olhe só, parece mais abraçado ao tronco do *mamey*... Esse ciclone vem, tenente, e vai passar por aqui. Disso pode ter certeza.

– Ainda bem – disse Conde e afastou-se, sem se atrever a pensar em nada. Quer dizer que era assim transparente, hein? E pegou a flor para cheirá-la de novo.

O sargento Manuel Palacios dirigia o carro pela avenida de Rancho Boyeros a uma velocidade superior à que Conde era capaz de resistir, mas dessa vez o tenente o deixou flertar com a morte: definitivamente, aquela circunstância – às vezes visível e evidente – costumava ser esquiva e caprichosa. Mario Conde desejava estar em casa o quanto antes, e foi o que disse a Manolo quando este lhe perguntou se faria uma escala para ver o amigo Carlos.

– Não, o que quero é dormir e não pensar até amanhã em Miguel Forcade.

– Não sei por que você disse ao novo chefe que amanhã resolveríamos o caso. Estou achando difícil.

– Deus proverá, como dizia meu avô – retrucou Conde, com um suspiro, quando o carro já avançava pela Santa Catalina e se aproximava da casa de seu mais antigo e constante amor: a gêmea Tamara.

Vários meses se haviam passado desde seu último encontro, finalmente materializado na imensidão de uma cama macia, com afundamentos suaves provocados pelo peso dos corpos: o dele sobre o de Tamara, o de Tamara sobre o dele, e Conde ainda era capaz de sentir, nos braços e na pele, a roliça densidade daquela estrutura feminina, desejada durante quinze anos, ao longo dos quais lhe dedicara suas melhores masturbações. Nessas ocasiões, seu cérebro enfebrecido sempre precisava fornecer tudo, porque, com exceção do rosto de Tamara e da certeza de suas coxas rijas e sólidas, devoradas com os olhos no pátio de educação física do pré-universitário, o resto era pura imaginação poético-pornográfica, elaborada com base na convicção de que o desconhecido devia corresponder ao imaginado. E a margem de erro tinha sido mínima: Tamara tinha as nádegas tão duras, o púbis tão encrespado, os mamilos tão vigorosos como ele imaginara, e só a ideia de que talvez fosse possível beijar de novo aquelas carnes cortava a respiração do policial cada vez que ele passava em frente à casa dela. Mas deixaram para trás o feitiço de Tamara, e Conde ficou pensando se deveria se pôr na ofensiva para tentar meter outra vez a lança naquela envolvente terra de África. Definitivamente: aquela mulher bonita e superficial, acostumada a uma vida desafogada e fácil, haveria de ser para sempre a obsessão sexual de um tipo tão fodido e desastroso como ele, incapaz de garantir a menor segurança a nada e a ninguém, nem sequer a si mesmo?

Quando por fim entrou em casa, Conde achou que a melhor coisa era esquecer Tamara para não terminar em outro de seus exercícios solitários. No silêncio indesejável da casa vazia, sentiu que sobre seus ombros baixava o acúmulo de fomes, dúvidas, depressões e cansaços arrastados durante o dia todo. Uma lassidão física percorreu suas pernas, desatando músculos, nervos e articulações que caíam ao chão como escória imprestável, mas o desejo de se esticar na cama foi rebatido pelo murmúrio desairoso de seus intestinos, que clamavam à beira da autofagia. A possibilidade de buscar alívio alimentar na casa do Magro tinha sido descartada por comodismo: uma necessidade física de estar sozinho, ele com a fome e a solidão, o impelira para a casa deserta, onde reinava uma insultante penúria gastronômica e onde nem sequer habitava mais um peixe-de-briga. Sem dúvida o amigo iria querer falar de festas e aniversários, enquanto ele sentia por dentro apenas rancores e frustrações, e aquilo não era justo: Carlos já estava fodido o bastante, ele não precisava afundá-lo ainda mais com suas depressões policial-masoquistas... Enfim, tudo parecia ir mal, até que, ao abrir a geladeira, ele teve uma agradável surpresa: enrolados, como minhocas benfazejas, viu os espaguetes que deixara lá vários dias antes no fundo da caçarola, avermelhados pelo tomate e com pequenos pontos escuros dos restos de um picadinho de presumível origem animal.

Enquanto o macarrão esquentava em banho-maria, Conde enfiou-se debaixo do chuveiro e deixou que a água fria lhe corresse pela cabeça, limpando-a de sujidades externas. Ensaboou-se minuciosamente e, ao insistir na limpeza do pênis, sentiu uma tentação chamada Tamara, a qual reprimiu com sanha policial. Se bater punheta, morro, foi sua conclusão racional, e deixou que a água fria atenuasse os vapores involuntariamente despertados pela advertência de necessidades físicas postergadas por tempo demasiado. A recordação dolorosa de sua aventura com Tamara sempre provocava nele efeitos similares. Mas, agora que o Magro a convocara para sua festa de aniversário, a proximidade do encontro levou a mulher a se instalar como rainha inconteste da memória erótica de Conde, que se perguntou, retórico e sem resposta, até quando continuaria apaixonado por ela.

Com o corpo ainda úmido e a toalha enrolada na cintura, foi até a cozinha e apagou o fogo. Enquanto acabava de secar a cabeça, ligou a televisão, que àquela hora transmitia o noticiário da noite. Os efeitos ascendentes, descendentes e expansivos do processo contra a corrupção na polícia tinham de novo eco e espaço num editorial lido com seriedade pelo comentarista, no qual se falava de castigos necessários, medidas exemplares, atitudes inconcebíveis e pureza histórica, moral e ideológica. Mas o que ninguém sabia era como terminaria aquela cirurgia radical elevada já a alturas ministeriais, embora a perspectiva de escapar ileso daquele expurgo necessário, como o intitulava agora o editorial, tivesse aliviado a alma compungida do tenente, que olhou com esperanças a brevidade do tempo que o separava de sua libertação: apenas vinte horas... Tal como se propusera, Conde se negou a continuar pensando nas possíveis razões da morte de Miguel Forcade e concentrou-se no informe especial que, com cara de enterro, alguém do serviço meteorológico oficial apresentava:

– Às 8 da noite, há apenas alguns minutos, segundo informes do satélite, o Félix se localizava aqui – e, no mapa, indicava com o ponteiro um redemoinho branco e enlouquecido no meio do Caribe –, a 82 graus de longitude norte e 21,4 de latitude oeste, quer dizer, uns 80 quilômetros ao norte da ilha Grand Cayman e quase 250 ao sul da porção leste da ilha da Juventude. A previsão é de que esse forte furacão tropical, o mais intenso das últimas temporadas, continuará se movendo numa trajetória próxima do norte, à razão de 16 quilômetros por hora, o que já representa perigo iminente para as províncias ocidentais da ilha, em especial as de Havana e Matanzas, que ele poderia atravessar entre a madrugada e a manhã de quinta-feira, trazendo chuvas intensas e ventos de mais de 180 quilômetros por hora, com rajadas de até 240 quilômetros, que podem ser ainda mais fortes em zonas próximas ao centro – disse, cedendo, então, a palavra ao coronel da Defesa Civil, que repetiu as precauções a ser tomadas diante da chegada, pelo jeito inevitável, daquele ciclone Félix, que, como prognosticara e deduzira Conde, tinha de vir. E ele sentiu medo.

Enquanto o país se preparava para resistir aos embates do fenômeno meteorológico, Conde, displicente, engolia seu prato de espaguetes amolecidos pelas bruscas mudanças de temperatura a que tinham sido submetidos na provecta idade de seis dias de cozidos. Mas até que estes putos estão gostosos, pensou, mastigando o macarrão e só lamentando que o clima infernal e ciclônico da ilha não permitisse o cultivo de videiras e a fabricação de vinhos: porque um tinto, assim sem esfriar, teria levado às nuvens aquele bocado de cardeais napolitanos, promovidos na hierarquia culinário-eclesiástica pela fome de um policial às vésperas da exoneração. Pena não poder acrescentar umas mandiocas fritas, sorriu malvado, pensando no dilema do major Rangel, monógamo lamentável, rei destronado e rebaixado a bebedor de infusões.

O prato vazio foi dormir na pia ao lado de outros pratos, copos e caçarolas ali amontoados, entre a gordura e a negligência. Do somatório de sujidades prorrogadas, Conde resgatou, sem molhar os dedos, o jarro de bater café e, depois de escovar os dentes, pôs no fogão a cafeteira italiana e aguardou. Com olhos melancólicos, observou o desfile de garrafas executadas que se acumulavam num canto da cozinha e, quando já ouvia os primeiros estertores da cafeteira, teve a ideia mais feliz da noite: recolheu os restos de runs diversos, todos baratos, embiocados no fundo distante das garrafas, e conseguiu reunir quase um dedo de bebida no copo que convocava os restos ordenados. Com alegria palpável, Conde bateu o café e o devolveu à cafeteira, para servir uma dose generosa sobre a assembleia de runs e conseguir, numa única solução, a comunhão de dois sabores tão necessários a sua vida – e até que estava gostoso aquele requentão com que foi até o telefone para discar o número do magro Carlos.

– Sou eu, animal – disse, quando ouviu a voz do amigo.

– Diz aí, bicho – respondeu o outro. – O que está fazendo?

– Nada de nada.

– E como vai aquele caso?

– Bem e mal, as duas coisas ao mesmo tempo... A propósito, hoje fiquei sabendo que meus pensamentos são transparentes e transmissíveis.

– Então, fico feliz por seus pensamentos. E agora diga a eles que se lembrem daquilo de amanhã.

– Claro que me lembro... O problema é que não tenho um centavo para comprar nada.

– Esqueça isso: amanhã é seu aniversário... Então venha cedo para cá. A velha está dizendo que, se você preferir, pode ficar sem comer o dia inteiro, porque o que ela vai cozinhar é muita coisa.

– Essa velha está louca e vai acabar presa... Viu, mas eu liguei por duas coisas... Não sei você, mas eu estou preocupado com Andrés. Está acontecendo alguma coisa com aquele malandro, nunca o vi tão agressivo com tudo.

– É, o cara está esquisito pra caralho. Falei com a mãe dele, que disse que ele também está muito estranho com ela. Alguma coisa está acontecendo com esse príncipe da Dinamarca, não...? E qual é a outra coisa?

– Ah, queria sua opinião. Você, que é um homem inteligente, acreditaria numa mulher que tinge o cabelo?

– De que cor?

– De loiro.

– Nem numa palavra.

– Por quê?

– Porque as loiras que não são loiras são putas ou mentirosas. Ou as duas coisas ao mesmo tempo, que é quando são melhores...

– Sim, é verdade. Olhe, obrigado pelo conselho. Diga a sua mãe que amanhã vou jejuar em homenagem a ela.

– Vou dizer. Mas não se enrole e venha cedo, meu irmão.

– Pode deixar... Até amanhã, meu irmão.

Conde terminou de um gole a mistura de café com rum e sentiu que, apesar do sono e do cansaço, precisava martelar um pouco em sua decrépita Underwood: sentia necessidade de lancetar um furúnculo dolorido e dizer algumas coisas que não se atrevia a expressar verbalmente para o magro Carlos; podia ser que aquela história sobre amizade, dor e guerra, que vinha rondando sua cabeça havia várias semanas, estivesse enfim pronta para sair, precisamente naquela noite. Agora carregava no espírito uma dose de amor e sordidez suficiente para ser derramada no papel e, sem mais delongas, pôs a máquina na mesa da copa e leu a última folha de papel que tinha ficado presa ao rolo, na remota manhã do dia anterior:

O jovem caiu de bruços, como se tivesse sido empurrado, e, em vez de dor, sentiu o miasma milenar de peixe podre que brotava daquela terra cinzenta e estéril. O pó lhe irritava os olhos e lhe tapava o nariz, dificultando a respiração, que se tornou quase impossível quando finalmente a dor desatou: nascia no meio da cintura e começava a estender suas redes para as pernas e para o peito, que ele mal e mal sentiu umedecido pelo sangue que a terra enferma e malcheirosa devorava.

Quase sem pensar, Conde pôs os dedos sobre as teclas desgastadas e sentiu que suas mãos pensavam por ele, enquanto as letras eram gravadas no papel que ele acabara de pôr no rolo.

Antes de perder os sentidos, compreendeu que estava ferido, que não podia se mexer e que talvez tudo terminasse bem depressa: a ideia lhe pareceu estranha, mas congruente, pois, apesar de só ter vinte e dois anos e não costumar pensar na morte, o fato de estar na guerra punha na roda da fortuna aquela possibilidade até então distante.

Acordou ouvindo ruídos de motor e uma voz que lhe dizia: Calma, já vamos para o hospital, e de sua posição, deitado de boca para baixo, viu copas de árvores fugazes, apequenadas pela altura do helicóptero, mas o miasma de mar morto da terra continuava preso a seu olfato e era tão tenaz como a dor que provocou novo desmaio.

Na realidade, o jovem nunca soube de onde saíra a bala que lhe quebrara duas vértebras e lhe destroçara a medula. Depois conseguiu lembrar que, antes de cair, estivera pensando nas coisas que devia fazer quando voltasse para casa. Eram planos simples, cheios de uma cotidianidade ingênua, sustentada, como sempre, por dois pilares: sonhos de amor e de futuro, projetos de vida postergados pela decisão de que ele deveria participar daquela guerra remota. Por isso, quando recuperou a lucidez e sentiu a imobilidade do vazio que havia na parte mais ao sul de seu organismo, perguntou à enfermeira se suas pernas tinham sido cortadas, e ela sorriu, garantindo que não; e, quando ele perguntou se voltaria a andar, ela só negou com a cabeça e lhe acariciou os cabelos, como gesto de possível consolo para o inconsolável.

Por que a ele, precisamente a ele, coube aquela bala precisa que em menos de um segundo mudara sua vida? Ele sabia que aquele era um dos riscos da guerra, mas lhe pareceu cruel demais que tudo terminasse daquele jeito. Ele, que nunca havia pensado em guerras, que sempre detestara o frio pesado dos fuzis, que obedecera desde que tivera uso da razão, acreditando que aquela obediência o levaria a algum lugar diferente da cama onde agora jazia, inválido para o resto de seus dias, precisamente ele recebera aquela bala sem remetente, dirigida por um ser sem rosto e disparada por um ódio que ele nunca sentira e de que nunca comungara.

Conde se perguntou: é esta a história comovente que quero escrever? Não, aquilo mal era o prólogo de um episódio que resumia a cruel experiência de uma geração e o reflexo candente de uma culpa alheia assumida como própria, pois ele sempre achara que suas costas deveriam ter sido o alvo daquela "bala sem remetente", e não as do magro Carlos, o melhor homem que ele já conhecera. Lutava com o dilema de continuar por aquele rumo ou rasgar a folha, quando entendeu a verdadeira dimensão de suas dúvidas: acaso ele era capaz de dizer, sem esconder nada de si mesmo, tudo o que sentia, acreditava, pensava,

desejava escrever? Seria tão honesto consigo mesmo a ponto de confessar naquele papel seus medos, suas insatisfações, sua dor incurável?
Poderia dizer o que outros calavam e que alguém, alguma vez, deveria
dizer? Conde acendeu outro cigarro, fechou os olhos e admitiu que
também tinha medo.

Abriu os olhos sem medo, mas com a certeza de ter chegado à horrível idade de trinta e seis anos e de aquele dia ser, precisamente, seu último como policial. O que viu já não foi capaz de surpreendê-lo: um aquário vazio, uma cama que era ocupada só na metade mais funda, uns livros cobertos de pó, saudades e invejas postergadas, uma garrafa de rum Caney espremida como um trapo, um futuro nebuloso e temido e, emoldurado no ângulo estreito que agora a janela lhe oferecia, viu também um pedaço de céu, que voltava a estar chatíssima e obstinadamente azul. No entanto, não pensou muito no ciclone Félix, que talvez já estivesse na virada da esquina, parado obediente, esperando o chamado de Conde para se incorporar na via preferencial da Calzada e executar sua faxina, mas estudou o relógio, no qual viu o aviso de que ainda faltavam seis horas para a mudança de idade: como se aquilo fosse importante, não? A mãe dissera que ele havia nascido à uma hora e quarenta e cinco minutos da tarde do dia 9 de outubro, e em todos os anos que passaram juntos ela esperou com paciência até essa hora para se aproximar, abraçá-lo e dar-lhe o terceiro dos quatro beijos que trocavam ao longo do ano. Os outros três correspondiam ao aniversário dela, em 15 de abril, ao Dia das Mães, sempre no segundo domingo de maio, e o último beijo era o do dia 31 de dezembro, exatamente enquanto os sinos marcavam os segundos finais do ano e eles chupavam uvas, quando uvas havia: até doze, se conseguissem reunir tantas. Quando Conde cresceu e decidiu esperar o Ano-Novo com amigos, em festas de rua ou na casa do Magro, os beijos anuais se reduziram a três, e agora Mario Conde lamentava aquela irreversível escassez de afeto e de expressão de amor que ele e a mãe haviam estabelecido numa relação tímida e profunda, mas incapaz de mostrar fisicamente o que ambos sentiam no íntimo. Porque muitos outros acontecimentos da vida dos dois mereceram a congratulação natural de um beijo: seu diploma no pré-universitário, talvez; a publicação de seu conto "Domingos" no boletim da oficina literária do pré-universitário; sua primeira comunhão, ele, tão puro e tão pronto para receber a carne e o espírito de Cristo, ela toda de branco com aquele vestido estalando de goma e rendas, de que Conde se lembrava mais do que da circunstância, agora posta em dúvida, de ela tê-lo beijado ou não. Contudo, sua mãe lhe ofereceu outras formas de afeto que ele guardava no reservatório mais sagrado de suas recordações: por exemplo, aquele dia em que ele, sem bater à porta, entrara no banheiro e a vira nua. Mario tinha nove anos e já acreditava saber alguma coisa dos segredos da nudez feminina, e o corpo úmido e brilhante da mãe, com aqueles seios carnudos, coroados por mamilos marrons e pronunciados, e a pilosidade pubiana, negríssima e abundante, o paralisaram por um momento antes que ele desse meia-volta para fugir à visão feminina que sabia ser proibida, quando ela o chamou e disse: Venha cá, Mario, e ele se virara lentamente, olhando o rosto da mãe para não observar de novo seus seios e seu sexo escuro, e ela repetira, Venha, que eu sou sua mãe, e lhe tomara o braço e colocara a mão dele sobre o ventre molhado para lhe dizer: Veja bem esta cicatriz, e ele via um cordão avermelhado e antigo sobre a pele, que nascia debaixo do umbigo e se perdia entre os pelos do púbis, e ela lhe dissera: Por esta ferida você chegou ao mundo, e ele gravara para sempre em sua memória aquela marca eterna da unidade irrepetível que o ligava àquela mulher, que ele não voltaria a ver nua até o dia de sua morte, quando, contrariando todas as suas previsões, ele decidira se incumbir de limpar-lhe a carne imóvel com a colônia favorita dela, e então acariciara de novo a ferida de sua origem e lhe dera o primeiro e único beijo daquele ano, pois ela morrera num

16 de janeiro, três meses antes de fazer aniversário. A quantidade de beijos que ficaram pendentes foi tanta que Conde sempre se perguntou por que o beijo era o sinal máximo de amor: pura patranha labial e sexual, judaico-cristã e eurocêntrica, como se dizia então, e como ele disse a si mesmo agora, ao lembrar que em seu oitavo aniversário houve um beijo adicional, dado depois do beijo indefectível da uma e quarenta e cinco: foi um beijo vespertino especialmente outorgado para a foto de seu último aniversário com bolo e refrescos, aquela ocasião na qual, pela última vez, seria retratado com tantos primos depois perdidos pelos caminhos do exílio e da distância, e com o avozinho Rufino, morto alguns anos depois. Aquelas fotos, confinadas como estigmas às gavetas das saudades malignas, que ele preferia não olhar para esconder a certeza de que alguma vez tinha sido tão feliz e tão querido, tão integrado ao conceito perdido chamado família, recolhiam aquele beijo de sua mãe e o abraço no velho patriarca do clã dos Condes, em cujas pernas combalidas ele se sentara sorrindo para a câmara de Oliverio, enquanto seu braço caía sobre o pescoço do ancião que lhe ensinara as primeiras noções do mundo real: por exemplo, a de não jogar se não estivesse certo de poder ganhar. O velho Rufino Conde, eterno alardeador das proezas da juventude, era naquele pedaço de cartão uma presença ainda sólida, distante da imagem final do homem corroído por uma doença capaz de consumi-lo, depois de ter amolecido suas pernas de pedra, aquelas pernas que, ao se sentirem vencidas, decretaram seu fim como galista quando, no meio de uma fuga, deixaram claro que eram incapazes de fazê-lo escapar das batidas policiais decretadas contra os rinhadores clandestinos de galos de briga. Na última foto memorável daquele aniversário memorável, Conde lembrava um por um os familiares reunidos, todos sorridentes atrás do bolo com oito velas, como se soubessem que aquela conjunção da terceira, da quarta e da quinta geração da família de Teodoro Conde, o trânsfuga canarino que chegara a Cuba um século e meio atrás, seria uma imagem inquietante e final: a diáspora, a morte, a distância e a desmemória espreitavam aquela família fotografada em 9 de outubro de 1961 e já predestinada a não voltar a se reunir, nem

sequer para o velório do avozinho Rufino, que via morrer em vida seu maior desejo: sair para a morte rodeado por todos os filhos e netos. Destino sacana, pensou Conde, empurrando com violência aquela imagem agora presa a seu cérebro para lembrar, com o menor sorriso que era capaz de esboçar, a celebração particular de seus onze anos, na solidão do banheiro de casa. Para ele e para os amigos de então, era um axioma irretorquível que só aos onze anos, justamente aos onze anos, exata e pontualmente aos onze anos, o pênis começava a servir para algo mais que expulsar urina várias vezes por dia: agora o pintinho, o piu-piu, a bimbinha, a piroca se transformava, por obra e graça da idade alcançada, num instrumento de combate chamado pica – ou pistola, ou rola, ou tranca, ou trolha, ou verga, quase sempre assim, de gênero gramatical oposto ao sexo que encarnava – e podia arremessar umas gotas brancas cheias de funções inéditas, entre as quais a de provocar prazer. E Mario Conde, seguindo sábios conselhos, trancou-se no banheiro com aquela velha revista do tio Maximiliano, confiscada pelo primo José Antonio, em que várias mulheres haviam se deixado fotografar com peitos, bundas e até pererecas peludas (e uma pelada) à mostra. José Antonio – o mais exímio punheteiro de todo o universo, praticante da punheta do fantasma, do capuchinho, da ambidestra, da ensaboada, da mista e de sete outras modalidades (dentre as quais a suicida punheta do morcego, aquela que só se consegue dependurado do beiral de uma casa com um braço, enquanto se espia pela janela de um banheiro e a outra mão executa a fricção) – aconselhara que o melhor modo de fazer a coisa (sobretudo se pela primeira vez) era molhando com cuspe: o cuspe é quente e escorrega como se você tivesse metido numa mulher ou numa porca... Mas Conde estava preocupado com a falta de outros sinais complementares para seu debute sexual: nem nas axilas nem no púbis lhe havia brotado um único pelo, sua voz continuava sendo infantil e aflautada, e – o que sem dúvida era pior – ele ainda achava mais interessante jogar beisebol do que olhar para as mulheres. Mas tinha onze anos, justamente onze anos, e seu momento chegara: contemplando as cálidas fotos das mulheres nuas, sentiu um leve choque nos genitais e um seguro endurecimento do pequeno órgão, sobre o qual deixou cair um par de cusparadas antes de começar a fricção precisa, para trás, para a frente, para trás, para a frente, que endureceu mais seu ex-pintinho, já transformado em pica adulta e masculina, que endureceu mais, mais, e cresceu como uma serpente chamada por flautas mágicas, para trás, para a frente, mais cuspe, até que alguma coisa se agitou em algum lugar de seu corpo que ele não conseguiu localizar, e umas gotas de âmbar branco correram por sua mão imunda de saliva e suor, para deixá-lo vazio e interrogativo: é essa merda que era para ser tão boa?, duvidou naquele dia de seu décimo primeiro aniversário, só entendendo seu gravíssimo erro de apreciação quando, quase um ano depois, entreviu os seios da vizinha Caridad, saltando de um decote descuidado, que lhe revolveram o escroto e o obrigaram a ir correndo para casa, fechar-se outra vez no banheiro e, esquecido do cuspe pela ação de uma premência nunca antes sentida, começar a esfregar-se com os seios de Caridad nos olhos da mente – duas protuberâncias duras, ele sabia, inflamadas na ponta por aqueles mamilos cor de terra – e, quase sem se dar conta, sentir o sacolejo brutal, o calor proveniente de todos os poros, o abrasamento que manava de seus testículos e lhe subia pelas costas e o derrame branco, brilhante, autopropulsionado, que saiu de seu pênis para se incrustar nos azulejos da parede, e saber, agora sim, por que o primo José Antonio era um punheteiro de carteirinha: aquilo era a própria vida... Foi o que concluiu e, depois de fumar um cigarro que o fez tossir, recorreu, agora sim, ao cuspe e gozou sua segunda masturbação adulta. Desde então, começou a praticá-la duas ou três vezes por semana, até descobrir, muito perto do dia em que faria vinte anos, que havia uma sobrevida: provocar esse mesmo derrame num lugar melhor que os azulejos do banheiro: a vagina de uma mulher.

– A vagina de uma mulher – disse em voz alta, voltando à consciência de policial em seu suposto último dia: talvez a morte de Miguel Forcade não tivesse nada a ver com sublimes obras de arte cuja falsidade ele conhecia, mas sim com alguma coisa mais próxima, mundana e às vezes mais importante, como a vagina de uma mulher. Ou, pelo menos, por aquele caminho escabroso, úmido, cobiçado e fatal, talvez se pudesse chegar à verdade. Foi uma revelação inesperada, adornada com olhos de um cinzento letal (não eram verdes? ou azuis?), meio escondidos por pestanas encrespadas como o mar quando um ciclone se aproxima.

A ordem do coronel Molina brotou do interfone, e a suboficial que trabalhava como nova chefe de expediente e estudara com olhos críticos a figura do tenente investigador ficou de pé para lhe abrir a porta. Conde, que tinha se divertido com o descontentamento da mulher diante de seu deplorável porte e aspecto, levantou-se com um gemido e, sem que ela percebesse, puxou para baixo sua velha calça *jeans*, e a pistola que estava na cintura caiu ao chão com estrondo. Mesmo assim, Conde continuou andando para a porta do gabinete, como se não tivesse notado a perda da arma, e a mulher, cujo espanto havia progredido geometricamente, gritou:

— Tenente, sua pistola caiu.

Em frente à porta do gabinete do coronel, Conde se voltou para a chefe de expediente e sorriu, com toda a beatitude convocável num rosto como o dele.

— Que pistola?

— A sua, do senhor — e apontou para a arma abandonada.

— Olha só, agora dei para deixá-la em qualquer lugar — comentou Conde e bocejou, antes de recolher a arma e devolvê-la à cintura.

Já sem sorrir, avançou para o gabinete do chefe e murmurou um obrigado, enquanto passava na frente da suboficial, que sem dúvida pensava no modo como começaria o informe que faria por abandono negligente da arma regulamentar.

— Entre, tenente — disse o coronel, sentado atrás de sua escrivaninha, com um cigarro entre os dedos.

— Bom dia, coronel. Vim aqui porque gostaria que o senhor repetisse uma coisa que me disse há dois dias.

— E o que foi que eu disse?

– Que tinha carta branca no caso.

– Mas também disse para ter muito cuidado, para ser cauteloso, não se exceder. Lembre que precisamos evitar um escândalo na imprensa internacional...

– Tudo isso está muito bem, mas me diga o que pedi...

O coronel Molina se levantou da cadeira e contornou a escrivaninha, até ficar de frente para Mario Conde.

– O que quer fazer, tenente?

– Resolver o caso.

– Mas o que vai fazer para precisar de novo da minha autorização?

– Chacoalhar umas pessoas que estão mentindo...

O coronel moveu as sobrancelhas, como se duvidasse do que tinha ouvido, e virou-se por um instante para apagar o cigarro.

– Tenente, entre os senhores, velhos policiais, o que é chacoalhar?

Conde se preparou. Também tinha assustado aquele novato sem precisar montar o complicado show da pistola esquecida.

– Não sei, depende de... – e parou na beira do precipício.

Talvez estivesse arriscando coisas demais por uma piada, inclusive sua carta de exoneração, e preferiu não continuar, se bem que lamentando. Gostaria de ver a cara de Molina enquanto enumerasse instrumentos medievais de tortura usados como sinônimos de chacoalhar.

– Depende de que, tenente?

– Daquilo que a gente queira saber, coronel. E no caso quero saber duas coisas: primeiro, o que Miguel Forcade veio buscar em Cuba, algo que ele não conseguiu levar dez anos atrás e que poderia torná-lo rico em dois dias... E, depois, saber quem o matou e se foi por essa coisa capaz de enriquecer alguém.

– E quem o senhor vai... chacoalhar?

– Uma loira que talvez não seja loira e que é cidadã norte-americana, mas tem passaporte cubano, um rebatedor capaz de fazer *home runs* e um homem que roubou os sapatos da minha vida... Repita aquilo, de eu ter carta branca?

O coronel parecia duvidar. Olhava Conde, contemplava as próprias mãos, pensava no que dizer, quando o tenente acrescentou:

– Coronel, para se chegar à verdade nem sempre se pode ser ortodoxo e paciente, às vezes é preciso combater fogo com fogo e arrancar a verdade de onde ela estiver metida. E essa loira, apesar de meus esforços para segurá-la aqui, volta para os Estados Unidos daqui a dois dias. E, se for embora, a verdade vai pro brejo. Entendeu? Além disso, faltam nove horas para eu lhe entregar esse caso embrulhado em papel de presente. Agora quero ouvir o senhor, por favor.

Molina sorriu levemente e acendeu outro cigarro, depois de oferecer um a Conde.

– Tenente, ou o senhor está louco ou quem está louco sou eu por lhe dizer isto: vá em frente, tem carta branca... E que Deus olhe por mim.

Se o tempo estivesse a seu favor, Conde teria preferido uma representação diferente: por exemplo, manter Miriam por umas horas no cubículo quente, como se tivesse se esquecido dela e sob a suposta vigilância de dois homens fardados que não responderiam a nenhuma pergunta da mulher, caso ela perguntasse. No fim, teria sido mais fácil, pensava ele, enquanto via Miriam sorrir, tranquilamente, depois de lhe perguntar:

– O quê? Vai me prender?

O sargento Manuel Palacios, que a trouxera até a Central, olhou para Conde por cima dela e acenou com a mão, avisando que era bom se preparar: decerto ele já recebera sua cota quando pedira à viúva de Forcade que o acompanhasse até ali.

– Ninguém vai prendê-la – disse finalmente Conde –, a menos que tenha feito alguma coisa para ser presa, certo?

– E o que eu posso ter feito? – voltou ela à carga, com a brusquidão decidida que Conde já conhecia.

Tinha audácia aquela mulher, foi o que ele disse com seus botões, quase alegre por não ter sido enjaulado nas grades daquelas pestanas. Ou teria valido a pena provar aquele fruto maduro do Paraíso? Talvez ainda houvesse tempo, consolou-se, sempre guloso.

– Isso é o que eu não sei, Miriam, mas de uma coisa estou certo: a senhora sabe mais, muito mais do que me disse.

– E o que se supõe que eu saiba?

– Já lhe disse: o que seu marido veio buscar em Cuba...

– E eu já lhe disse: veio ver o pai. Ou será que se enganaram quando deram permissão para ele vir?

De novo, Conde lamentou não ter tido tempo de amaciar Miriam, mas também concluiu que aquelas técnicas suaves talvez não dessem resultado com uma mulher como aquela, forjada na guerra. O pior era que, se Miriam lhe barrasse as vias de acesso, ele ficaria sem caminhos para avançar com o caso: Fermín continuaria sem dizer nada que pudesse inculpá-lo, e Gómez de la Peña, choroso, tinha sido levado de volta para casa ao amanhecer, depois de jurar mil vezes que desconhecia a falsidade de seu extraordinário Matisse e o rumo seguido por Miguel Forcade na noite fatal em que este o visitara. Para rematar, o eficiente Candito lhe telefonara naquela manhã com uma confirmação que Conde esperava: aquela morte com castração não parecia ter nenhuma relação com as atividades do submundo de Havana. E por que cortaram o pau dele, Vermelho? Isso é você que tem de averiguar, Conde, para isso é que você é o tira dessa história, certo? Para despistar, para enfatizar a vingança, por ciúmes, ou poderia ser outra história de veadagem? Quem sabe... E agora, o que lhe restava? Talvez tentar a sorte com alguma peça sem encaixe, como Adrián Riverón, suspeito do patético crime de ser fumante envergonhado, velho namorado e amigo de Miriam e quem sabe até seu confidente; voltar a falar com a mãe do finado, que não parecia ter a menor ideia do mundo em que vivia. E o velho Forcade?, perguntou-se Conde, sentindo no fundo da consciência a certeza de ter todos os caminhos fechados. Afinal de contas, todo mundo garantia que Miguel tinha retornado a Cuba para ver o pai, e essa aparente mentira podia ser a única e verdadeira verdade.

– Então veio ver o pai?

– Já lhe disse isso umas dez vezes. Por que não quer acreditar em mim?

– Não, eu acredito, sim, Miriam, mas me diga agora uma coisa: como anda a cabeça de seu sogro?

Ela pareceu surpreendida pela pergunta que a tirava do círculo de negações e recusas no qual se entrincheirava.

— Desde que o conheço, é um pouco louco. E agora que tem oitenta e seis anos acho que mais alguns parafusos se soltaram...

— Mas não está esclerosado, certo? – perguntou, para esticar a corda, e a corda soou.

— Bom, para mim, sim, o coitado já nem sabe em que mundo vive... – disse, depois de um titubeio inicial, e Conde percebeu que podia ter acertado o alvo. Sorrindo, o policial aproveitou a chegada de sua hora.

— Vai me desculpar, Miriam, mas a senhora precisa ficar aqui na Central. Coisa de uma hora mais ou menos. Volto logo e continuamos a conversar. Pode ser?

— Sou obrigada?

Conde sorriu um pouco mais, queria parecer amável, até despreocupado e alegre, quando lhe disse:

— Acho que sim – e saiu para o corredor, antes que ela pudesse dar broncas civis, consulares e democráticas, que ela sem dúvida elevaria até o Conselho de Segurança das Nações Unidas. Manolo, que o seguira com a velocidade propulsionada pelo medo de ficar sozinho com Miriam, perguntou alarmado:

— O que é que você vai fazer, Conde?

— Sair com você agora mesmo para casa dos Forcades. Mas antes procure duas pessoas para vigiarem essa mulher. Diga que a levem para outro gabinete, que não a deixem sozinha e não falem com ela... E corra, porque o Zorro ataca de novo – disse, sacou a espada vingadora do defensor dos humildes e, com três golpes no ar, zás, zás, zás, deixou gravado o zê indelével do justiceiro mascarado.

A mãe de Miguel os recebeu com um sorriso confuso nos lábios e o habitual acúmulo de magnésia nas comissuras. Talvez estivesse alegre por vê-los, achando que podiam ser portadores da magra satisfação de lhe anunciar a captura do assassino do filho. Nervosa, a anciã os convidou a entrar, e Conde aproveitou a possível confusão para tocar num assunto adiado.

— São bonitos esses abajures, senhora – e aproximou-se dos indubitáveis Tiffany, deixando os dedos correrem pelos veios de chumbo do abajur de pedestal, cujos vidros imitavam uma árvore cheia de frutos, até achar a marca de sua autenticidade: este, sim. – Nunca tinha visto nenhum como este...

Ela concordou, orgulhosa, e também se aproximou do abajur.

– É que este Tiffany é um objeto raro. Desse tipo só foram feitos cinco. Imagine só. Eu sei porque várias vezes veio gente querendo comprar os abajures. Meu marido é que sabe mais sobre isso, mas ele sempre se negou a vender qualquer coisa sem a autorização de Miguel, porque meu filho pediu que tentasse conservar tudo...

– Porque tudo isso era de Miguel, não era?

– Sim, foi ele que conseguiu tudo.

– Juro que não entendo como ele pôde abandonar tantas belezas... – soltou Conde, para ver se daquele mato saía coelho.

A anciã esfregou as mãos, talvez umedecidas pelo suor, e admitiu:

– Nem eu.

Conde olhou para ela com toda a amabilidade que era capaz de pôr no olhar e lançou-se a fundo:

– Caruca, ainda não sabemos o que aconteceu com seu filho. Temos alguma ideia e precisamos que a senhora nos ajude em uma coisa...

– Em quê?

– Precisamos muito falar agora mesmo com seu marido.

Ela esfregou de novo as mãos, surpresa com aquele tipo de ajuda que precisava dar. Seus olhos, agora, se umedeceram, como se tivessem sido irritados por alguma fumaça inesperada.

– Mas ele está inválido e não sai de casa faz muito tempo. Vive no mundo dele, o que é que ele pode saber...

– Não importa. Falei ontem com ele, e é evidente que a cabeça dele funciona muito bem, e temos interesse em falar de coisas que aconteceram há alguns anos. É possível?

– É que ele ficou muito afetado com o que aconteceu com Miguel... – sussurrou, tentando levantar uma última trincheira para proteger o marido da interminável ressaca daquela história sórdida criada pela morte do filho.

– Caruca, pior vai ser se ele nunca souber quem foi o selvagem que matou Miguel, e pior ainda se essa pessoa ficar impune, não concorda?

Diga ao doutor Forcade que minha mente esgotou todas as possibilidades e só me resta trocar ideias com ele. Diga exatamente isso.

A anciã hesitou mais alguns segundos, mas Conde sabia que suas defesas eram vulneráveis, assim como sua digestão, responsável pela devolução daquela pasta branca aos lábios. O policial pensou em continuar tocando naquela ferida, mas a mulher assentiu com um movimento da cabeça.

– Espere um segundo. Vou prepará-lo e dizer que os senhores querem falar com ele, porque sua mente esgotou todas as possibilidades e só lhe resta trocar ideias com ele, é isso?

E, sem esperar resposta, dirigiu-se para as escadas que levavam aos aposentos de cima. Seus passos eram curtos, mas visivelmente seguros.

– E quanto vale um abajur desses, hein, Conde? – perguntou Manolo quando a anciã sumiu de vista.

O policial acendeu um cigarro e lamentou, como sempre que aquilo acontecia, não encontrar um cinzeiro de barro ou metal. Só viu objetos talvez dignos de figurar em algum museu: porcelanas, cristais lapidados, peças de estilo rococó, que corriam o risco de morrer nas mãos desajeitadas de Mario Conde.

– Não sei, Manolo, mas uns bons milhares... O que você faria com um abajur assim, que pudesse ser vendido por cinquenta mil dólares?

– Eu? – surpreendeu-se e sorriu. – Venderia e cairia depois numa farra que nem me amarrando me seguravam. E você?

– Eu sou um artista, Manolo, lembre-se disso... Mas também venderia e precisariam me amarrar junto com você. Juro pelo que ainda me resta de fígado...

Os dois policiais passaram quase dez minutos a melhorar ou destruir as respectivas vidas com cinquenta mil dólares tão facilmente ganhos, até que, aparecendo no balaústre do andar superior, Caruca lhes disse:

– Já podem subir.

Ao chegarem junto da mulher, Conde perguntou em voz baixa:

– Como ele está hoje?

– Não sei, um pouco cansado, mas diz que sim, que quer falar com os senhores.

– Obrigado, Caruca, a senhora vai ver que isso é importante – garantiu Conde, entrando no quarto.

Numa poltrona de madeira e vime, Conde encontrou o ancião emurchecido que, longe de suas plantas, parecia mais ressequido e vulnerável. Atrás dele, Conde observou um altar embutido na parede e nele viu a imagem central e regente de uma Nossa Senhora da Caridade do Cobre, coroada e ladeada por um São Lázaro leproso escoltado por seus cães e por uma negríssima Nossa Senhora da Regra. Aquele altar – lembrou Conde e, de imediato, amaldiçoou sua memória – era quase uma réplica do altar que sempre houve na casa de seus pais, exatamente na parede em que encostavam o berço dos recém-nascidos. Uma Nossa Senhora da Caridade do Cobre como aquela, com sua capa azul e sua coroa dourada, flutuando sobre um mar encrespado, onde três homenzinhos num bote lhe dirigiam súplicas, pode muito bem ter sido a primeira imagem retida pelas pupilas de Conde e de sua irmã, a mesma irmã que, para ter acesso à caderneta vermelha da Juventude Comunista, convenceu a mãe da conveniência de desmontar o altar que sempre estivera ali, na melhor parede do quarto onde eles haviam sido concebidos e onde receberam as primeiras noções de amor. Conde sentiu um refluxo de ira e olhou outra vez para a Nossa Senhora da Caridade antes de voltar preocupado para o tempo real, pois alguma coisa o velho Forcade devia ter conversado com a esposa nos dez minutos que ela demorou para voltar, porque o rosto do ancião, quase imutável, estava agora molhado das lágrimas que corriam livremente de uns olhos filetados de vermelho vivo, como se a pele cansada se recusasse a admiti-los ali por mais tempo. O pijama que usava nesse dia, asseado e abotoado até o pescoço, contribuía para acentuar aquela imagem de um final tão desejado quanto próximo, embora assumido com coragem.

– Bom dia, doutor Forcade – disse Conde, atrevendo-se outra vez a tomar uma das mãos mortas do velho.

– Mau dia, mau ano – respondeu o ancião, e suas lágrimas foram tragadas pelo poço sanguíneo dos olhos.

– Lamento incomodá-lo outra vez, mas o senhor sabe tanto quanto eu que é importante conversarmos um pouco mais.

– É verdade que todos os seus caminhos se fecharam?

160

Conde soltou a mão combalida.

– O senhor sabe que sempre estiveram fechados. E, sendo capaz de saber o que estou pensando, não vai me negar a possibilidade de confirmar minha certeza de que só o senhor tem essa chave.

– Nem que eu fosse são Pedro... Mas digamos que sim, que tenho a chave. E por que acha que vou ajudar?

– Isso é mais fácil de explicar: porque lhe interessa realmente que seja encontrada a pessoa que matou seu filho. E agora estou mais certo disso, desde que sua esposa me contou que em todos esses anos o senhor não vendeu nem uma única peça que ele deixou quando foi embora. E posso supor que, em algum momento, o senhor teve necessidade disso...

– É verdade, mais de uma vez. E também tem razão quando supõe o que devo estar pensando: Sim, quero que encontrem quem fez isso a Miguel. Sabe de uma coisa que não lhe disse ontem? Sou cristão, como está vendo, embora em meu trabalho tenham me considerado um cientista e muita gente diga que ciência e religião são inconciliáveis. Mas não é verdade: passei quase setenta anos estudando as plantas e creio que só podemos entender a espiritualidade desses seres se os assumirmos como criaturas de Deus, porque em muitos aspectos elas são mais perfeitas que os seres humanos... Em muitos aspectos. E, como cristão, eu deveria crer no perdão, mais do que no castigo terreno, mas, como homem deste mundo, também acredito que há culpas que devem começar a ser pagas aqui embaixo. Não concorda? E que depois Deus perdoe quem quiser perdoar...

Conde negou com a cabeça e esteve a ponto de tomar novamente as mãos de pele desgastada e ossos finos que o velho agora mantinha sobre os braços da poltrona. Pela segunda vez, a evidência de que a morte podia ser um trâmite demasiadamente próximo o deixava comovido, pensava ele, enquanto olhava para o ancião que tanto lhe recordava o avô Rufino, quando Caruca se adiantou até o marido e pôs um braço sobre os ombros dele.

– Está se sentindo mal, Alfonso?

O homem ergueu os olhos, agora mais avermelhados, e sorriu. Quando seus lábios voltaram ao lugar e ele recuperou a habilidade de falar, disse:

– E isso o que importa agora, Caruca?

– Não fale assim, querido – repreendeu ela e lhe acariciou o pescoço, com um gesto que só podia ser do mais profundo e verdadeiro amor.

– E o que querem que eu diga? – perguntou, então, o ancião, com a voz definitivamente límpida, olhando para os dois policiais.

Conde não pôde evitar e olhou outra vez para a Nossa Senhora da Caridade, enquanto pensava que sua exigência certamente seria cruel; então, e pôs na balança crueldade e verdade. Convencido de sua falta de opções, decidiu lançar-se à pergunta que só podia ser respondida por aquele oráculo dotado de qualidades para falar com plantas e vasculhar as gavetas mentais do policial:

– Doutor, se o senhor souber, diga de uma vez. O que foi que seu filho veio buscar depois de tantos anos?

Algum dos senhores já ouviu falar do *Galeão de Manila*? Claro, não me espanta, porque esse barco parece um sonho perdido na memória dos historiadores, embora todos os anos, durante mais de dois séculos, ele tenha feito uma travessia tão ousada quanto a de Cristóvão Colombo, com a única diferença de que nesse galeão se ia em busca do Oriente navegando para o Ocidente... Mas a história das viagens dos espanhóis para as Filipinas só começa depois de 1571, quando Miguel López de Legazpi fundou Manila e, claro, teve início o comércio com a América, pois era mais fácil chegar lá partindo do México ou do Panamá do que da Espanha, bordejando a África pelo Cabo da Boa Esperança. Por isso, passou a haver um comércio importante a partir do México, do Panamá, da Guatemala e do Peru com essas ilhas, aonde eram levados produtos da América e da Europa que eram muito bem vendidos, em prata, mas esse dinheiro muitas vezes não chegava aos tesouros do monopólio de Sevilha. Por esse motivo, a Coroa espanhola precisou restringir aquele comércio semiclandestino, e, para fazer a viagem até Manila, foi dada autorização apenas ao porto de Acapulco, no Pacífico mexicano. A partir de 1590, saíam de lá dois barcos que demoravam treze ou catorze meses para ir e voltar, então saíam outros dois com o mesmo destino, num tráfego constante e muito vigiado... Imaginem só, o negócio com as Filipinas era um dos mais vantajosos da época, tanto que os barcos zarpavam com duzentos e cinquenta mil pesos em mercadorias e podiam voltar com mais de meio milhão em prata, porque, desde muito antes da chegada dos espanhóis às Filipinas, aquelas ilhas eram um centro comercial onde se reuniam comerciantes chineses, japoneses e de outros portos asiáticos, e aquele era um dos lugares mais ricos do mundo... Mas, como os reis da Espanha não queriam que outras pessoas, além deles mesmos, enriquecessem demais, no século XVII os dois barcos foram reduzidos a um só, com maior tonelagem e muito mais controle, e desde então ele ficou conhecido como *Galeão de Manila*. Esse barco solitário zarpava das Filipinas em junho, antes de começar a temporada dos tufões, e atravessava o Pacífico em três meses para voltar em dezembro a Manila e retornar a Acapulco outra vez em junho, carregado de mais ganhos. Só para ter uma ideia de como o negócio ia bem, no fim do século XVII a capitania desse galeão era o cargo mais cobiçado de todos os que dependiam do governador de Acapulco, e para obtê-lo era preciso pagar uns quarenta mil pesos, porque qualquer transação feita em Manila rendia lucros de cem a duzentos por cento... Claro que as peças mais inconcebíveis para a imaginação ocidental podiam vir nos porões do *Galeão de Manila*: joias, ouro, objetos de porcelana, jade e muita prata. Depois, o carregamento que desembarcava em Acapulco cruzava todo o istmo de Tehuantepec em lombo de burro, para ser guardado em Veracruz até que os navios da frota espanhola do golfo passassem por lá e transladassem tudo para Havana, quase no início do inverno... O que então ocorria nesta cidade, entre os meses de dezembro e março de cada ano, devia ser algo impressionante: todos os barcos da frota real, tanto os que vinham da Nova Espanha quanto os que tinham ido para Tierra Firme del Sur, que voltavam carregados de ouro, prata, joias, pérolas, peles e todo e qualquer tesouro que fosse possível rapinar, ancoravam na baía de Havana. Os marinheiros e funcionários da Coroa se alojavam aqui, e esta cidade se transformava numa verdadeira festa de luxúria, prazer, jogo e incontinência, provocada por aquela reunião de pessoas de todas as laias e categorias, enriquecidas em dois dias e dispostas a empobrecer de novo numa única noite. Lembrem que aqueles homens sabiam que cada viagem pelo Atlântico podia ser a última que fariam na vida, pois os tesouros que eles levavam para a Europa sempre foram o principal alvo dos corsários e piratas que ficavam espreitando tranquilamente na saída do mar do Caribe, pois já sabiam que só na primavera a frota zarpava para Sevilha. Os tesouros, enquanto se esperava a saída dos barcos, eram armazenados em terra, com uma guarda digna de seus valores. A responsabilidade por isso era do vedor-geral, do capitão-geral da frota e de um personagem oportunamente chamado o Cérbero real, que era designado pelo próprio rei da Espanha para cuidar de seus interesses econômicos.

No entanto, a história que vou lhes contar, e que talvez tenha alguma relação com a morte de meu filho, não começou naquela época das frotas, mas muito antes. Porque o verdadeiro início de tudo está na dinastia Tang, a casa real que governou no sul da China entre os séculos VII e X d. C. e que foi a grande impulsionadora do budismo naquela região da Ásia... Bom, já desde a época dos Han o budismo era conhecido na China, e os artistas daqueles tempos tinham começado a representar a imagem de Buda graças à influência dos monges e peregrinos que vinham do oeste, sobretudo da cidade perdida de Gandara, onde pela primeira vez se atribuíra uma aparência concreta ao criador daquela religião. Porque, embora hoje pareça estranho, no princípio a imagem de Buda tinha uma representação simbólica, não corpórea, e foi na época dos Han que os chineses lhe atribuíram uma representação física em suas pinturas, nas porcelanas e também nas esculturas, quase todas de pedra. Mas na dinastia Tang, mais de cinco séculos depois, o budismo atingiu o auge religioso e um grande esplendor artístico no país, e consta que a capital do império do sul, chamada Changan, chegou a ser a metrópole mais culta do mundo no período, mais do que Roma ou Bizâncio, e tinha um verdadeiro ambiente cosmopolita: por isso, os mosteiros budistas eram abundantíssimos, e em todos eles havia imagens, pinturas, murais, objetos de culto e ornamentos finíssimos, alguns de enorme valor material... Mas esse magnífico esplendor do budismo na China começa a declinar com a grande perseguição nos anos 843 a 845 d. C., quando foram destruídos milhares de templos e confiscados os objetos budistas. Ainda se considera que o que ocorreu naqueles anos em Changan foi uma das piores catástrofes da história cultural da humanidade, que já viu tantas... Os templos foram arrasados, as figuras de pedra e madeira foram destruídas, muitas imagens de Buda, feitas de bronze ou ouro, foram fundidas, e o metal, transformado em moedas e adornos profanos...

Muitos anos depois, já no início do século XVII, por uma via que nunca se esclareceu, os espanhóis se apossaram de uma figura de Buda feita de ouro, dos tempos da dinastia Tang, que de algum modo havia sobrevivido à catástrofe do século IX. Embora o costume daquele tempo fosse fundir muitas joias e transladar para a Espanha apenas o ouro e a prata, aquela peça deve ter impressionado tanto seus novos proprietários que o governador de Manila decidiu conservá-la e enviá-la intacta ao rei da Espanha, para que este engrossasse seus tesouros do modo que mais lhe conviesse: ou como simples metal ou como a singular obra de arte que certamente já era, pois, embora aquele governador nem imaginasse, o estilo daquela peça era, sem dúvida, do período Tang e devia ser uma das poucas representações de Buda feitas de ouro puro, pois o mais comum foi utilizar madeira, pedra e até bronze, não ouro...

Agora, para terem uma ideia, vou tentar descrever a figura: na estátua, Buda aparecia de pé, coberto com uma capa que o envolvia e formava pregas ao redor dele. As mãos do deus estavam em posição de prece, e seus pés se apoiavam numa folha de lótus, com tanta delicadeza que ele parecia ter descido do céu para pousar sobre ela. Nas costas se abria um halo oblongo, assim, totalmente sulcado por linhas que formavam verdadeiros labirintos. O corpo de Buda era magro, como era costume representá-lo naquele tempo, e ele tinha um rosto quase quadrado, capaz de expressar toda a sua força. Mas na face havia um sorrisinho que acentuava seus traços, muito levemente achinesados. Essa estátua extraordinária, criada mil anos antes por um artista cujo nome nunca conheceremos, tinha um peso líquido em ouro de quatorze quilos e altura de quarenta e cinco centímetros, pelas medidas atuais. Conseguem imaginar...?

Com mais cuidados que os habituais, a peça atravessou o oceano Pacífico, desembarcou em Acapulco, cruzou o México, chegou a Veracruz e foi novamente embarcada com destino a Havana, de onde devia ir diretamente para Sevilha e de Sevilha a Madri, como oferenda real a um Filipe IV que começava a ver a decadência do império e que, como qualquer rei espanhol, andava bastante necessitado de dinheiro. Só pelo peso em ouro, aquela escultura já tinha valor especial, e especiais foram os cuidados e vigilâncias prodigalizados por seus guardas, convencidos de que Sua Majestade apreciaria aquela peça num momento em que a grande arte oriental começava a ser conhecida e valorizada outra vez na Europa. O único risco para a sobrevivência daquela obra era precisamente o que ela representava: em tempos de Contrarreforma e Inquisição, talvez uma imagem de Buda não tivesse sorte favorável, e o próprio rei ou algum de seus conselheiros econômicos ou espirituais podia recomendar sua destruição pelo fogo e sua transformação num ainda valioso montão de ouro...

Por enquanto, aqui termina a história e começa a especulação: porque a última notícia fidedigna sobre a viagem que a peça de ouro de Buda fez de Manila à Europa é de que ela chegou a Havana em 3 de dezembro de 1631, em plena época da guerra entre Espanha e França, e foi transladada para as arcas da Capitania Geral da ilha, onde seria armazenada com outros tesouros vindos do México, do Peru, da Bolívia e da Guatemala, até que saísse definitivamente para a Espanha... o que nunca aconteceu. O mistério do desaparecimento do Buda dá margem a todo tipo de elucubração, e as suspeitas do roubo recaem sobre vários personagens: desde dom Juan Bitrián de Viamonte, que era o governador da ilha, até o comandante da frota, passando pelo próprio Cérbero real e pelo vedor, que contabilizava as riquezas enviadas para a Espanha. Também foram suspeitos do roubo o chefe da guarda da capitania e vários dos funcionários da burocracia imperial que tinham acesso à informação de que existia aquela peça fabulosa e sabiam quanto ela custava e onde estava guardada. Toda a investigação do roubo foi realizada por um tenente da Guarda Real, certo Fernando de Alba, que dois anos depois escreveu um memorial ao rei dando todos os detalhes da história e desculpando-se pelo fracasso. Porque o certo é que a estátua de ouro desapareceu não só do lugar onde estava guardada, mas até da memória das pessoas. E, quando voltou, nada mais fez senão trazer desgraças, trapaças, decepções e mortes, como se executasse uma vingança própria de um deus oriental...

O sorriso rígido do doutor Alfonso Forcade marcou uma pausa longa que nenhum dos ouvintes se atreveu a interromper. O velho agora respirava com certa dificuldade, enquanto esperava a reorganização de seus músculos faciais. Conde, sentado na beirada do assento, notou que, apesar da ansiedade que o corroía, esquecera de fumar. Então mostrou um cigarro e esperou a aprovação do ancião. Só quando levantou o isqueiro foi que o policial sentiu o tremor nas mãos: aonde chegaria aquela história perdida e insólita, adornada com a surpreendente erudição do velho Forcade? À morte de seu filho, claro; e a certeza de que só por aquele objeto capaz de enriquecê-lo Miguel Forcade teria voltado a Cuba demonstrou a Conde que suas dúvidas não eram infundadas e lhe revelou de imediato um perigo.

– Doutor, desculpe interromper... Tem certeza de que ninguém mais sabia dessa história?

O velho Forcade, liberado finalmente do sorriso paralisante, olhou para a esposa.

– Caruca, me traga água, por favor.

– E não quer um comprimido? Ou um chá de tília?

– Não, água – insistiu e, enquanto a esposa saía, o ancião olhou enfim para os olhos de Conde. – Não se apresse, tenente, porque vamos chegar até meu filho Miguel, mas ainda falta bastante.

– Não estou impaciente, acho até que estou gostando da história, apenas não gosto do final que estou imaginando.

– O final é previsível, a esta altura... Surpreendentes são os caminhos pelos quais tudo flui a partir de agora. Mas não se preocupe, que o final não é exatamente o que o senhor está imaginando. Ainda vai ouvir algumas coisas admiráveis.

– E o senhor sabe onde está agora esse Buda? – interveio Manolo, inclinando-se para a frente. A curiosidade o puxava como um anzol bem fincado.

– Acho que sim, embora não tenha certeza. Mas já vamos chegar lá. E o senhor, tenente, fume quando quiser. Adoro o cheiro do fumo. Fumei durante quarenta anos, faz vinte e cinco que não fumo e ainda sinto vontade de fazer o que o senhor está fazendo.

Conde meneou a cabeça, compreensivo perante aquela confissão de fumante converso, e olhou ao redor em busca de um cinzeiro. Num canto do quarto, descobriu uma linda escrivaninha na qual quase não havia reparado, seduzido que estava pela história do Buda perdido.

– Lindo móvel, doutor – disse, indicando a mesa, ideal para alguém que se dedicasse à escrita.

– Sim, é lindo. Sugere-lhe alguma coisa?

Conde depositou a cinza na palma da mão.

– O que deveria sugerir? – perguntou e, quase sem pensar, acrescentou: – Alguma relação com o Buda?

O ancião sorriu de novo, cadavericamente, e, quando conseguiu voltar a falar, estendeu uma das mãos para Mario Conde.

– Tenente, por que o senhor perde tempo nesse seu trabalho? Com essas intuições que tem...

O policial voltou a olhar a bela escrivaninha, da qual parecia provir estranho chamamento do destino, e balançou a cabeça antes de dizer:

– Quem me dera saber, dom Alfonso. E quem me dera saber de verdade como termina essa história... que o senhor já devia ter me contado.

– Não, ainda não estava na hora. Primeiro eu precisava saber quem era o senhor, como pensava e se de fato queria descobrir quem matou meu filho e por quê...

– E o senhor sabe também quem o matou?

– Infelizmente, não. Por isso estou quebrando uma promessa e contando a história do Buda. Porque espero que o senhor, sim, consiga descobrir... Obrigado, Caruca – disse e tomou a água que a mulher lhe entregava. – Onde estávamos?

168

Daquele Buda de ouro ninguém voltou a saber mais nada até dois séculos e meio depois, em plena Guerra de Independência, quando ele voltou à vida disposto a enlouquecer mais gente... Tudo começou quando um dos homens mais ricos da ilha, proprietário de terras e engenhos em Matanzas, chamado Antonio Riva de la Nuez, tentou levar a estátua para New Orleans, talvez por temer um confisco ou um saque de suas propriedades por parte dos revolucionários independentistas, com suas tropas cheias de ex-escravos negros: a síndrome haitiana ainda estava na mente de muitos fazendeiros cubanos, e vários deles tiraram daqui uma parte de suas riquezas para poderem escapar da ruína total que apanhou de surpresa os colonos franceses de Santo Domingo. É a mesma história que sempre se repete, não é mesmo, tenente? O medo eterno dos bárbaros depredadores... Mas, para fatalidade de dom Antonio Riva de la Nuez, naquela época havia sido decretada a inspeção de todas as cargas que entrassem ou saíssem dos portos cubanos, justamente por causa da guerra, e o oficial da aduana real, ao achar aquela estátua de Buda, informou o capitão-geral da existência e da possível saída de uma peça valiosíssima em direção ao México. Quando o capitão investigou a origem de uma joia tão singular, alguém deve ter descoberto que aquele Buda tinha de ser o mesmo que fora roubado do rei da Espanha em 1631... E a estátua foi confiscada, em benefício da Coroa espanhola, que continuava sendo sua legítima proprietária, não? É realmente uma pena nunca ter sido possível saber com certeza por quais caminhos dom Antonio Riva chegou a possuir aquela estátua, perdida por mais de dois séculos depois de subtraída do recinto do tesouro da Capitania Geral. Porque, nos pleitos que moveu contra a Coroa, ele sempre afirmou que a herdara do pai, que por sua vez a comprara em Santiago de Cuba de um latifundiário franco-haitiano, arruinado pela guerra da antiga colônia francesa. Seria verdade essa compra? Provavelmente não, mas com aquela peça nunca houve nada seguro...

Foi assim que o Buda de ouro voltou às instalações do Tesouro no novo edifício da Capitania Geral, à espera de alguma ocasião propícia para terminar sua viagem interrompida para a Espanha. E, em agosto de 1870, foi embarcado no veleiro *Las Mercedes*, que partia para Cádiz, depois de uma escala em Matanzas, onde pegaria várias pessoas que viajavam para a península. Nas atas da capitania consta que o Buda foi embarcado no *Las Mercedes* e entregue aos cuidados do confiável capitão da nave, certo Nataniel Chavarría, basco por sinal, oficial da reserva da Armada Real, na qual tinha excelente folha de serviços e era considerado bom conhecedor da navegação transatlântica.

Em 23 de agosto, apesar de certas previsões meteorológicas que falavam da aproximação de um furacão como o que vem agora, o capitão Chavarría levantou âncoras com a decisão de que, se a tormenta ameaçasse a segurança da embarcação, seria possível refugiar-se e esperar na baía de Matanzas, onde ele necessariamente devia aportar por dois dias. *Las Mercedes* zarpou pela manhã; naquela mesma noite, quando chegava a Matanzas, a tormenta parecia que o esperava na entrada da baía e, apesar da reconhecida experiência naval do basco, o veleiro afundou num daqueles penhascos que ficam na entrada do porto. Três novos mistérios entraram, então, para a história do Buda de ouro: o primeiro é a razão pela qual Chavarría não quis esperar dois ou três dias, até o ciclone passar, para se dirigir a Matanzas; o segundo é que os mergulhadores encarregados de examinar os restos do naufrágio da embarcação numa zona de pouco calado, muito próxima da costa, nunca encontraram o famoso Buda que pesava trinta libras; e o terceiro é que no naufrágio só desapareceram duas das pessoas que viajavam no *Las Mercedes*: um marinheiro andaluz chamado Alberto Guarino, dono de vasto currículo delinquencial, e o próprio capitão Chavarría. Ambos os cadáveres, aliás, nunca foram devolvidos pelo mar.

E o Buda desapareceu de novo, como se esse fosse seu destino cíclico. Ninguém soube dele por muito tempo, mas, nas averiguações que fiz durante anos sobre a história daquele Buda, acabei por pensar muito mal do capitão Nataniel Chavarría... Porque ocorre que um dia, conversando sobre a genealogia basca com um botânico uruguaio que veio a Cuba há uns quinze anos e cujo sobrenome era Basterrechea, ele falou da existência, num povoado do Uruguai chamado San José de Mayo, de ricas fazendas de gado onde ele tinha feito estudos de solo, a pedido dos proprietários, a família

Chavarría, logicamente de ascendência basca. Com essa informação, pedi a ele que investigasse qual era a origem da fortuna daquela família, e ele me escreveu pouco depois, contando que o bisavô do atual proprietário chegara ao Uruguai por volta de 1880 com uma quantidade notável de dinheiro que ele rapidamente investiu em terras para evitar perder tudo nas farras noturnas, pois, apesar de ter sessenta anos, costumava correr os prostíbulos de Montevidéu e Buenos Aires. Eu lhe sugeri que verificasse se aquela família tinha notícias da existência de um Buda de ouro da dinastia Tang, se eles sabiam qual tinha sido a origem da fortuna do bisavô e o que ele fazia antes de emigrar para o Uruguai. A resposta foi surpreendente e reveladora: não sabiam nada de nenhum Buda nem da origem da riqueza de Nataniel Chavarría, embora desconfiassem que ela não viesse exatamente de alguma herança nem de seu tino comercial, pois o velho era um segundo filho pobre que só tinha trabalhado na Marinha Naval e depois na Mercante, até alguns anos antes de sua chegada àquele recanto perdido da América do Sul com os bolsos carregados de ouro e... acompanhado por um compadre andaluz que tinha dois nomes: Alberto Guarino ou Federico del Barrio.

O embuste de Chavarría estava demonstrado, e quem não tivesse as informações que consegui reunir poderia pensar em duas alternativas: ou o basco tinha vendido o Buda em algum lugar da Europa ou da América, ou então o tinha fundido, o que era mais seguro para ele, e, depois de liquidar os quatorze quilos de ouro puro, tinha se mandado para um povoado remoto do Uruguai... Mas a segunda possibilidade nunca teve sentido, porque, trinta anos depois do naufrágio de Matanzas, soube-se que o Buda continuava existindo, saudável e sorridente como sempre, e até tinha voltado para as mãos de dom Antonio Riva de la Nuez...

Porque, depois da independência de Cuba, em 1902, quando as leis espanholas deixaram de ter efeito na ilha, um homem chamado Manuel Riva Fernández, filho daquele dom Antonio que havia perdido e sem dúvida recuperado o Buda de ouro que também sem dúvida lhe fora vendido por muito boa quantia pelo capitão basco Chavarría – ou seu capataz de sobrenome Guarino –, mostrou a uns amigos aquela relíquia familiar e até deixou que ela fosse fotografada pela imprensa. Na época, falou-se que a peça podia custar mais de dois milhões de dólares, pelo valor artístico indubitável, pois foi reconhecida sua autenticidade como uma escultura Tang, sobrevivente da catastrófica proibição do budismo decretada no século IX, e obviamente era uma das mais extraordinárias joias daquela época de que já se tivera notícia. E, se ainda restava alguma dúvida sobre sua verdadeira origem, ela pôde ser descartada depois que Manuel Riva foi convidado a mostrar a peça numa exposição de Paris, onde ela figurou entre outros tesouros da antiga arte chinesa. Porque Paris caiu aos pés daquele magnífico Buda, tão singular em muitos sentidos.

A filha de Manuel, Zenaida Riva y Ponce de León, herdou o Buda quando o pai morreu, em 1936. Zenaida, que tinha se casado com o banqueiro cubano Alcides Guevara, um dos homens mais ricos de Cuba, levou o Buda para sua casa de Miramar e o colocou numa vitrine de vidro inquebrável com fechadura de segurança, construída especialmente para esse fim, em Londres, por encomenda de Guevara. Sei de várias pessoas que viram ali a peça, durante os anos quarenta, e ela era sem dúvida o orgulho da família, que podia se dar ao luxo de exibi-la sem precisar vendê-la, pois, se alguma coisa sobrava aos Guevara-Riva y Ponce de León era precisamente dinheiro... que não serviu para nada quando, em 1951, ladrões desativaram os alarmes, forçaram a fechadura de segurança e tiraram a peça da casa de Miramar. Toda essa parte da história é fácil de rastrear, porque a imprensa da época falou muitíssimo do caso, fotos do Buda circularam, e até ficou encarregado da investigação do roubo um detetive famoso, parece que meio especialista em coisas da China, um tal Júglar Ares. Mas nem a polícia nem o detetive conseguiram achar o Buda ou os ladrões, e o caso foi sendo esquecido, sobretudo com os acontecimentos que se sucederam a partir de 1952: golpe de Estado de Batista, assalto ao Quartel Moncada por parte de Fidel e seu grupo, desembarque do *Granma* na província de Oriente, levante de Santiago de Cuba, tentativa de assassinato de Fulgencio Batista em 13 de março, guerra em Sierra Maestra e triunfo da Revolução, que por certo não pegou Alcides Guevara e Zenaida Riva desprevenidos, porque em setembro de 1958 eles tiveram a prudência de mandar todo seu capital para a Suíça e, em fevereiro de 1959, foram morar em Zurique com a família, que por lá deve andar ainda, talvez metida no negócio bancário.

Do Buda, nem uma palavra. O roubo não podia ser uma farsa como a de Chavarría, porque desde a independência de Cuba os Riva haviam se tornado donos legais da joia e não tinham necessidade de escondê-la; aliás, para seu azar, tinham feito exatamente o contrário.

Pois bem, a Revolução triunfou e, a partir de 1º de janeiro de 1959, a burguesia cubana começou a emigrar para Estados Unidos, Espanha, México e Porto Rico, levando consigo tudo o que podia. Alguns ficaram um pouco mais, e esse titubeio lhes custou caro: podiam sair de Cuba, mas tudo o que o governo considerara bem do patrimônio cultural e nacional era confiscado e passava para as mãos do Estado. Por isso, muitas pessoas precisaram deixar para trás verdadeiras fortunas, mas nem sempre as entregaram e, ao contrário, procuraram meios possíveis de guardá-las para depois as tirarem por alguma via alternativa ou então recuperá-las, caso a Revolução não se sustentasse durante muito tempo, como esperavam... Mas não aconteceu o que o senhor está imaginando, tenente: Miguel não a roubou desse modo... Espere um pouco, que ainda falta o melhor... Ou o pior, não sei bem.

Uma daquelas famílias da burguesia cubana era a dos Mena y Carbó, que por acaso moravam a apenas três quarteirões da antiga residência de Alcides Guevara e Zenaida Riva... Em outubro de 1960, eles saíram de Cuba, deixando na casa uma tia solteirona do senhor Patricio Mena. Mas aquela tia, que tinha só cinquenta e seis anos e vivia comodamente da renda que lhe fora atribuída em decorrência dos confiscos da reforma urbana, morreu de repente em janeiro de 1962, sem deixar herdeiros na ilha; por isso, a casa também sofreu intervenção do governo, os objetos de valor que havia dentro foram expropriados como bens do Estado, e aí, sim, meu filho Miguel cuidou do assunto... Na realidade, eram poucos os objetos de alguma importância encontrados na casa: os móveis de mogno, alguns vasos de porcelana chinesa de pouco valor e essa bela escrivaninha que chamou sua atenção, essa, sim, de um valor especial, embora pouco conhecido entre os leigos: é obra de um discípulo de Boulle, o famoso marceneiro francês que criou toda uma escola na construção de armários e escrivaninhas especialmente notáveis pela existência de compartimentos ocultos, perceptíveis apenas quando se comparam as medidas externas e internas do móvel.

Como para todo mundo essa era só mais uma escrivaninha, Miguel, sabendo que eu precisava de uma para meus papéis, decidiu comprá-la e me dar de presente; então nós a trouxemos para esta casa e a acomodamos nesse canto... Como os senhores já sabem, sou cientista e também lhes disse que creio em Deus e em Nossa Senhora, certo? Pois foi essa combinação que me levou a buscar referências sobre o estilo de minha estranha escrivaninha, e aí dei com Boulle e, por meio dele, com seu costume de fabricar compartimentos secretos praticamente invisíveis. Concluí que, se esse móvel era daquela escola, talvez tivesse um compartimento assim, e me empenhei em localizá-lo. Sabem de uma coisa? Precisei procurar durante três dias, tateando, medindo, dando pancadinhas nos fundos e, quando estava quase convencido de que não existia nenhum esconderijo, decidi ajeitar um adorno interno que mal e mal sobressaía do fundo da gaveta da esquerda e, quando dei uma batida nele, senti um levíssimo murmúrio na madeira: quase sem querer eu encontrei a mola que levantava as duas tábuas do fundo da gaveta, onde havia sido construída uma pequena cavidade na qual encontrei dois papéis: um poema de amor manuscrito, sem título nem autor, por sinal lamentável em termos literários, e uma coisa que obviamente era um mapa no qual havia referências a uma casa, uma fonte, uma cerca de ferro e um abacateiro, e a distância em pés de cada um desses lugares até um ponto marcado com uma cruz, ao lado da qual estava escrita uma palavra para mim tão enigmática quanto desprovida de sentido naquele momento. Já imaginam qual? Claro, agora é fácil: a palavra escrita era "Buda".

Naquela mesma noite, chamei Miguel a este quarto e lhe mostrei o mapa. Ele riu e me disse que devia ser do tesouro de algum pirata, mas que de qualquer maneira ia verificar do que se tratava. Só uns três dias depois voltei a vê-lo. Naquela época, nós dois tínhamos muito trabalho, eu na universidade, ele na divisão de Bens Expropriados, e, quando lhe perguntei do assunto, Miguel me disse que o famoso tesouro no fim nada mais era que o cadáver de um cachorro provavelmente chamado Buda. E comentamos que, sem dúvida, a tia solteirona, morta de infarto, tinha enterrado ali seu cachorro e guardado a localização junto com aquele poema, escrito por ela ou dirigido a ela por algum velho apaixonado. E esqueci o assunto.

Esqueci a tal ponto que, naquele dia de abril de 1978, quando Miguel me pediu para subir até aqui e me perguntou se eu me lembrava do mapa, precisei forçar a memória para resgatar aquela história do cachorro Buda e do poema de amor. Então, Miguel me contou a verdade: o que a cruz marcava era o lugar onde estava enterrada a estátua de um Buda de ouro maciço, que ele supunha ser especialmente valiosa não só pelo ouro, como também pela obra em si, e que numa base de mármore estava gravado um nome: Riva de la Nuez. E, depois de me pedir que não contasse aquilo a ninguém, confessou que, graças ao mapa da escrivaninha, ele tinha tirado a estátua da casa dos Mena y Carbó e que, desde aquela época, ela estava enterrada aqui, no jardim desta casa. E me entregou um mapa tão rudimentar quanto aquele que eu havia encontrado dezesseis anos antes. Pediu que o guardasse outra vez na escrivaninha e que só se lhe acontecesse alguma coisa muito grave, para ser necessário utilizar aquele tesouro, eu o desenterrasse e tentasse vendê-lo. E me contou também sua ideia de ficar na Espanha quando voltasse de Moscou; foi quando me disse que, se alguma vez alguém me perguntasse pelo Buda da escrivaninha de Boulle, esse era o sinal para eu dar o mapa e para a estátua ser desenterrada, pois essa pessoa deveria levá-la até onde ele estivesse. E que, caso eu morresse e Caruca também, a escrivaninha deveria ser herdada por meu sobrinho Agustín, primo de Miguel, para que o móvel com o mapa não saísse da família.

Não vem ao caso o que ele e eu discutimos naquela noite, nem minha contrariedade pelo delito que meu filho tinha cometido e pelo que ele planejava cometer. Ele tinha confiado em mim, eu não podia traí-lo, e isso era suficiente para me manter em silêncio. O que fiz foi me informar durante anos sobre um Buda de ouro que tinha pertencido a certo Riva de la Nuez e, assim, conseguir traçar toda essa história, desde que ele subiu no *Galeão de Manila* até quando os Mena y Carbó o roubaram, ou mandaram roubar, em 1951, enterrando-o em seu quintal antes de saírem de Cuba...

Durante todos esses anos, esperei que alguém viesse uma noite me falar do Buda da escrivaninha de Boulle, mas nunca imaginei que seria Miguel quem o mencionaria de novo, uma semana atrás. Explicou que tinha vindo preparar a saída do Buda para os Estados Unidos e que Fermín, irmão da mulher dele, seria o responsável por levá-lo numa lancha, embora Fermín ainda não soubesse o que era nem onde estava o que devia levar. E disse que aquele Buda tão arisco seria seu verdadeiro salvador...

Está satisfeito, tenente...? Acho que respondi ao que o senhor queria saber: foi isso o que Miguel veio buscar em Cuba, o modo de tirar daqui um Buda que tem quinze séculos e deve custar vários milhões de dólares em qualquer mercado de arte... Por favor, tenente, abra aquela gaveta, sim, a da esquerda, e toque na protuberância do fundo. Não desce? Aperte mais forte. Assim, já soou a mola do Buda da escrivaninha de Boulle. Bom, acho que no fim vou ver com meus próprios olhos essa escultura que enlouqueceu tanta gente durante tantos séculos... inclusive meu filho Miguel.

O tenente investigador Mario Conde não se lembrava de muitos casos em que a perspectiva de uma solução visível tivesse lhe provocado a mesma emoção nervosa que sentiu quando o velho Alfonso Forcade lhe indicou a bela escrivaninha que causara nele aquela admiração premonitória, móvel que ele – talvez impulsionado pela mente incisiva de Forcade – supôs estar relacionado com a história do Buda perdido. Por isso, agora buscava outras razões mais simples para aquela exaltação: talvez a proximidade de sua libertação, talvez a certeza de que as intuições voltavam a ser seu melhor aliado científico – foi o que ele acrescentou a seus pensamentos em busca de mais razões. No entanto, o policial estava convencido de que chegar à informação capaz de levá-lo a um magnífico Buda de ouro, fundido quinze séculos antes por um artista cujo nome nunca seria conhecido, mas cuja obra havia desafiado todos os riscos da cobiça e da história, era causa suficiente para ele sentir aquele alvoroço que fizera suas mãos tremerem enquanto apalpavam sem resultado o fundo da gaveta, e ele imaginava o entusiasmo histórico do Coelho quando lhe contasse aquela relação de enganos e ganâncias, cujo devir fora moldado pelas mais simples decisões humanas, tendo a ambição como porta-bandeira. Por isso, respirou fundo, tentando expulsar o nervosismo, e insistiu no fundo mudo da gaveta até finalmente ouvir o disparo da mola escondida por um discípulo de Boulle.

O mapa extraído do fundo imperceptível da gaveta tinha sido desenhado num papel que, apesar dos anos, conservava uma palidez brilhante na qual marcas, letras, números e linhas gravados com tinta preta gritavam seu milionário segredo: tudo convergia para aquele ponto exato do quintal – quase debaixo de um loureiro-cereja seguramente centenário – onde Crespo e Greco cavavam agora, numa profundidade que já começava a preocupar Conde.

– E isso está tão fundo, tenente?

– Continuem cavando, continuem cavando – insistiu ele, acendendo outro cigarro e olhando para o céu, que se transformara num manto plúmbeo por onde corriam, em direção ao norte, umas nuvens esponjosas e sujas, carregadas de água, eletricidade e más intenções.

Um ar úmido e quente do sul já encrespava as copas das árvores, como prelúdio das fúrias que podiam envolver a cidade naquela madrugada ou, no mais tardar, na manhã seguinte. O barulho da picareta e da pá, abrindo, revolvendo, extraindo terra, trouxe-o de volta à consciência profunda da ação que estava presenciando, mas a ideia do dramático fracasso final de Miguel Forcade, depois de se preparar durante quase trinta anos para dar o pulo rumo à fortuna montado num Buda de ouro, impunha-se em sua mente, a despeito do que seus olhos pareciam observar. Desde que se tornara possuidor daquele Buda que continuava sem emergir, Miguel Forcade deve ter vivido apenas em função de tal estátua dotada de suficiente esplendor para mudar seu carma do modo mais radical possível: dinheiro e poder fluiriam por suas mãos, como devia sonhar o homem agora morto, enquanto vivia em eterno estado de hipocrisia, esperando sua hora num país onde já não existiam milionários e onde o poder, para alguém como ele, era só um jogo de decisões que iam muito além de sua vontade: hoje se tem o poder, amanhã não... Conde imaginou a quantidade de postergações que devem ter alterado aquele destino desejado e exequível, enquanto o presumido milionário vivia uma vida estreita, sempre à espera da oportunidade de ampliá-la do modo mais retumbante. A fortuna como inferno em vida. Na realidade, seu medo do mar devia ser doentio: porque uma lancha bem equipada podia ter sido o caminho mais reto entre aquele buraco na terra e a glória financeira, pela qual ele atraiçoara todas as confianças e fidelidades. Depois, os anos que Fermín passou na prisão, enquanto ele trabalhava num escritório de Miami para um cubano enriquecido por sabe Deus que meios, cubano que morreria de inveja quando soubesse dos potenciais milhões de seu empregado, deviam ter sido a pior temporada no inferno terreno que o Buda preparara para Miguel Forcade, desesperadamente confinado a uma casinha de South West, enquanto seus sonhos o punham nas melhores mansões de Nova York, Paris ou Genebra... Aquele buraco, que continuava sem parir, havia sido, na realidade, o túmulo da vida de Miguel Forcade e, pelo jeito, também de sua morte: entre aquele Buda, por cujo aparecimento Conde rogava a todos os deuses do Oriente e até a Nossa Senhora da Caridade do Cobre, e o cadáver encontrado no mar cinco dias antes existia uma linha reta e, na mente de Conde, a única pessoa capaz de traçá-la teria sido o hermético Fermín, o homem que contara com a confiança integral – ou parcial – do defunto milionário que nunca chegou a sê-lo e que, por causa daquele Buda arisco, havia alcançado de forma bem pouco amável e fisicamente tão incompleta o estado perfeito do Nirvana: aquilo que em linguagem profana e vulgar se chama morte.

– Acho que aqui não tem nada, Conde – protestou Crespo, enxugando o suor que lhe escorria da cabeça cada dia mais desprovida de cabelo.

178

– Vocês mediram bem? – quis saber Greco, encostado na parede da cova, com a respiração entrecortada.

Conde voltou a olhar o mapa, localizou outra vez cada uma das referências, pegou a fita métrica e a colocou entre as raízes do loureiro-cereja, medindo pela terceira vez. O centro da cova coincidia com a marca de dois metros e oitenta, escrita por Miguel Forcade.

– Deixa comigo, porra, saiam daí – disse aos subordinados, sentindo que o tremor voltava a suas mãos, úmidas de suor. – Manolo, manda ver, me ajuda aqui – pediu o tenente e se lançou à cova, começando a afundar a picareta na terra, com ritmo frenético, como se sua única função na vida fosse cavar até o outro lado do mundo, que nos desenhos de Disney sempre ficava, precisamente, na remota China.

Manolo, com a pá, retirou a terra arrancada por Conde, e este levantou de novo a picareta, quando o sargento disse:

– E se alguém já tiver tirado, Conde?

– Ninguém tirou, porra, ninguém! – gritou o tenente, levantando a picareta até a máxima altura possível e descarregando-a com todas as forças que lhe restavam sobre a terra úmida do fundo; então, sentiu que a ponta de metal recebia o tranco do choque com alguma coisa sólida, compacta, definitivamente metálica, quem sabe divina. A pá do sargento se apressou, reclamada a cada vez pela insistência de Conde, até que uma superfície sintética mostrou seu fulgor opaco, manchado pelo contato de vinte e sete anos com a terra. Conde enfiou a mão na lama e começou a tirar das entranhas do mundo o envoltório de náilon que, por sua vez, continha um envoltório de pano, sob o qual dormia amarrado um objeto quase redondo, pesado: Conde conseguiu tirar a bolsa, cortou os cordões que seguravam a proteção de pano e ali, no fundo da cova, retirou o tecido que começou a se desmanchar para deixar diante dos olhos dos policiais um brilho amarelo capaz de deslumbrar o mundo. Sim, era magro, mas forte, como um verdadeiro Buda disposto a se distanciar de toda materialidade não transcendente, e o sorriso de seu rosto parecia expressar uma satisfação marota: razões para tanto ele tinha, pensou Conde, pois aquele deus pagão vencera as mais incríveis peripécias durante quinze séculos, superando sempre o risco da morte por derretimento que o ameaçara várias vezes. Seu corpo, coberto por uma túnica em que o metal criava pregas espantosas, com hábeis sinuosidades, devia ter mais de quarenta centímetros desde os pés, pousados na folha de lótus, até a última curva do toucado hindu que lhe cobria a testa. Vários homens, por anos quase incontáveis, tinham arriscado tudo por aquela figura sorridente, capaz de enlouquecer, enriquecer e até matar quem pretendesse retê-la, como se ela pudesse agarrar o inapreensível: tinha razão o velho Forcade quando comentara que a imagem de Buda era apenas um reflexo ilusório de uma verdade situada além de todas as dimensões e categorias, pois aquele criador de uma religião poderosa sempre soube que sua força e permanência se enraizavam em sua extrema essência espiritual, longe do mundo do terreno e do tangível, fora do reino da aparência; por isso, sorria, triunfante. Esse grande sacana, disse Conde com seus botões, sem deixar de observar a estátua sardônica, mas sentindo que sua cintura se ressentia enquanto voltava à posição vertical. Dolorosamente, ele se voltou para a casa e, na sacada do andar superior, viu o ancião sentado em sua poltrona de madeira e vime, tendo ao lado a mulher, que também observava a busca. Então, o policial gritou, com um volume capaz de percorrer todo o bairro:

– Olhe aqui o Buda de ouro...!

Olhou o relógio e se assustou com a hora: seus prazos encurtavam porque ia dar meio-dia, e ele, embora tivesse um Buda, quase certamente de ouro, possivelmente da dinastia Tang, presumivelmente valiosíssimo, ainda não tinha aquilo de que mais precisava: um assassino confesso. Ou uma assassina, quem sabe. Por isso, decidiu mover as peças com rapidez: enquanto mandava Crespo e Greco localizarem Fermín Bodes e levarem-no para a Central – esteja onde estiver, insistiu com os policiais –, ligou para o coronel Molina e lhe pediu que viesse até aquela casa do Vedado, pois tinham descoberto algo muito importante. Depois, encarregou Manolo de se comunicar com o pessoal do Patrimônio que tinha certificado a falsidade do Matisse para pedir que enviassem seu melhor especialista em estatuária chinesa da Antiguidade. Por fim, deixou o sargento ao lado do Buda, que ainda dormia no fundo do buraco, mas continuava sorrindo, e subiu no automóvel que lhe haviam enviado para voltar imediatamente à Central.

– Vá depressa, se quiser – disse ao motorista e, sem nenhuma transição, Conde descobriu que estava sendo arrebatado pela incômoda sensação de perder a própria pele, de se ver em terceira pessoa, enquanto mergulhava no sangue fervente de um personagem admirado e terrível, vivo numa história já escrita...

Desde que se apaixonara pela leitura e sentira aquela inveja corrosiva das pessoas capazes de imaginar e contar histórias, Conde aprendera a respeitar a literatura como uma das coisas mais bonitas que a vida pode engendrar. Talvez a primeira causa daquele respeito fosse sua própria incapacidade de entrar na liça e viver em função da literatura. Porque seu desejo de escrever sempre fora mais um desafio que um sonho, e o adiamento prolongado de sua vocação encontrara na leitura o único alívio possível. Afinal, a doce inveja dos autores que escreviam bem era uma doença menos dura do que a convicção de que ele talvez nunca conseguisse fazer o mesmo, ou nem sequer escrever mal.

Aquela parte literária e sublime de sua vida, porém, poucas vezes tinha relação com sua existência real e cotidiana, tão medíocre e descolorida que ele tentava tornar mais suportável submergindo no rum, e por isso lhe pareceu estranha a sensação calidamente estética de que encarnava um personagem literário: ainda que, na realidade, ele tivesse deixado de verificar, com uma faquinha, se o Buda era de ouro ou só de chumbo, como ocorreu com o pássaro do mal na história que ele sentia estar vivendo.

Lembrou-se, então, de Washington Capote, aquele arrebatado companheiro da universidade que, ao contrário dele, se assumia como personagem literário, graças à extraordinária memória para citações e à capacidade para a representação, que lhe possibilitavam desdobrar-se teatralmente em narrador e personagem de um romance. Porque Washington teria adorado estar agora no lugar de Conde, repetindo com segurança e ênfase as oito razões que Sam Spade tinha para mandar

Brigid O'Shaughnessy para a cadeia: "Escute. O que vou dizer não é nada bom", e Washington avançava pelo solilóquio cínico e mordaz do detetive até chegar à razão que mais lhe agradava: "Sétima: não gosto nada da ideia de que pode haver uma única possibilidade em cem de você ter achado que eu era um imbecil", dizia aquele louco literário e sorria, cinematográfico e até melhor que Bogart.

Uma única possibilidade em cem de você ter achado que eu era um imbecil, repetiu a mente de Conde, capaz, como poucas vezes, de recuperar aquela frase de um jato só para compreender que, na realidade, não tinha direito de se sentir um personagem de romance, mas devia se assumir como um imbecil; no entanto, a utilidade da literatura para explicar a vida voltava a ficar demonstrada para o policial que, com raiva, desconfiava de uma coisa: existia mais de uma possibilidade, quase cem em cem, de várias pessoas terem achado que ele era imbecil.

O oficial de plantão o esperava com a melhor das notícias: dez minutos antes, Crespo e Greco tinham entrado com um detido chamado Fermín Bodes. Bom, bom, sussurrou Conde, compreendendo que por fim começava a se sentir totalmente envolvido naquele caso, e não só pelo desafio que fora feito a sua inteligência. Desde a história inicial de uma estátua de Buda que precisou ser escondida ou transfigurada mais de mil anos antes por fiéis que tiveram de abjurar sua fé em público, só para garantir a sobrevivência da imagem de seu deus, até os personagens que agora o esperavam, tristemente contemporâneos e movidos por ambições menos altruístas, era fascinante a sucessão de embustes de toda espécie que acabara por cair em suas mãos. Traições, fraudes, perseguições, mentiras e imposturas de tudo que é tipo tinham se enredado numa farsa a que justamente ele, Mario Conde, podia pôr fim. Seria o fim...? Quando repassou mentalmente os protagonistas do último ato, sentiu de novo a ira do insulto a sua inteligência e até a suas premonições: um Miguel Forcade que tinha medo do mar e se valera de todas as pervertidas possibilidades do poder que tivera nas mãos; um Gerardo Gómez de la Peña, com aqueles pés tão feios e sua petulância de predestinado, seu oportunismo blindado e seu cinismo quase invencível; a bela Miriam, loira talvez, peão coroado como dama e dotado de uma voracidade e uma velocidade de movimentos que a tornavam realmente temível, mulher armada com todos os recursos histriônicos indispensáveis para viver na falsidade, sendo capaz até de atirar ao fogo o próprio irmão e ao mar o querido marido; e aquele Fermín Bodes, ginástico e sarcástico, sempre fazendo tudo pela metade, burlador burlado uma vez, burlão outras, mal e parcamente condenado por seus múltiplos delitos e pecados... Com gente assim convivera Conde, na mesma cidade, no mesmo tempo, na mesma vida, vendo os Forcades, os Gómez, os Bodes a partir da perspectiva diminuta a que eles o haviam limitado e a outros tantos pobres coitados como ele, eles em cima, os outros embaixo, eles entre abajures Tiffany, quadros de Matisse que até podiam ser autênticos, residências intercambiadas como livros usados – e ele lamentou o símile bibliográfico –, com milhões potenciais e reais nas mãos, agindo como juízes implacáveis nos tribunais da pureza ética, ideológica, política e social (onde quase sempre os julgados costumavam ser "outros"); e esses "outros", manietados e silenciados, sofrendo a doença crônica e incurável de morar em cortiços, como Candito Vermelho, ou prostrados para todo o sempre numa cadeira de rodas, como seu irmão de alma, ou perseguidos pelos matagais por acreditarem que a verdade da vida está nas esporas de um galo, como seu finado avô Rufino; ou definitivamente prostituídos por quererem obter alguma coisa de lá de cima, como seu velho conhecido Miki Cara de Boneca, pecador sem salvação, que vendera seu escasso talento literário escrevendo histórias encomiásticas e oportunistas. E você, Mario Conde? Melhor nem dizer, falou consigo mesmo, quando as portas do elevador se abriram.

Antes de entrar no cubículo, Conde respirou fundo e reparou em sua aparência: a calça *jeans* estava manchada de lama da barra aos joelhos, os sapatos podiam ser de qualquer cor entre marrom e preto, e a camisa, com salpicos de terra, tinha perdido um dos botões. Mas entrou sem avisar e sorriu, como se estivesse muito contente, ao ver o rosto de Miriam e o de Fermín, que se voltaram para olhá-lo.

183

– O senhor vai me dizer... – começou Fermín, com inflexão de agressividade na voz, e Conde precisou se impor.

– Vou dizer muitas coisas, e o senhor e sua irmã vão me dizer outras tantas. Para começar, vou dizer que os dois estão oficialmente detidos para investigação de um assassinato. Seu caso – apontou para Miriam – já vai ser comunicado ao consulado norte-americano, portanto não se preocupe. Como veem, estão detidos até que fique demonstrada sua inocência ou até que apodreçam numa prisão – e olhou para o ex-presidiário Fermín Bodes, em quem percebeu um leve tremor, por saber o que podia significar a noção de apodrecer na prisão. – Fui claro?

– Mas por que desta vez? – foi ela quem perguntou, e Conde percebeu que seus olhos não brilhavam como antes.

– Como suspeitos do assassinato de Miguel Forcade... Porque, para começar, já sei o que seu marido veio buscar em Cuba... Agora mesmo estamos investigando a autenticidade e o valor do Buda de ouro que estava enterrado no quintal da casa dele.

– Um Buda de ouro? – o espanto de Miriam pareceu real, e o silêncio de Fermín foi coerente com seu estilo.

Conde deixou de olhar para eles, enquanto acendia um cigarro.

– Não sabia? Um Buda de mais de mil anos e catorze quilos de ouro? Uma estátua que vale uns bons milhões de dólares?

– Não sei, não, não sei do que está falando – negou ela, com as pestanas em movimento por alguma razão que Conde não conseguiu definir: medo, perplexidade ou decepção, talvez. O policial quis ser crédulo e acreditou no assombro nervoso da mulher diante da fortuna apreendida de que ele estava falando. Mas se refreou.

– Miriam, não posso acreditar que não soubesse. Por favor, não me diga mais mentiras porque não suporto mentirosos, muito menos os que tentam me fazer passar por imbecil.

– Mas não sei mesmo... – insistiu ela, a ponto de chorar com seus próprios olhos, e solicitou a atenção do irmão: – Do que esse homem está falando, Fermín? Que Buda é esse?

– Diga a ela, Fermín – propôs Conde, e o homem olhou para ele. Clássicas centelhas de ódio brotavam de seus olhos quando ele disse:

184

– Deve ser alguma coisa que valia muito dinheiro e que o imbecil do seu marido queria que eu tirasse de Cuba. Mas eu não sabia o que era nem onde estava.

– Acha que vou acreditar nisso?

Fermín mostrou de novo suas garras afiadas e pareceu recuperar parte da autoconfiança.

– Pense o que quiser, mas esta é a verdade: eu nunca soube o que era nem onde estava... Estou sabendo agora, por seu intermédio.

– Ai, meu Deus, um Buda de ouro, de ouro... – sussurrava Miriam, mas Conde preferiu estudar o homem e achou que talvez ele estivesse dizendo a verdade. Era coerente com o caráter de Miguel e com o de seus cupinchas manter o segredo até o final, como a melhor defesa contra uma possível traição que o despojasse de sua fortuna. Mas entre aqueles embusteiros profissionais qualquer justificação era provável, pensou, temendo que nenhum deles fosse o assassino de Miguel Forcade, e o caso voltasse a escapulir de suas mãos. Então, decidiu mudar de tática, com a esperança de chegar a alguma verdade.

– Vamos ver – propôs, olhando alternadamente para cada um dos irmãos, até que fixou o olhar em Fermín. – Se o senhor não sabia o que seu cunhado veio buscar em Cuba e se não o matou, está livre de qualquer acusação. Planejar uma saída clandestina do país não é crime. E a senhora, se também não sabia de nada sobre o Buda de ouro e só acompanhou seu marido a Cuba, também não fez nada punível e poderá chorar em Miami quando tudo estiver esclarecido. Mas ouçam bem: para eu acreditar nisso, precisam me contar alguma coisa que me convença, e acho que nenhum de vocês está com essa história pronta, ou está?

Quando Miguel ficou na Espanha, a ideia era minha irmã e eu sairmos depois numa lancha. Eu tinha de conseguir dinheiro para comprar o motor, a embarcação e tudo o que fosse preciso, e Miguel me mandaria uma carta dizendo onde tinha guardado algo que nos tornaria ricos, nós três. E, embora Miguel sempre tenha sido trapaceiro, eu sabia que a mim ele não enganaria: nos conhecíamos fazia muitos anos, tínhamos trabalhado juntos, e ele confiou em mim quando disse que ia ficar em Madri na viagem de volta: e aquilo era tão grave que a maioria das pessoas não diz nem à própria sombra, e nem Miriam podia saber. Foi aí que tive aquele problema e fui preso. Miguel depois me contou que por pouco não ficou louco quando recebeu a notícia, mas o único remédio era esperar, e o que ele fez foi tirar Miriam de Cuba com um visto obtido pelo Panamá. Como é fácil imaginar, os dez anos que passei preso pareceram quinhentos, porque eu sabia que, se estivesse solto, se tivesse chegado aos Estados Unidos, estaria vivendo como um milionário, porque aquilo que Miguel queria tirar de Cuba só podia valer milhões: pelas mãos dele passou cada coisa que o senhor nem imagina, e o que quer que fosse havia de ser muito mais valioso que tudo o que ele tinha em casa. Para resistir sem ficar louco, passei os dez anos fazendo exercícios e me comportando de forma exemplar, para, com isso, ter direito à redução da pena, até que finalmente saí, faz três meses. Então liguei para Miguel, e ele me disse que, tão logo lhe dessem o visto humanitário que havia solicitado, pegaria um avião e viria me ajudar a preparar outra vez minha saída. E assim foi. Quando ele chegou, nos sentamos debaixo do loureiro que existe no quintal da casa dele, e ele me disse que tinha trazido dinheiro suficiente para eu comprar uma lancha e sair de Cuba com aquilo que valia milhões. Perguntei o que era, e ele me disse que era uma coisa que estava muito perto de nós e valia pelo menos uns cinco milhões de dólares, mas que não podia me dizer o que era enquanto eu não tivesse tudo preparado. E foi aí que sugeri procurar uma terceira pessoa para me ajudar. Expliquei que, por ter estado preso e por causa da vigilância que havia depois que apanharam os policiais com o tráfico de drogas e todas essas coisas, eu achava que teria mais trabalho para me movimentar e seria mais seguro outra pessoa se encarregar de procurar a lancha, o motor e o que mais fosse preciso. Além disso, falei a ele que pode ser muito arriscado uma pessoa sozinha cruzar o estreito da Flórida, por melhor que seja a embarcação. Com a história de atravessar o mar sozinho, ele se convenceu, e, embora continuasse não gostando da ideia de haver mais alguém, fizemos o seguinte acordo: o valor daquilo que eu ia tirar seria dividido em cinquenta por cento para ele, quarenta para mim e dez para o homem que eu encontrasse. Se o que ele dizia era verdade, eu ficaria com uns dois milhões de dólares e não me importaria em dar quinhentos mil ao outro. Depois desse acerto, eu disse em quem tinha pensado: Adrián Riverón... Eu sabia que entre os dois tinha havido uns problemas fazia tempo, mas também tinha certeza de que a única pessoa em quem eu podia confiar era ele, porque o conheço quase desde que nasceu, e ele até foi o primeiro namorado de Miriam. Além disso, foi remador na juventude e, como morou um tempo em Guanabo, sabia alguma coisa de navegação e tinha amigos na praia que podiam conseguir um bom iate para ele. Miguel não gostou muito da ideia, porque o problema entre eles foi exatamente por causa de Miriam, e Miguel sempre teve ciúme de Adrián. E também havia a história da sacanagem que ele fez a Adrián para tirá-lo de circulação quando eles trabalhavam no Planejamento. Não lhe contaram isso? Pois é, Miguel fez um informe dizendo que Adrián era católico e não era confiável. E isso, assinado por ele, bastava para fazer qualquer um desaparecer neste país. Adrián foi mandado para Moa, como era moda, para se purificar com a classe operária. E Miguel sabia que Adrián não tinha esquecido essa história, como também não tinha esquecido Miriam. E por isso mesmo achei que, vendo a oportunidade de ficar perto dela, nos Estados Unidos, Adrián seria capaz de fazer qualquer coisa, porque continua apaixonado como um imbecil por essa aí e porque também nunca voltou a ter um cargo importante, apesar de ser um economista de respeito... Bom, deu trabalho, mas Miguel acabou aceitando que o terceiro homem da história fosse Adrián, e combinamos que eu falaria com ele. Expliquei a Adrián o que queríamos fazer, e ele aceitou sem pensar duas vezes. Disse que conhecia gente em Guanabo que podia vender o que precisássemos para sair de Cuba e marcamos de nos encontrar com Miguel na casa de Adrián, quinta-feira passada, à noite... Mas aconteceu uma coisa estranha: combinamos para as nove, e Miguel não apareceu nem nessa hora nem nunca. Como ele tinha dito a Caruca que ia falar com Gómez de la Peña, às nove e pouco liguei para a casa de Gómez, e o velho me disse que Miguel tinha saído de lá por volta das sete e meia, dizendo que ia se encontrar com um parente para tratar de um assunto importante. Mesmo já sendo tarde, achamos que ele devia estar para chegar, mas às dez e meia continuava sem aparecer, então liguei outra vez para Caruca, e ela me disse que Miguel não tinha voltado para casa. Bom, parecia que tinha sido tragado pela terra... Se bem que depois se soube que foi tragado pelo mar. Essa história o convence? Ou será que ainda acha que eu o matei, sabendo já da história do Buda, e fui tão idiota que deixei a estátua exatamente onde estava escondida, com risco de o senhor ou alguém como o senhor encontrá-la? Pense um pouco, tenente, porque eu também não sou imbecil...

E Conde pensou: claro que não, você não tem nada de imbecil, mas se absteve de revelar seu veredicto. Aquilo de haver um terceiro homem lhe parecia encantadoramente cinematográfico, sobretudo porque sempre tinha gostado de filmes obscuros, sórdidos e cheio de armadilhas, como a história em que andava envolvido... Conde continuou pensando e concluiu que não faria sentido perguntar a Miriam qual era sua atual relação com o onisciente Adrián Riverón: a mulher, que tinha parado de chorar enquanto ouvia o irmão, levantaria sua eterna couraça e daria qualquer resposta, de validade improvável e de justificativas evasivas. Por isso, refletiu um pouco mais e lhe pareceu preocupante o que tinha pensado: entre o eternamente enganado Gómez de la Peña e o sempre meio informado Fermín Bodes, agora estava Adrián Riverón, cheio de ódio e de ciúmes acumulados durante anos, a cuja casa Miguel Forcade deve ter chegado – e não terá chegado? Outra vez um pressentimento, pensou o policial, mas agora foi mais incisivo, cravado como uma dor perfurante no peito, bem debaixo do mamilo esquerdo. Esses sacanas vão me matar, concluiu, erguendo-se.

– Os dois esperem aqui – disse aos irmãos e, dirigindo-se aos policiais: – Crespo, venha comigo. Você fica, Greco.

E saiu para o corredor, em busca da porta mais próxima. Abriu e entrou no arquivo, anunciando:

– Vou usar o telefone – e discou o número do major Rangel. Soaram três toques antes que o antigo chefe dissesse Alô, alô, como sempre dizia. – Sou eu, Velho. Preciso fazer uma pergunta.

– Vamos ver, o que é que dói agora?

– O peito, debaixo do mamilo esquerdo.

– Era só o que faltava. Não será infarto?

– Não. Tenho um pressentimento que me dói no peito. Mas dói de verdade, o que eu faço?

– Você tem duas opções: ou vai ao cardiologista ou faz caso do pressentimento.

– Da segunda eu gosto mais. Obrigado pelo conselho. Depois vou falar com você, e lembre que hoje é meu aniversário – disse e desligou. Mas a dor continuava ali, aguda, e ele começou a buscar alívio. – Crespo, peça ali embaixo uma ordem de busca para a casa de Adrián Riverón. Depois encontre alguém que fique ali em cima com os irmãozinhos e diga a Greco que venha conosco. Vou chamar Manolo. Mas vamos sair em dez minutos, tá?

– Claro que sim, Conde. Escute, sério que está doendo?

– Juro por minha mãe que está. Olhe, aqui – e tocou o lugar onde doíam os pressentimentos fortes.

A cidade parecia estar em pé de guerra ou em vésperas de carnaval. Ou será que voltavam à vila de San Cristóbal de La Habana as prodigiosas naves da Frota Real, carregadas de ouro e luxúria? As últimas notícias falavam da passagem iminente do furacão Félix, que àquela hora da tarde andava pelos mares ao sul de Batabanó e que, com toda certeza, açoitaria a capital da ilha na manhã seguinte, com rajadas de vento a mais de duzentos quilômetros por hora e chuvas torrenciais que começariam a ocorrer no final da noite, segundo repetiam as emissoras de rádio, intercalando sua mensagem entre uma *guaracha* festiva e um bolero lacrimoso. Os centros de trabalho tinham suspendido as atividades às duas da tarde para que as pessoas pudessem se preparar e receber da melhor forma possível aquela maldição meteorológica que as pusera em sua mira infalível.

Uma cultura ciclônica, adquirida por séculos de convivência com aqueles arrasadores fenômenos atmosféricos, vinha de novo à tona cada vez que um furacão se aproximava do país. Desde que Colombo tivera notícia deles e ouvira seu nome pronunciado pelos amedrontados aruaques naquele mês de outubro de 1492, milhares de furacões tinham varrido o Caribe, modificando sua topografia, destruindo obras divinas e humanas, alterando a configuração da costa, transformando campos férteis em lagunas intermináveis, e as pessoas tinham aprendido a conviver com eles como se convive com um vizinho ruim, do qual é impossível se livrar. A cada ano os cubanos esperavam o ciclone como se esperam os resfriados de inverno ou as infecções gástricas de verão: era uma coisa certa, inevitável e cíclica, com a qual se devia passar uns dias, por puro e inalterável fatalismo geográfico. A recorrência daqueles fenômenos tinha a virtude singular de reativar a memória ruim de certas pessoas acostumadas a esquecer qualquer acontecimento: então lembravam a passagem do mítico ciclone de 1926, do horrível ciclone de 1944 e do inesquecível ciclone Flora, causador de uma redução da safra de café que vinte e cinco anos depois ainda se mantinha. Mas nenhum furacão, afinal de contas, lograra carregar a ilha à deriva – como sonhavam alguns – nem conseguira mudar o caráter de sua gente, como teriam desejado outros. Por isso, havia algo de festivo no ambiente, e diante da chegada do furacão desatava-se uma espécie de expectativa malsã nas pessoas, que gritavam umas às outras nas ruas: E aí, onde você vai passar o ciclone?, como se só se tratasse de escolher um local para cear na noite de Natal. A devastação seria inevitável, já sabiam, já tinham aprendido pela repetição ancestral das lições, e os cubanos tentavam extrair da passagem do ciclone as melhores doses de emoções fortes, compartilhadas e socializadas. Depois haveria tempo para chorar as perdas e para esquecer-se dos ciclones até a próxima temporada.

Definitivamente, o macabro carnaval parecia ter começado: algumas pessoas, sobre as lajes, amarravam a tampa das caixas-d'água; outras cortavam árvores, antecipando-se ao furacão em ira e intensidade; outras mais carregavam colchões, televisões, gavetas transbordantes de objetos, com a tênue esperança de salvar coisas que, do contrário, demorariam anos para recuperar, e faziam isso com um inacreditável sorriso nos lábios; e outras mais, sabiamente precavidas, que, para desassossego nervoso de Mario Conde, se dedicavam a comprar os estoques de rum nos mercados e adegas, convictas de que se afogar em álcool era o melhor modo de esperar a chegada de Félix ou como quer que se chamasse o ciclone de merda que agora lhes cabia. A atividade era frenética, e Conde, enquanto o automóvel avançava rumo à casa de Adrián Riverón, no velho bairro de Palatino, lembrava o pavor que seu pai tinha de ciclones. Era um medo irreprimível que, pelo visto, o contaminara no berço (por assim dizer), pois, quando ele tinha dez dias de idade, a cidade foi atravessada por aquele ciclone de 1926, o mais memorável em todas as crônicas meteorológicas e catastróficas da cidade. O avozinho Rufino contava que a casa de madeira onde moravam tinha sido arrancada dos alicerces pela força do vento, e a família se salvara graças àquele quartinho, pequeno e bem fincado no chão, que ele construíra no quintal para guardar o milho dos galos de briga e o fruto da palmeira-real para os porcos que ele também criava. Conde sempre tentava imaginar como tinham conseguido se acomodar naquele recinto diminuto os dois avôs com seis filhos, dois cachorros, vinte galos, a cabra leiteira, a mula de carga e três porcos, enquanto fora do refúgio o furacão alterava a face da terra e os deixava inclusive sem lugar para morar.

"Entre as mais terríveis tormentas que se acredita haver em todos os mares do mundo, estão as que costumam ocorrer por estes mares destas ilhas e terra firme", escrevera o padre Las Casas, meio milênio antes, assombrado pela violência do primeiro ciclone caribenho descrito por um europeu, e Conde concluiu que o frade tinha razão: a supremacia das terríveis tormentas era ostentada pelo furacão tropical, astuto e insistente, repetitivo e contumaz... E chegar te sinto, pensou, porque sentia sua aproximação, por dentro e por fora, e já desejava sua chegada: Vem de uma vez, porra, repetiu em voz baixa e acendeu um cigarro.

Na casa de Adrián Riverón, encontraram uma paz exterior alheia à festividade trágica dos preparativos ciclônicos. Enquanto se aproximavam do portão, Conde se perguntou de novo o que exatamente esperava encontrar naquele lugar e mais uma vez não conseguiu uma resposta. Alguma coisa, pensou, quando a porta se abriu e Adrián Riverón mostrou um sorriso adornado com tosse ao ver os quatro policiais. Apesar de no ar soprarem rajadas úmidas, o homem usava apenas uma bermuda e parecia tranquilo e relaxado quando disse:

– O que está fazendo por aqui, tenente? – e tossiu outra vez, com a persistência costumeira, o que novamente levou Conde a duvidar da filiação de Adrián ao seleto clube dos não fumantes.

Mario Conde o olhou quase com ternura: uma sensação de alívio lhe correu pelo peito, mesmo lamentando que justamente Adrián Riverón fosse o possível executor de Miguel Forcade. Em seu foro mais íntimo, em seu foro intermediário e até no exterior, teria preferido inculpar um tipo como Gómez de la Peña ou, na falta dele, um personagem como Fermín Bodes, ambos carregados de culpas antigas nunca cabalmente redimidas. E Miriam?, hesitou por um mínimo instante, decidindo que daria preferência a ela, em vez de seu eterno enamorado, vítima daquela velha paixão. Injusta justiça.

– Viemos fazer uma busca em sua casa – respondeu por fim, e o sorriso de Adrián Riverón morreu com as palavras do policial.

– E a troco de quê?

– Segundo Fermín Bodes, o senhor ia preparar uma saída clandestina do país. Queremos ver se já tinha começado a fazer as compras. Olhe, esta é a ordem de busca. E agora que venham dois vizinhos para servir de testemunha.

– Mas isso é uma loucura...

– É um pressentimento – retrucou Conde, indicando a Adrián Riverón um cadeirão de sua própria casa. – Manolo, fique você aí falando com ele, quem sabe ele lhe conta alguma coisa boa – acrescentou o tenente e, quando os vizinhos chegaram, ele lhes explicou as causas da diligência e entrou na casa seguido por Crespo e Greco.

– O que vamos procurar, Conde? – Greco parecia confuso, e o tenente deteve seus passos. Olhou para ele em silêncio por uns instantes, até que respondeu:

– Qualquer coisa, não sei. Alguma coisa que possa ser usada para sair clandestinamente do país, mas sobretudo algum sinal de que Miguel Forcade esteve aqui no dia em que foi morto.

– Mas que coisa pode ser essa, Conde?

– Já disse que qualquer uma, porra. Vamos fazer a busca e esqueçam o resto. Usem a cabeça... Ah, e deem uma olhada para ver se encontram algum maço de cigarros.

Enquanto os ajudantes vistoriavam a garagem, Conde entrou no quarto de Riverón. Procurou no armário e debaixo da cama e examinou alguns livros de economia socialista, adormecidos e empoeirados numa pequena estante, tão abandonados quanto o ideal planificado que eles propunham como futuro real, próximo, dialeticamente histórico. Depois, abriu as gavetas da cômoda: Adrián Riverón era um homem organizado, apesar do prolongado celibato, e Conde sentiu inveja daquela qualidade que nunca chegaria a ter. Pulôveres, cuecas e lenços apareciam dobrados e limpos, e as meias estavam até enfiadas uma na outra, formando bolotinhas macias. Toalhas e lençóis, também limpos e dobrados, quase se diria passados a ferro, receberam um olhar displicente do policial invejoso, que avistou um brilho leve no fundo daquela segunda gaveta. Levantou os tecidos e retirou duas fotografias espantosas e antagônicas: a maior era uma ampliação, em preto e branco, de um casal de jovens numa festa, seguramente de quinze anos: ela, de vestido comprido e claro, cheio de rendas, já tinha aqueles olhos provocadores que Conde contemplara com temor e desejo. Ao lado de Miriam – fruta verde, mas já comestível aos quinze anos –, sorria seu parceiro de dança, um Adrián Riverón de uma magreza lastimável, com o cabelo penteado sobre a testa e abaixo das orelhas, enfiado no terno de pior corte e de caimento mais horrível que os olhos de Mario Conde já tinham visto. Tudo parecia cândido, juvenil, remoto e até um pouco sórdido naquela foto da inocência perdida. Porque a outra, sim, era um grito de ousadia: num formato dez por quinze, coloridíssima, estava Miriam nua, olhando um pouco surpresa para a câmera, talvez preparada por ela mesma. Aparecia com os braços levados à cabeça, levantados para conseguir a pose mais provocante, que contribuísse com mais sucesso para projetar seus seios, coroados por mamilos que ultrapassavam os cálculos de Conde. Ao mesmo tempo, as pernas estavam levemente abertas, para que a escuridão contundente de seu sexo chegasse aos olhos do destinatário. Bem que eu sabia, pensou Conde, essa malandra não é loira, e virou a foto para ler: *Até o dia em que serei sua de novo, em carne e osso. Sua Miriam.* E, ao pé, uma data: 12-7-1984. Sem conseguir evitar, Conde voltou a olhar a mulher que se despira para a foto e concluiu que era uma pena não terem sido melhores suas chances com ela: decididamente era um manjar dos deuses, como bem deu a perceber o endurecimento progressivo que sentiu entre as pernas e que o obrigou a virar as fotos e deixá-las em cima da cama, com a sensação de ter espiado pelo buraco da fechadura um ato de amor e entrega destinado a outra pessoa.

– Nada na garagem, Conde – avisou Crespo, e ele respondeu:

– Um vai para a cozinha e o outro para o banheiro. Eu vou começar no quintal.

Saiu em busca da porta dos fundos da casa e, ao ver Adrián, comentou:

– Bonitas as fotos – e seguiu para o quintal, imaginando o que o homem podia pensar.

No fundo da casa, encontrou um terraço coberto, com um tanque e um armariozinho para o material de limpeza. O restante do chão do quintal tinha sido cimentado, com exceção das circunferências de terra onde se erguiam duas mangueiras que, ao que tudo indicava, eram bem velhas. No fundo, contra o muro que separava o quintal de Adrián do de seus vizinhos, erguia-se uma casinhola que Conde imaginou ser ideal para guardar ferramentas e objetos de uso doméstico. Um cadeado aberto, pendurado numa argola, deu-lhe a entender que ali talvez fosse armazenado algo de certo valor, e o policial respirou fundo antes de abrir. Diante de seus olhos, apareceram estantes tão organizadas quanto as gavetas do quarto, ocupadas por caixas com pregos, parafusos, peças hidráulicas e elétricas: o normal num lugar daqueles. A um canto, ele encontrou duas luvas e um capacete de beisebol. Quer dizer que esse também joga beisebol, pensou e, sem poder evitar, pegou uma das luvas, enfiou-a na mão e a golpeou com a outra, como se a preparasse para defesas seguras de longos arremessos. Com as saudades exacerbadas pela recordação de seus dias felizes de beisebolista de rua, o tenente deixou a luva no lugar e ficou de cócoras para examinar o conteúdo de uns sacos de juta, quando os dois policiais se aproximaram por trás.

– Nada de nada, belezoca, nem cigarros – disse Greco e, da posição em que estava, Conde se virou para olhá-lo.

– Belezoca é a... você sabe quem. Bom, parece que por aqui também não tem bulhufas. Os sacos têm estofo de almofada – admitiu, ficando de pé e sentindo nos joelhos o peso da derrota.

Afinal de contas, não era lógico que ali fosse aparecer alguma coisa capaz de vincular Miguel e sua morte a Adrián Riverón – mais do que poderiam aquelas fotos de saudade, desejo e ódio mais indubitável, e aquelas luvas que delatavam uma perigosa paixão pelo beisebol compartilhada com milhões de cubanos –, e sua premonição dolorosa teria de se conter até encontrar melhores caminhos. Mas quais? Diante de seus olhos não havia nenhum transitável, e ele quase tremeu ante a perspectiva de voltar a se trancafiar com Miriam – agora que a conhecia melhor e podia lhe assegurar sua condição de loira apócrifa e até pornográfica –, com Fermín, com Gómez de la Peña, e insistir em busca de uma luz, pensava, quando saiu do quartinho de despejo e segurou a porta para fechá-la.

– Espere, Conde – pediu Greco, botando a cabeça dentro do quartinho e, logo depois, olhando para o chefe. – Com o que foi que a perícia disse que bateram na cabeça do morto?

Conde olhou para ele, e a dor da premonição desapareceu como por encanto, pois foi como um toque de varinha de condão que soaram para ele as palavras daquele rapaz que ele devia propor como o Policial Mais Inteligente do Mês, para que o sindicato o registrasse em seu mural de méritos profissionais e o levasse em conta na próxima distribuição de eletrodomésticos: sim, uma geladeira e uma semana na praia era o que merecia aquele policial genial que o fez exclamar:

– Caralho, Greco, você viu o taco?

– Bom, estou vendo um taco, tenente. Olhe para cima – disse o policial, e Conde ergueu os olhos: entre as telhas do teto e as vigas de ferro, havia um taco de madeira, acaçapado e definitivo como a morte.

A última vez que Mario Conde jogara beisebol tinha sido na universidade. Estava no terceiro ano e, como sempre, se apresentara para fazer parte do pior time de que a história do esporte universitário cubano já tivera notícia. Era como se o planejamento científico e centro-europeu da economia e da vida social do país, proposto por Gómez de la Peña, também tivesse chegado àqueles recessos da organização estudantil, e considerou-se necessário, um belo dia, reestruturar – outra vez – as universidades e faculdades do país. Por isso, certa manhã, a escola de psicologia, sempre integrada à faculdade de ciências, por algum misterioso desígnio administrativo se transformara em faculdade independente, como as outras rigorosas faculdades universitárias. Então, para satisfazer a todos os requisitos de cumprimento obrigatório, a faculdade precisou participar dos jogos esportivos universitários com times próprios, nos quais os nomes dos atletas necessariamente se repetiam por serem poucos os inscritos daquela nova faculdade, mais dada a atividades intelectuais do que a rudes competições físicas. E, naquele último ano em que jogara beisebol, Conde também fora goleiro do time de futebol, atuara na defesa da equipe de basquetebol, integrara o revezamento quatro por quatrocentos, além de ser primeira base e terceiro rebatedor do time de beisebol... Terceiro rebatedor, Conde...! Porque a única virtude esportiva dos psicólogos sempre foi o entusiasmo: embora estivessem condenados ao último lugar em quase todas as competições, eles se orgulhavam de afirmar em alto e bom som o lema olímpico de que o importante não é vencer, mas competir – já que quase nunca venciam, entre outras coisas por causa do cansaço acumulado pelos atletas numa semana de atividade ininterrupta.

No último dia em que jogou beisebol, Conde sentia que quase não conseguia levantar os braços. Já tinha falhado três vezes na rebatida quando precisou ocupar seu turno no final da oitava entrada, com o placar de dois a zero para os Tigres da Filologia. Por um erro, uma base e uma bola morta, Conde teve a oportunidade histórica de entrar na *home plate* com a possibilidade da vantagem em primeira base, ainda que houvesse dois *outs*. Foi nesse instante que ele teve um de seus primeiros pressentimentos memoráveis: como todos os companheiros, preferia usar um daqueles tacos de alumínio recém-lançados, considerados mais eficazes e sólidos que os antigos tacos de madeira. Mas seu pressentimento o avisou de que talvez aquele velho e desprezado taco de *majagua* que ninguém usava podia ser o único capaz do milagre de salvar aquele último jogo do campeonato que – ele não imaginava – seria também o último que Mario Conde jogaria. Diante dos olhos espantados dos companheiros e ouvindo os gritos assustados do magro Carlos, que ainda era magro e quase se atirou das arquibancadas para evitar aquele desatino do amigo, Conde largou no chão o taco de alumínio, foi até o banco buscar o taco de madeira e se preparou para rebater. Depois de ver passar dois *strikes*, que ele nem sequer fez menção de bater, apesar dos gritos de "Bate, porra" do Magro, Conde olhou para Carlos e, com toda a fleuma, executou o dramático ritual praticado em seus anos de jogador de campinhos e várzeas: pediu tempo ao árbitro, afastou-se do *home plate*, catou um punhado de terra com uma das mãos e cuspiu na outra, para esfregar as duas e depois limpá-las no traseiro das calças. A seguir, acomodou o corpo do taco entre as pernas e limpou suas impurezas, fazendo-o correr sobre o tecido, antes de cuspir de novo no chão e entrar no *home plate*, onde representou o ato final da encenação: coçar o saco olhando para a cara do Cachorro, o melhor arremessador dos Tigres da Filologia... Só quem já sentiu nas munhecas o beijo sólido da bola maciça contra a madeira compacta que, produzido numa microfração de segundo, pode provocar o voo da esfera branca para distâncias assombrosas tem condições de saber o que Mario Conde sentiu naquele instante em que tomou impulso, realizou o *swing* e o corpo do taco se chocou com a bola e a projetou para o fundo extremo do jardim direito, fazendo-o correr enlouquecido pelas bases, como se não tivesse jogado beisebol, futebol, basquete e atletismo durante quase vinte e quatro horas do dia ao longo de toda uma semana, e chegar calmamente à terceira base, acompanhado pelos gritos de júbilo do magro Carlos, que tinha se lançado ao campo e gritava: "Colhões, aqui tem que ter colhões!", abraçando os três companheiros de Conde que, graças a sua rebatida, tinham marcado tentos, virando o jogo em três a dois para os Psicólogos, que finalmente conseguiram ganhar aquela única partida naquele dia em que Mario Conde jogaria beisebol pela última vez, durante os jogos universitários de 1977.

– E o que aconteceu com esse taco?

O sargento Manuel Palacios assentiu com um movimento de cabeça, e Conde notou que um leve tremor o percorria: as doses de esperança de que aquele taco contasse toda uma história terminada nas mãos de Adrián Riverón, rebatedor de bolas proibidas, eram semelhantes às doses de que fosse outro o culpado, não aquele apaixonado útil. Outra vez seu ofício de policial o punha diante de evidências sórdidas, de tramas humanas que rebaixavam os limites do permissível e destruíam para sempre a vida das pessoas: e ele voltava a funcionar como coreógrafo daquela representação, dando-lhe a última estrutura, encontrando para ela um final tristemente satisfatório à descida definitiva da cortina.

– Foi esse taco – disse Manolo, deixando-se cair na poltrona onde antes estivera Miriam.

O sargento, sempre ágil, agora parecia cansado, aborrecido ou decepcionado.

– O que foi, Manolo?

– É que você descobriu quem matou Miguel Forcade. E no fim vai embora da polícia. Escute aqui, sério que quer ir embora?

– Aham – murmurou Mario Conde depois de um instante, tentando mudar o rumo da conversa. – O que o laboratório descobriu?

– Para começar, as impressões digitais: todas são de Riverón, de modo que ninguém mais pegou nesse taco. Para continuar, o sangue: embora tenham passado um pano com álcool no taco, havia células de sangue entre as fibras da madeira. E o sangue era do tipo O, o mesmo de Forcade. Para terminar, no chão do quarto de despejo apareceram outras manchas de sangue que não saíram com água e também são de tipo O, e é quase certo que pertenciam ao morto.

Conde levantou-se da cadeira e foi olhar pela janela: as rajadas de vento começavam a pentear a copa das árvores, como presságio de males maiores por vir. No adro da igreja, do outro lado da rua, as freiras, com hábitos e toucas açoitados pela brisa, pregavam tábuas nas portas do recinto sagrado para impedir que os tentáculos do maligno penetrassem, na forma de chuva e vento, na casa do Senhor. Aquela era uma paisagem de outono diferente da imaginada por Matisse na racional e comedida Europa: o signo outonal do trópico nada tinha a ver com folhas derrubadas pela mudança precisa de estação nem com luzes filtradas entre nuvens altas. Aquelas árvores que Conde via tinham a avareza de nunca soltarem folhas, a não ser quando arrancadas por uma força superior à gravitação, e a luz do país só tinha duas dimensões reais: ou o azul intenso do céu limpo, capaz de aplanar objetos e perspectivas, ou o cinzento profundo da tormenta, que manchava a atmosfera e adiantava a noite. Mas o furacão que já empurrava a costa sul da ilha com a intenção de levá-la à deriva era o clímax outonal mais trágico daquela parte do mundo onde tudo o que a natureza prodigalizava era entregue em dimensões exageradas: chuva, vento, calor, trovões, ondas; onde as folhas perenes das árvores só caíam sob o peso dessas razões catastróficas. Era uma natureza que periodicamente se encarregava de demonstrar ao homem que ele é incapaz de controlá-la, advertindo-o de suas infinitas possibilidades de vingança.

– O que não consigo entender é como esse bunda-mole não deu sumiço na merda do taco... Bom, Adrián se fodeu – foi o julgamento pronunciado por Conde, dizendo a Manolo que trouxesse o homem que tinha sido o primeiro namorado de Miriam, seu grande amor por mais de quinze anos, para lhe pedir que contasse a verdade. Uma verdade talvez alheia a quadros falsos e estátuas autênticas, capazes de provocar ambição e trapaça: porque Adrián talvez só tivesse matado por amor. No fim, uma verdade miserável.

Adrián Riverón, pálido e suado, tossiu, como sempre tossia, e perguntou a Conde:

– O que quer saber?

– Tem certeza de que não quer um cigarro?

– Já disse que não fumo...

– Menos mal.

– Bom, diga...

– Não, diga o senhor: como e por que o matou?

O homem ainda teve forças para sorrir e, levantando o maço, pediu permissão ao tenente para pegar um cigarro. Conde deu, sabendo que finalmente se aproximava da verdade, e também levou um cigarro aos lábios.

– Miriam não gosta que eu fume. Me faz mal, sabe? Por causa do cigarro precisei deixar de remar. – Fez uma pausa e acrescentou: – Matei porque ele quis agredir Miriam.

– Não tente se justificar, Adrián. Melhor dizer a verdade, por favor.

– Essa é a verdade: Miguel e Fermín iam a minha casa às nove da noite. Fermín falou comigo sobre a possibilidade de sair do país numa lancha, levando alguma coisa pela qual me pagariam uns cem mil dólares em Miami. E eu disse que sim. E disse por duas razões: porque, se fosse, poderia ficar perto de Miriam e porque, desde que Miguel Forcade me tirou da Divisão de Planejamento, nunca mais pude levantar a cabeça neste país. Não adiantou Miguel depois ter ficado na Espanha e Gómez de la Peña ter sido defenestrado: minha ficha diz que não sou confiável, e nenhum chefe de empresa importante vai se arriscar comigo, entende? Bom, o senhor já viu no que eu trabalho... Por isso, não me importava em ter de tratar outra vez com Miguel Forcade e voltar a ver a cara cínica dele, se esse era o jeito de conseguir o que eu queria. Mas meu destino parece que está marcado por esse homem. Se não acredita, veja só: como é possível ele ter chegado a minha casa uma hora antes, sozinho, exatamente no primeiro dia em que Miriam e eu ficávamos juntos de novo, depois de tantos anos? A única coisa que posso imaginar é que ele tinha ido me propor alguma forma de atraiçoar Fermín, porque esse era o estilo dele. O caso é que Miriam já sabia da reunião com Miguel às nove e, como Fermín tinha combinado de chegar a minha casa às oito e meia para falar antes comigo, ela achou que, se houvesse algum contratempo e o marido a visse ali, podia dizer que tinha ido com o irmão. Por isso, quando Miguel saiu para falar com Gómez, ela foi a minha casa e, depois de tantos anos, nós fomos para a cama de novo... Porque ela estava eufórica por saber afinal o que Miguel queria tirar de Cuba.

– Então ela sabia?

– Não, não, ela ficou sabendo naquele dia. Fazia tempo que ela insistia com Miguel, pedindo que lhe dissesse o que era, e naquela tarde, antes de sair para falar com Gómez de la Peña, ele finalmente contou que se tratava de um quadro de Matisse que Gómez de la Peña tinha guardado para ele.

Conde não pôde evitar: sorriu.

– O quadro de Matisse?

– É, um que Miguel tinha deixado com o outro sem-vergonha...

– Cada vez me convenço mais: Miguel Forcade era um homem de muitos recursos.

– Não passava de um tremendo filho da puta, tenente.

– Disso eu já estava convencido. Continue, Adrián.

– Naquela noite, Miriam jurou que, se eu fosse para os Estados Unidos, ela largaria Miguel, porque já não aguentava mais as depressões, a inveja e até a impotência dele, e me propôs uma coisa que era loucura: roubar o quadro depois que Miguel e Gómez fizessem o negócio. Estávamos falando disso quando Miguel bateu à porta... Olhe, quando vi pela janela que era ele, senti que o mundo vinha abaixo. Ele não devia saber que Miriam estava ali, por isso eu disse a ela que se escondesse no banheiro, até ver como podia tirá-la da casa, talvez com a ajuda de Fermín. Mas, quando abri, a primeira coisa que Miguel fez foi perguntar onde estava aquela puta traidora, depois me empurrou e entrou no quarto. Não sei se tinha espiado pelas janelas ou se ouviu a voz dela, não sei, mas ele sabia que ela estava comigo e entrou no quarto chamando por ela. E aí aconteceu uma coisa que me turvou a vista, me deixou irracional, porque, só de pensar que Miguel podia tocar em Miriam, fiquei louco, agarrei o taco que estava no quarto e gritei para ele não dar nem mais um passo. Então, acho que ele tentou avançar contra mim, e eu bati com o taco na cabeça dele. Foi horrível: o sujeito caiu no chão e começou a ter convulsões, a soltar espuma pela boca e a mijar, quase sem soltar sangue, até que foi ficando rígido e se aquietou. Miriam tinha saído do banheiro e viu o final do espetáculo. Nós dois ficamos sem falar um tempo, e ela me disse que o melhor era esconder o cadáver e fazer de conta que Miguel não tinha chegado. A primeira coisa que decidimos foi escondê-lo, e ela me ajudou a levá-lo para o quarto de despejo e depois saiu com o carro de Fermín, que Miguel estava usando, e o deixou em Havana Velha. Eu fiquei em casa, esperando Fermín, que chegou às quinze para as nove, e falei com ele como se nada tivesse acontecido. O que ele queria dizer antes da chegada do cunhado era simples: se o que íamos tirar de Cuba valia mesmo vários milhões, não tínhamos por que dividi-los com Miguel Forcade, pois afinal de contas ele sem dúvida tinha roubado aquilo quando trabalhava nos Bens Expropriados. Claro que concordei com tudo, sem mencionar que já sabia do quadro, e lá pelas dez Fermín começou a ligar para ver por que Miguel não chegava e, como ele não aparecia de jeito nenhum, decidiu ir embora por volta das dez e meia. O problema era como tirar o cadáver de Miguel da casa. A única solução que me ocorreu foi usar o carro de Fermín, então liguei para Miriam. Ela me disse onde o tinha deixado, e que havia jogado as chaves num latão de lixo que estava na esquina. Esperei até meia--noite, fui para Havana Velha e, numa hora em que não vi ninguém na rua, virei o latão e catei as chaves. Trouxe o carro para minha casa e fui até o quarto de despejo para pegar o cadáver e embrulhá-lo em sacos. E sabe o que me incomodou mais em tudo aquilo? O fedor de merda daquele filho da puta que ficou impregnado em minhas mãos. Olhe, acho que ainda estou sentindo...

Conde, que ia imaginando os lances da tragédia protagonizada e agora contada por Adrián Riverón, conseguiu inferir o resto: o cadáver embrulhado em sacos, arrastado até a garagem, colocado no porta-malas do carro... E a castração?

– E por que o mutilou antes de atirá-lo ao mar?

– Não sei, devo ter achado que isso podia despistar vocês, caso o cadáver aparecesse... Foi uma coisa que me ocorreu assim, de repente, mas parece que eu tinha essa ideia na cabeça fazia anos, porque fiz aquilo com gosto – disse, esmagando a guimba do cigarro que já lhe queimava os dedos. – Depois levei o carro de novo para Havana Velha, limpei bem e deixei onde vocês encontraram. Vim para casa e me deitei para dormir... Posso pegar outro cigarro?

– Pois não – disse Conde, que através da janela ouviu o poderoso assobio do vento.

Parecia que o furacão tinha chegado. E Conde olhou para o céu, por sobre as torres da igreja, com medo de ver passar alguma freira voadora.

– Adrián, tudo que você fez foi muito inteligente... Só não entendo por que guardou o taco...

O homem tossiu, enquanto pegava outro cigarro, que levou aos lábios. Quando foi acendê-lo, parou, como que envergonhado do que estava fazendo.

– Fazia vinte anos que esse taco estava comigo... Ganhei de Miriam quando éramos namorados, estava no quarto porque eu tinha mostrado a ela... Não podia jogar fora, entende?

– Acho que entendo. Mas não sei se uma pessoa como Miriam entenderia... Olhe, fique com esses cigarros e fume se quiser – sussurrou Conde, saindo do cubículo.

Desligou o gravador exatamente quando Adrián Riverón afirmava "Não podia jogar fora" e observou os olhos de Miriam: verificou que continuavam bonitos, com sua cor variável e difusa, recobertos por aquelas pestanas venenosas que tinham levado dois homens à perdição. Mas eram olhos por demais secos.

– A parte que eu vi foi como Adrián diz. O resto não sei – afirmou, e Conde não se surpreendeu por ela continuar sendo a mulher forte e segura com que vinha lidando havia três dias. Por isso, olhou para Manolo, encarregando-o de arrematar.

– Sério mesmo que não planejaram matar seu marido para ficar com o quadro? – começou o sargento, encurvado na cadeira até quase grudar a cara na de Miriam.

– Não, porque eu ia me separar dele... quando tivesse o quadro.

– Que no fim era falso.

– Sim, o quadro com que também me enganou.

– E por que tentou nos fazer suspeitar de seu irmão Fermín?

– Porque ele era inocente. Vocês não iam conseguir enredá-lo nisso, eu ia ter tempo de ir embora, e seria difícil vocês pensarem em Adrián.

– E a senhora já sabia do Buda de ouro?

– Mas quantas vezes vou precisar dizer que não sabia? Miguel me enganou porque não confiava em ninguém. Ou não percebe que ele não tinha sequer um amigo?

– Coitado – sussurrou Conde, e voltou ao mutismo que lhe cabia.

– E do que a senhora e Riverón pensavam viver nos Estados Unidos?

– Do dinheiro que ele ganhasse com o que ia tirar de Cuba... Com o dinheiro do quadro, ora. Mas no fim isso não me importava muito. Mesmo que tivesse de morar debaixo de uma ponte, eu ia largar Miguel. Ninguém imagina o que é viver com um homem daquele... Pena que tudo tenha acontecido assim.

– De quem sente pena? – voltou a participar Conde, incapaz de se conter.

– De Adrián... E de mim.

E o policial viu o escudo de mil combates cair dos braços de Miriam, a dos olhos perversos. Agora ia chorar, com seus próprios olhos e por uma razão verdadeira. E era melhor que chorasse, muito e até com gritos se quisesse, pela morte da última oportunidade que tivera de ser feliz.

– Deixe, Manolo – disse o tenente, aborrecido. – Deixe chorar. É a melhor coisa que ela pode fazer.

Precisou correr e se trancar no banheiro. Abriu a torneira da pia e observou a fuga da água transparente e pura, antes de pôr as mãos no jorro e umedecer o rosto, uma e outra vez, tentando arrancar a sujidade opressiva do desassossego: a certeza de ter assistido ao desmoronamento definitivo de várias vidas lhe pusera diante dos olhos a mais cabal evidência do motivo pelo qual tinha sido incapaz de escrever aquela história sórdida e comovente com que sonhava havia anos: suas verdadeiras experiências costumavam andar por outros lugares, muito longe da beleza, e ele entendeu que deveria antes vomitar suas frustrações e seus ódios para depois ser capaz – se fosse, se alguma vez tivesse sido – de engendrar alguma coisa bela. Só então conheceu a envergadura do medo que o impedira de soltar no papel, de tornar real, vivo, independente e talvez até imortal aquele rio de lava escura que arrastara sua vida e a de seus amigos, até transformá-los naquilo que eram: menos que nada, nada de nada, somente nada. Candito tinha razão: o cinismo se convertera no anticorpo que lhe possibilitava continuar levando a vida; Andrés também descobrira suas dubiedades: a ironia, o álcool, a tristeza e certas doses de ceticismo funcionavam como couraça, enquanto a convicção forjada de Conde em sua incapacidade para escrever o que desejava lhe servia como balsâmica e eficiente muralha de autoengano.

Finalmente se atreveu a erguer a cabeça e observar-se no espelho: outra vez não gostou do que seus olhos viam. Não era o rosto, que começava a enrugar-se; nem o cabelo, que começava a escassear; nem os dentes, que começavam a ficar manchados: não era nenhum daqueles começos com desfechos previsíveis, mas uma sensação de final já concretizado e uma convicção dolorosa: só um milagre poderia devolvê-lo a seu verdadeiro caminho – se milagres existissem, e se existisse esse caminho –, e só uma decisão poderia colocá-lo na vereda da redenção: ou nos salvamos juntos, ou nos fodemos os dois; simplesmente tinha de escrever, espremer a espinha, estourar o abscesso, esvaziar os intestinos, cuspir aquela saliva amarga, executar aquela operação radical, para começar a ser ele mesmo.

E, sem pensar mais, com as duas mãos atirou água contra o espelho, e sua imagem se tornou esquiva e difícil de reter: aquele tinha sido seu verdadeiro rosto, transfigurado e impreciso, sem traços definidos e sempre meio oculto, o rosto de policial com que andava pelo mundo fazia dez anos; e com ele tinha de terminar aquela história de ambição e ódio, até poder soltar as últimas amarras de sua couraça malparada.

Conde olhou outra vez o relógio: agora marcava cinco e vinte e cinco.

– Peço desculpas, coronel. Prometi que entregaria o caso às cinco e dez e me atrasei quinze minutos. Mas é que a fita da máquina de escrever travou.

– Está tudo aí? – perguntou, ávido, o novo chefe da Central, e Mario lhe estendeu a pasta com os resultados preliminares do caso.

– Falta o certificado de autenticidade do Buda. O pessoal do Patrimônio precisa fazer mais consultas, mas sem dúvida é de ouro, é chinês e bastante antigo. Além disso, vale muito mais que os cinco milhões de dólares que Miguel dizia aos outros.

– Mas isso é incrível, mais de cinco milhões – disse o coronel Molina, com um riso nervoso.

Talvez, pensava Conde, o novo chefe já saboreasse as felicitações que receberia por sua indiscutível eficiência como responsável por eficientes investigadores criminais.

– Está satisfeito?

– E como não estaria, tenente? Fico muito feliz por não ter me enganado quando mandei buscá-lo e lhe dei esse caso com toda a liberdade de que precisava. Parece incrível: em três dias descobriu um quadro falso, encontrou uma escultura perdida há quarenta anos e que vale nem sei quantos milhões e resolveu até a história de um assassinato que afinal de contas não tinha nada a ver com essa escultura milionária.

– Eu não diria isso – ponderou Conde.

– Bom, não diretamente – admitiu o coronel, sorrindo de novo.

Se eu xingar sua mãe ele também vai dar risada, pensou Conde, colocando-se na ofensiva:

– Agora espero que cumpra sua promessa, já que cumpri a minha.

O amplo sorriso de Alberto Molina foi diminuindo, até desaparecer.

– Mas, tenente, o senhor pensou bem? Acho que seu futuro está aqui – e o gesto com que indicou o escritório da chefia foi rapidamente ampliado para outros limites menos precisos dentro do edifício. – O senhor demonstrou que é um excelente policial, e isso eu vou levar ao conhecimento dos superiores, claro que vou.

– Não insista, coronel. Quero minha baixa, não minha promoção. Acabou para mim.

Molina continuava não entendendo.

– Mas por quê?

Conde abriu mentalmente o leque de possibilidades e decidiu escolher as menos agressivas.

– Porque não gosto de resolver casos como este: a pessoa mais limpa de toda a história no fim é quem vai apodrecer na cadeia... Porque não quero continuar me revolvendo na merda, na mentira, na falsidade. Porque não suporto a ideia de que metade dos policiais que foram meus companheiros durante dez anos, entre os quais havia gente em quem eu acreditava, foi expulsa com justiça ou injustamente. E porque quero ter uma casa de frente para o mar e começar a escrever. Quero escrever uma história sórdida e comovente.

– Sórdida?

– E comovente – acrescentou Conde. – Porque quero falar desse amor entre os homens. É isso que eu quero. Por favor, coronel.

– Juro por minha mãe que não entendo. Amor entre os homens, tenente?

Molina deixou a pasta em cima da escrivaninha e esticou sua esplendorosa jaqueta de oficial. Rodeou a mesa e abriu a gaveta do meio.

– Aqui está – disse e abriu a folha em cima da mesa.

O outro ficou de pé e a pegou. Leu as primeiras linhas e se sentiu satisfeito, mas continuou até o final: concedia-se a licença, pedida por razões pessoais, ao tenente Mario Conde, de quem se afirmava, no segundo parágrafo da carta, que em dez anos de serviço sempre mantivera atitude exemplar, demonstrando com sua eficiência ser o melhor investigador da Central e um excelente companheiro de trabalho, entre outros elogios datilografados em espaço. Conde engoliu em seco, não sabia se pela emoção ou pelas dúvidas, e ousou perguntar:

– Coronel, por que diz essas coisas sobre mim?

– Que coisas? – perguntou o outro.

– O que vem depois da concessão da baixa...

Molina sorriu de novo e deixou-se cair em sua cômoda cadeira.

– Viu a data da carta?

Conde olhou e entendeu menos ainda.

– Quatro de outubro, e hoje é nove...

– Sim, quatro. E viu as assinaturas?

Ele voltou a olhar o papel e lhe pareceu incrível o que lia: ali, na mesma linha horizontal, estavam as assinaturas do coronel Alberto Molina e do major Antonio Rangel. Não, não era possível, pensou.

– Quando o senhor me disse que em uma hora me entregaria o relatório com o caso resolvido, percebi que seria uma pena perdê-lo como policial, mas que não tinha o direito de retê-lo. Pensei bastante, mas decidi e fui falar com o major Rangel para ele redigir essa carta, com data de uma semana atrás, e pôr duas linhas para assinaturas. Esses elogios são dele. O que me cabe é lhe conceder a licença solicitada.

Conde se surpreendeu: sentir-se adulado era coisa que quase nunca lhe acontecia, e aquele coronel cheiroso, em conluio com o Velho, o adulava e até conseguia emocioná-lo. Quer dizer que tinha sido um bom policial, certo?

– Obrigado, coronel – disse, e começou a armar sua melhor continência, sabendo que jamais atenderia às normas regulamentares. À merda, disse com seus botões, e estendeu a mão por cima da escrivaninha, disposto a sair correndo dali. Tal como Miriam, ainda que por outras causas, Conde tinha vontade de chorar.

Vontade mesmo de chorar: e com seus próprios olhos.

Os violinos, pianíssimos, acompanharam o oboé, divertiram-se sonolentos na agonia da passagem, antes de darem lugar ao vigoroso crescendo instrumental e ao coro jubiloso que cantava os versos de Schiller à alegria. Por algum milagre fonético ou poético, as vozes alemãs estavam muito distantes do ríspido rugido que sempre se atribui a esse idioma e armavam uma cantata ascendente que, como poucas criações humanas, conseguia transmitir com exaltada plenitude a emoção da vida, a certeza da esperança, a possibilidade de otimismo: pela primeira vez, Conde teve a impressão de que aquela ode era como um canto primitivo à fertilidade, uma invocação aos deuses ocultos do céu e da terra para se alcançar seu favor.

O velho Alfonso Forcade, com os olhos voltados para o jardim, parecia alheio à música que o gravador posto sobre o banco de ferro projetava a todo volume para que a melodia chegasse até o último recanto do jardim. No entanto, quando Conde o observou com atenção, descobriu leves tremores no pescoço do ancião, que sem dúvida carregava dentro de si toda a orquestra e o coro, talvez sob a batuta do próprio Beethoven: o velho tentava transmitir sua própria emoção às plantas para torná-las partícipes de um ânimo redentor. Por isso, Conde esperou a saída do coro para interromper a audição.

– Gosta de Beethoven?

– Elas gostam... E também de Wagner, Mozart, Vivaldi. Sabe-se que o trigo é especialmente sensível às sonatas de Bach. E não é segredo que as plantas crescem e produzem mais quando as fazemos ouvir música sinfônica.

– Seria uma crueldade se o ciclone acabasse com tudo isso, não?

– Não, está enganado. A natureza nunca é cruel, não sabe ser cruel. A crueldade é um triste privilégio dos seres humanos. Por isso é que as culturas pré-hispânicas do Caribe personificaram o ciclone e lhe deram figura humana. Para eles, era o terrível deus da tempestade, e o chamavam *huracán*, *yuracán* ou *yoracán*, dependendo do dialeto, mas em todos os casos a palavra sempre significava espírito maligno, mais ou menos como o diabo para os cristãos, e por isso, para apaziguá-lo, ofereciam-lhe cantos e danças... Como estou fazendo agora. O que não deixa de ser lamentável é que ocorram esses desastres: talvez amanhã não reste nada de todo este jardim que plantei e do qual cuidei durante quase trinta anos. E isso também dá vontade de chorar.

Apoiado em suas muletas de madeira, com passos demorados, o velho Forcade se levantou e avançou entre as trilhas do jardim, pelas quais já corria uma brisa ameaçadora, enquanto Mario Conde fumava um cigarro. O policial esperou o término da sinfonia para lhe contar o desenlace da investigação. Mas a notícia de que seu filho tinha morrido nas mãos de Adrián Riverón e por causa de Miriam não pareceu surpreendê-lo muito. Será que tinha lido isso na mente de algum deles?, perguntou-se Conde, sabendo que no final qualquer resposta seria desimportante. Como cientista, o doutor Forcade sabia que a morte de Miguel era um fato irreversível e só comentou:

– Sabe de uma coisa? Fiz bem em deixar o senhor pensar sozinho, porque é muito mais inteligente que eu... Achei que Miriam podia ter feito tudo... E olhe só quem foi, coitado. Bom, fico feliz por tê-lo ajudado em alguma coisa. E que se faça justiça. Que Deus os perdoe...

Depois, deram início a um lento retorno ao banco de ferro lavrado, como percurso final por uma paisagem que seria definitivamente diferente após a passagem do deus dos ventos.

– No fim das contas, com estas plantas vai acontecer o mesmo que acontecerá comigo: e aí, sim, comungaremos o destino idêntico de nascer e morrer. Terrível é ver morrer, antes de nós, os seres que geramos e amamos.

Conde sentiu vontade de lembrá-lo que entre Miguel e aquelas plantas havia muitas outras diferenças, mas admitiu que seria cruel demais de sua parte. Um privilégio da natureza humana. Também concluiu que Alfonso Forcade sabia exatamente que tipo de homem tinha sido o filho. E decidiu não pensar mais: o velho podia ler de novo suas ideias.

– Mas a paineira, o baobá e o loureiro vão resistir. Talvez percam algum galho, mas vão resistir – comentou o ancião, fazendo-se de desentendido a respeito dos pensamentos de Conde, e em sua voz havia também uma música triunfal. Até sorriu, e seus dentes ficaram expostos à intempérie, enquanto a cortina labial caía.

– Será por serem árvores sagradas?

– Não, não acredito nisso... Elas vão resistir porque são mais fortes, e essa é outra lei da natureza. Sobrevivem os mais fortes e os mais hábeis. Os outros vão à merda, tenente.

– Mais devagar, Manolo – pediu Conde, embora não tivesse a intenção de olhar pela janela.

Se o ciclone chegasse, muitos daqueles edifícios deixariam de existir, como as árvores melômanas do velho Forcade, e sua carga de emoções acumuláveis para um dia já parecia ter sido ultrapassada.

– É que estou nervoso, Conde.

– Como assim?

– Não sei, essa de você sair da polícia me deixa nervoso.

– Pois eu tenho um remédio para isso: bata duas punhetas, plante bananeira e tome um diazepam com chá de tília... Vai ver como fica relaxado.

– Vá à merda, você sempre com essas mesmas bobagens – protestou o outro, enquanto virava a esquina para estacionar o carro em frente à casa do major Antonio Rangel.

Enquanto Manolo tirava a antena, Conde observou aquela imagem idílica: em primeiro plano, uma fogueira na qual ardiam ramos secos certamente cortados ante a iminência do ciclone e, no fundo, trepado numa escada, o homem que tapava com pedaços de madeira as janelas de vidro que cobriam toda a frente da casa. E Conde se perguntou: se ele ainda fosse o chefe, quem é que faria isso?, pois o major ainda estaria na Central, dando ordens, supervisionando, ouvindo histórias e amarrando todos os fios em movimento para que o nó final ficasse justamente em suas mãos.

– Precisa de ajuda?

– Fique quieto, Mario, que estou de mau humor – disse Rangel, do alto da escada, sem se virar para olhar os recém-chegados, e abandonou o serviço doméstico, quase satisfeito por isso. – Vamos para dentro, depois termino essa coisa.

– Ana Luisa vai te matar – avisou Conde, e o major acabou sorrindo.

Talvez fosse a primeira ocasião em que mostrava os dentes por pura alegria. Talvez em apenas cinco dias longe da polícia o temível major Rangel tivesse recuperado aquela capacidade que parecia perdida para sempre.

– Pois fique sabendo que ela está contentíssima com tudo o que eu fiz hoje na casa. E como na venda adiantaram o óleo por causa dessa confusão do ciclone, hoje almoçamos mandioca frita... Vamos, entrem – disse, e lhes cedeu passagem rumo à biblioteca. – Sentem-se.

Conde e Manolo ocuparam as poltronas, e o Velho abriu seu pequeno umidor, quase transbordando de charutos.

– Vamos lá, escolham um. Com cuidado, que são Davidoff 5.000 Gran Corona.

– Agora, sim, você ficou louco – garantiu Conde, que em dez anos só tinha conseguido arrancar um Davidoff do Velho: sua sovinice de fumante de havanas atingia o ápice do egoísmo quando se tratava de Davidoff 5.000.

– E tem mais – afirmou Rangel, que, abrindo uma das gavetas da escrivaninha, tirou de lá o impensável: o brilho da etiqueta preta daquele Johnnie Walker era algo capaz de ir além das expectativas de Conde e de todos os costumes do major Rangel. O Velho colocou três copos na mesa, pôs gelo em cada um e serviu três generosas doses do líquido ambarino. Entregou um copo a cada um dos convidados e levantou o seu para dizer: – Parabéns, Mario Conde.

Conde o observou e pensou mais uma vez na sorte que era ter trabalhado com um tipo daqueles.

– Obrigado, Velho.

Brindaram, beberam e acenderam os charutos para que o teto da biblioteca se cobrisse com aquela nuvem azul e perfumada que só podia ser formada por um trio de Davidoff 5.000 bem fumados e acompanhados por um uísque envelhecido.

Conde terminou sua bebida no segundo gole e pediu mais combustível.

– Mas é o último que dou. Olhe que essa garrafa foi minha filha que me mandou de Viena e não vou gastá-la num minuto com vocês... Bom, o que achou da carta? – perguntou Rangel, incisivo, permitindo-se outro sorriso que ultrapassava todos os seus limites. Se bem que dessa vez não foi possível ver seus dentes.

– Que por pouco você não me faz chorar.

– Molina parece um bom sujeito. Foi ideia dele.

– Mas o que estava lá quem pôs foi você. Por que escreveu ali e nunca me disse?

– Para não te estragar... Mais do que já estava estragado. Porque me deixe dizer uma coisa, Mario Conde, antes que você fique bêbado e comece a soltar disparates. Em minha vida de policial me aconteceram muitas coisas, e uma das piores foi ter de te aguentar. Você nem imagina a vontade que eu tinha de te matar cada vez que você fazia alguma barbaridade ou chegava à Central com uma cara como a de hoje ou então desaparecia dois dias porque estava bêbado... Eu podia ter te posto na rua umas cem vezes, e acho até que poderia ter mandado te fuzilar por ser irresponsável, indisciplinado e malcriado. Mas decidi que era melhor te aguentar como era, porque você também demonstrou uma coisa que não se encontra todo dia: que é um homem e um amigo, e você sabe o que isso significa, em qualquer circunstância e lugar. E eu gostei de ter um amigo assim.

Conde achou que aquela declaração de amor já era demais. Nunca imaginou que aquele homem temível, excessivamente responsável no trabalho e monógamo, ainda por cima, pudesse distingui-lo por aquelas qualidades que acreditava ver nele. Seria verdade que ele era assim?, perguntou-se, tomando outro gole de uísque para ver se ficava um pouco mais crédulo.

– E vou lhe dizer mais uma coisa... – voltou à carga o Velho, e Conde o deteve com um gesto da mão.

– Não continue, senão vou ter de lhe dar um beijo.

– Está vendo? Era aí que eu ia chegar... Queria dizer que fico feliz por você sair da polícia. Se quiser, eu mesmo falo com um amigo e consigo trabalho para você num circo.

– Não é má ideia. Já tinha pensado nisto: o palhaço policial. Sempre disse que soa bem, não? Ou será melhor o policial palhaço...?

– Não encha mais o saco, Conde. O que eu ia dizer é bem simples: é melhor sair da polícia antes que você não tenha mais jeito. Ou vai terminar sendo um cínico, um insensível ou um sujeito ruim, para quem tanto faz ver um morto ou tomar um refresco. Se quiser mesmo escrever, comece a fazer isso, mas pare de dizer que não tem tempo. Faça isso já e esqueça tudo.

– Aí, sim, estamos fodidos, Velho. Só consigo esquecer tudo quando me encharco de álcool.

213

– Pois então não esqueça nada, mas faça sua vida. Você ainda tem tempo.

– Acha?

– Acho, mas o resto é com você. Bom, o que lhe parece esse charuto?

– O melhor do mundo.

– Quase, quase, porque agora os Davidoffs são dominicanos, feitos com tabaco do Cibao. Estes quem mandou foi meu amigo Freddy Ginebra... E o uísque?

– O melhor que tomei hoje.

– Isso, sim, é verdade.

– E também é verdade que não vai me dar mais uma dose?

– Também é verdade.

– E para que você quer tanto assim? Olha só, ainda tem mais de meia garrafa.

– Sim, mas é minha. Como você acha que eu vou esperar o ciclone?

Só quando o Velho lhe deu os parabéns foi que Conde recuperou a esmagadora certeza de que tinha mudado de idade. A hora exata da mutação, uma e quarenta e cinco da tarde, tinha passado em meio à voragem de sua investigação acelerada, e o tempo continuou correndo sem que ele sentisse nada especial, nem fisicamente. A evidência de que se aproximava de sua libertação, porém, ficou mais reconhecível a partir do momento em que teve aquele pressentimento capaz de levá-lo à verdade. Pobre Adrián Riverón, pensou outra vez, querendo esquecer logo aquela história de um taco assassino conservado por amor, enquanto abria a porta do armário, já banhado, barbeado e perfumado, e verificava que não tinha nada para estrear naquele dia de aniversário. Sua mãe, mesmo nos tempos mais difíceis, quando a caderneta de produtos industriais concedia apenas um par de calças, duas camisas e um par de sapatos por ano, sempre dera um jeito de ele ter alguma roupa nova, pronta para ser usada na data memorável do aniversário. Mas nos últimos tempos Conde tinha desprezado aquele costume, e a escassez de opções oferecidas por seu guarda-roupa era a amostra mais evidente do prolongado abandono no qual havia submergido o cuidado com a indumentária. No chão, enroscada como um cachorro velho com frio, estava a calça *jeans*, preferida entre todas as calças, e Conde lamentou outra vez que a lama escura onde o Buda dormia a tivesse manchado de modo tão radical que a fizesse clamar por um estágio no tanque antes de estar pronta para novas batalhas.

Como se tratava de uma ocasião especial, Conde decidiu usar naquela noite as calças do único terno que tivera na vida adulta, comprado para o acontecimento cada vez mais distante de seu casamento com Maritza, sete anos atrás. Mesmo cheirando a guardado em virtude do prolongado descanso a que tinha sido submetida, ele quis crer que a peça não estava muito ruim e lhe deu várias sacudidas, com a esperança de melhorar aquele estado odorífero. Mas não pensou nem sequer uma vez em lhe dar uma passadinha a ferro para eliminar as rugas do cabide. Enfiou as calças na frente do espelho para se certificar de que, na realidade, não estava tão ruim: algumas pessoas ainda usavam calças com pences e pregas e, se bem ajustadas na cintura, quase não se notaria que o dono original da peça pesava uns sete quilos a mais que o quase descarnado usuário atual. O resto da indumentária foi mais fácil de escolher: despendurou a única camisa limpa que havia no armário, conservada em seu asseio empoeirado pelo fato de nunca ter gostado dela, e recuperou os sapatos de todo dia, opacos por causa da película de magnésia gravada pela água com que ele tirara suas manchas de lama. Você é a elegância em pessoa, olhe só este figurino, Mario Conde – animou-se, observando-se no espelho: um apetecível solteiro de trinta e seis anos, ex-policial, pré-alcoólatra, pseudoescritor, quase esquelético e pós-romântico, com princípio de calvície, úlcera e depressão e em final de melancolia crônica, insônia e estoque de café, disposto a compartilhar corpo, fortuna e inteligência com mulher branca, negra, mulata, chinesa ou árabe não muçulmana, que soubesse cozinhar, lavar, passar a ferro e, três vezes por semana, aceitar suas boas fainas de amor.

Acendeu um cigarro, concedeu-se uma segunda dose de perfume e saiu para a rua, onde teve de se defrontar com rajadas de vento quentes e úmidas, arautos negros de Félix, o Devastador, que já lançava claras advertências de sua previsível destruição da cidade. A iluminação apagada da Calzada, as portas trancadas das casas, a solidão das ruas varridas pelo vento e a chuva fina o acompanharam até o ponto de ônibus, onde seu coração quase se partiu com a visão de um cachorro peludo e sujo cochilando em cima de um monte de lixo, debaixo de um dos bancos de espera, sem consciência, para sua felicidade, da tempestade que se aproximava. Conde olhou para o cachorro e, sem saber por que, assobiou para ele. O animal levantou a cabeça e, de seu sonho faminto, olhou para o homem. Diga aí, Lixeira, falou Conde, e o animal abanou o rabo, como se aquele fosse seu único e verdadeiro nome. Não está sabendo que vem aí um ciclone, não é, Lixeira?, continuou, enquanto o cachorro se levantava e dava dois passos em direção àquele ser falante, sem deixar de abanar o rabo. E é um ciclone do caralho, continuou, e o bicho se aproximou um pouco mais. Tinha os olhos redondos, como nozes brilhantes e doces, e os pelos lambuzados de sujeira lhe caíam por cima da cara, como se alguma vez tivessem sido penteados sobre a testa. Conde sorriu quando o cachorro parou a sua frente e lhe tocou a perna com o focinho quente; então, não pôde evitar: deixou a mão correr pela cabeça ensebada do animal, repetindo o epíteto que o definia: Lixeira, o que me conta da vida?, perguntou, imaginando que o animal talvez tivesse sido expulso de alguma casa por donos cruéis e insanos, desses que preferem pôr o cachorro na rua a lhe catar uns carrapatos. O bicho, agradecido pelo gesto de carinho, moveu a cabeça para lamber a mão do homem, e o ex-policial sentiu que aquele calor úmido derrubava todas as suas pobres defesas contra vira-latas. Foi um desmoronamento irreversível e irrefletido, que o obrigou a dizer: Vamos, venha comigo, e começou a andar de volta as três quadras que o separavam de casa, com Lixeira como companheiro de viagem. Quando chegaram, Conde abriu a porta, o cachorro entrou como se sempre tivesse morado ali, e o homem desconfiou que Lixeira tinha rido. Quase com medo de ter se enganado, Conde fez uma busca na geladeira e teve a alegria de encontrar, adormecido e invernando, um peixe escuro, de idade incalculável, o qual ele depositou numa caçarola que continha restos de arroz, para colocá-la no fogo. O cheiro da comida imprimiu novo ritmo ao rabo de Lixeira, que até latiu um par de vezes para Conde, exigindo mais rapidez. Que foi, está machucado?, perguntou, acariciando de novo sua cabeça, até que viu brotar da caçarola a fumaça do cozimento e apagou o fogo. Com um garfo e uma faca tirados do fundo da pia, Conde picou o peixe o melhor que pôde e soltou o arroz grudado dos lados da caçarola. Bom, Lixeira, desculpe se não ponho uma toalha limpa, mas esta é uma emergência, avisou, levando a caçarola para o terraço e despejando a comida numa lata abandonada. Escute aqui, cuidado com as espinhas, hein, e sopre primeiro, porque está quente. A alegria do cachorro foi tão evidente que o rabo parecia que ia se soltar e, entre um bocado e outro, ele levantava a cabeça para olhar aquele ser extraterreno que o salvara da fome, da chuva e da solidão. Enquanto o cachorro engolia seu manjar, Mario Conde catou um trapo velho de baixo da pia e o acomodou junto à porta do terraço, onde o animal estaria bem guardado da chuva e do vento. Quando Lixeira acabou de limpar a lata, Conde lhe indicou o trapo, e o animal obedeceu: lambendo os bigodes, deu três voltas em cima do pano até se deixar cair, com as patas dianteiras cruzadas. Olhe, explicou devagar Conde, eu preciso sair. Você fica aqui, se quiser. Mas, se quiser ir para a rua outra vez, saia por aquele corredor. Faça o que achar melhor. Vou avisando que aqui nem sempre há comida; que, se você ficar, vou precisar lhe dar um banho; que eu passo o dia na rua e às vezes estou mais sozinho que você, mas, como faz um monte de anos que não tenho cachorro, acho que com você vou voltar à cachorridão... Será que se fala assim, Lixeira? Bom, vou indo. Faça o que lhe der na telha, e viva a liberdade!, concluiu o discurso e fechou a porta, com o vivo agradecimento de Lixeira posto no olhar com que o acompanhou, até que homem e animal se perdessem de vista. Estou louco de pedra, autodiagnosticou-se Conde e saiu correndo, pois eram quase oito e meia e fazia mais de duas horas que não tomava um trago: justo naquele dia em que completava trinta e seis anos, voltava a ser dono de um cachorro e tinha deixado de ser policial.

217

– Até que enfim, bicho. O que você está pensando da vida? – foi a saudação do Magro, em sua cadeira de rodas. Conde viu a ansiedade galopante no rosto do melhor amigo, que, com a cabeça para fora da porta de entrada, perscrutava o horizonte em busca do aniversariante que tanto demorava. – Liguei duas vezes para sua casa e você não aparecia.

– É que eu estava comprando um cachorro – disse Conde enquanto atravessava o jardim de Josefina, semeado de *picualas*, mangaritos, violetas e boas-noites, ideais para qualquer doença dos olhos, com as quais ele prometia ter um diálogo musical em alguma daquelas tardes. Será que as *picualas* gostariam de um chá-chá-chá da orquestra Aragón ou prefeririam uma balada de The Mamas and the Papas?

– Cachorro? Comprando...? Mario, pare de falar merda e me dê um abraço. Parabéns, meu irmão – disse o Magro, que fazia tempo já não era magro, abrindo seus tentáculos obesos para apertar o esqueleto de Mario Conde.

– Obrigado, meu irmão.

– Mas vamos lá para dentro, que seu público já está lá.

– Espere, Magro, deixe-me perguntar uma coisa e diga a verdade: se eu escrevesse sobre você, sobre mim e sobre esses parceiros que estão lá dentro e dissesse umas coisas fodidas, você ficaria bravo?

– Que coisas fodidas?

– Não sei... Como você ficou inválido porque foi para a guerra, por exemplo.

O magro Carlos encarou as próprias pernas e sorriu quando voltou a olhar para o amigo:

– Isso não é o mais fodido, Mario. O pior é o que vem depois: pensar como seria se isso não tivesse acontecido... Mas aconteceu, e não encha mais o saco, que hoje não estou para isso. Escreva o que lhe der na telha, mas procure escrever bem. Vamos lá, vamos entrar.

Com a experiência dos anos, Conde postou-se atrás da cadeira de rodas e a fez girar para entrar na casa. Avançaram pelo corredor, já ouvindo a música dos Beatles com que os amigos de Conde começavam a espicaçar as saudades, e entraram na sala de jantar, onde eram esperados pelos últimos fiéis da Terra. Josefina foi a primeira a lhe dar parabéns e um beijo na testa, que foi reproduzido pelo Coelho em seu melhor estilo, que deu lugar ao abraço de Andrés, ao aperto de mãos forte e preciso de Candito, ao quase infantil beijo na bochecha dado por Niuris – namorada que o Coelho estreava naquele dia –, à palmada competitiva de Miki Cara de Boneca e ao olhar líquido de Tamara, que Conde beijou com um roçar comedido, expressão de seu temor à proximidade com aquela pele, sempre pronta a sobressaltá-lo, até o último hormônio masculino de seu organismo.

– Que milagre é esse? O que deu em você de vir? – indagou Conde, olhando para seus olhos, que pareciam amêndoas úmidas.

– Não era para vir? Carlos me ligou e disse para não faltar, e eu...

– Claro que era, Tamara. Obrigado.

– Bom, chega de conversa – gritou o Magro, entregando um copo a Conde. – Se quiserem namorar, vão para o parque.

– Escute aqui, seu alcoviteiro, pare já com essas piadinhas – ameaçou Conde, apontando o indicador na altura das sobrancelhas do amigo. – Será que nunca vai crescer?

– Eu? Não. E você?

– Bom, como hoje é um dia especial, não quis inventar muito e decidi fazer a receita tradicional de filé de vitela com bacon e queijo *gruyère* que diz assim: compre filés frescos no mercado, mais compridinhos, cortados todos do mesmo tamanho. Estenda os filés, ponha um pouco de sal, coloque no meio uma tira de bacon, e em cima do bacon disponha o queijo *gruyère*. Por cima de tudo, polvilhe ervas: eu uso tomilho, hortelã, orégano, alecrim... Depois dobre o filé, como se fosse uma empada, e una as bordas com palitos de dente, que hoje eu consegui, claro, para que o recheio não saia, estão entendendo?

– Aham – disse Conde, enquanto padecia da proletária rebelião de todos os seus sucos gástricos. – Aham, aham, com palitos de dente, mas continue...

– Bom, então deixe repousar para que os aromas do queijo, da carne e do bacon se misturem e fiquem impregnados com o das ervas.

Depois, esquente na frigideira o óleo e a manteiga, em partes iguais, e frite os filés assim, em fogo alto, durante poucos minutos de cada lado, para dourar, e deixe mais uns oito minutos, mas em fogo baixo... Na sequência, ponha os filés numa travessa e leve ao forno, mas com a chama no mínimo, para não esfriar nem cozinhar muito mais. Enquanto isso, separe a gordura que ficou na frigideira e acrescente só manteiga, misturada com suco de laranja-azeda, que é melhor que o limão da receita tradicional. Apague o fogo desse molho de manteiga e laranja, quando já estiver aquecido, e acrescente duas colheres de creme de leite. Aí é que a gente tira os filés do forno, joga por cima bastante salsinha e cobre com o molho, e já está pronto para servir, ou então se pode deixar mais um pouquinho no forno, sempre bem baixinho, até a chegada do convidado de honra, que até pode se chamar Mario Conde.

— Que já está aqui, Jose. E o que mais você fez?

— E ainda quer mais...? Pois tem mais, sim, porque os filés são servidos com purê de batata, feito com aquela gordurinha de óleo e manteiga que tinha sido separada depois de fritar os filés, lembram...? Mas, como eu conheço meu gado, tomei umas precauções: fiz um filé só por cabeça, já vou avisando, mas com arroz soltinho, feijão-preto demolhado, mandioca no caldo, banana-verde frita ao murro, cebola empanada, salada de tomate, agrião, alface e abacate, goiaba em calda com queijo branco e cocada cremosa com queijo amarelo, enfim, tudo o que quiserem.

— Não posso acreditar, não posso acreditar: cavalheiros, chegou a abundância! — sentenciou o Coelho.

— E não tem café? — quis saber Andrés.

— Café oriental, tostado e moído por mim mesma — garantiu a mulher, olhando para os olhos arrebatados de Conde, cujo estômago, acostumado por trinta anos às normas estritas e medidas do racionamento alimentar, se negava a acreditar que fosse possível o que os ouvidos tinham captado.

— Escute, Jose, mas diga de uma vez, agora que já não sou da polícia: de onde é que você tira todas essas coisas?

A mãe de Carlos olhou para Conde, depois para o filho, fazendo o olhar percorrer os outros amigos, até voltar a Conde, que já não tinha dúvidas: Josefina se comportava como o mágico de circo que faz aparecer, do nada, um elefante vestido de marinheiro.

– Quer saber mesmo, Condesito? Tiro daqui – disse, depois de uma pausa, tocando a têmpora –, da imaginação que tenho.

Já no primeiro gole, a experiência etílica de Conde advertira que aquela mistura de rum, amigos e velhas canções dos Beatles podia ser explosiva. O jantar ideal que Josefina havia servido preparou os estômagos para quantidades maiores de bebida, e as garrafas foram se esvaziando a uma velocidade perigosa. Depois de comerem, o Magro insistira em passar à entrega dos presentes que cada convidado devia ter trazido, junto com as duas garrafas de rum obrigatórias – tributo de que só fora liberado Candito Vermelho, por causa de sua nova filiação religiosa. Conde, sentado à cabeceira da mesa, foi recebendo os presentes dos amigos, que iam satisfazendo cada uma de suas carências, de seus desejos e de suas necessidades físicas, espirituais e materiais. O primeiro foi Carlos, que lhe deu um pequeno aquário com um peixe-de-briga, pois já estava sabendo da morte do último Rufino.

– Que bom, agora tenho um cachorro e um peixe – Conde o recebeu, observando o voo lento e violáceo do peixe.

Candito Vermelho o brindou com uma Bíblia de encadernação preta que, segundo ele, tinha mais comentários e mapas do que qualquer outra publicada em castelhano. Tamara, tão material e sutil, deu-lhe de presente uma camisa xadrez que Conde sempre quis ter: parecia saída de um faroeste e era de flanela, perfeita para o inverno que se aproximava; além disso, no bolso, atrás da etiqueta Levi's, estava presa uma caneta Sheaffer, ideal para alguém que pretendia ser escritor. Miki Cara de Boneca, pagando talvez todas as suas dívidas tabagísticas com Conde, deu um pacote de vinte maços de cigarro Popular, com o que – segundo ele – ia-se embora toda a pensão mensal de um dos vários filhos que ele havia disseminado pela face da Terra. Niuris, gentil, com seu frescor de dezesseis anos e obviamente assessorada pelo Coelho, deu-lhe duas fitas cassetes com os *Greatest Hits* de Chicago, que Conde leu rapidamente: de "Make me smile" a "Beginnings", de "Saturday in the park" a "Colour my world", os títulos soaram como gritos de alarme pela enorme quantidade de anos transcorridos entre os dias em que eles tinham ouvido juntos àquelas canções e aquela ciclônica noite de aniversário. O Coelho, sempre amante dos detalhes, abriu diante dos olhos de Conde o pôster de Marilyn nua, deitada sobre um pano vermelho que realçava o furor de seus cabelos amarelos (tingidos, decerto), a ondulação precisa de suas nádegas de negra e o rosado magnético do único mamilo visível. Andrés, que tinha esperado pacientemente sua vez, fiel à profissão de médico, pôs nas mãos de Conde dois potes de pomada chinesa – uma do tigre, outra do leão – e um envelope com cem duralginas, que, em sua combinação de unguento e comprimido, salvariam Conde de morrer de enxaqueca nas próximas ressacas. Josefina, a última da fila, chegou diante daquele homem de trinta e seis anos, que ela conhecia fazia vinte, desde quando seu filho era magro, andava sobre as duas pernas e se trancava com Conde para ouvir música a todo volume e sonhar com um futuro no qual não figurava a guerra, e, sem pronunciar palavra, tomou-o pelas bochechas, fazendo-o sentir a aspereza de suas mãos devastadas por pias, cozinhas e tanques, e lhe depositou um beijo na testa.

– Obrigado, Jose – foi só o que Conde pôde dizer, comovido pela carga de ternura que havia naquele beijo.

O resgate dessa vez veio do Coelho, que insistiu em ouvir os pormenores do último caso policial de Conde. Mario tentou se negar, mas os gritos do público o obrigaram. Antes de começar, olhou para Tamara, sentada no canto oposto da mesa, e tentou imaginar quanto a história que iria contar a lembraria do episódio em que os dois tinham se envolvido com o desaparecimento e a morte de Rafael Morín, aquele homem com aparência de imaculado que se casara com ela e partira em mil pedaços o coração de Mario Conde.

– Era uma vez na China antiga, há pelo menos quinze ou vinte séculos... – disse Conde, disposto a começar pelo princípio, e continuou durante uma hora diante do melhor auditório que tivera na vida.

– Conde, Conde, que maravilha! – exclamou o Coelho quando ouviu o final da confissão assassina de Adrián Riverón. – Você já imaginou que, se os monges hindus não tivessem ido à China, Miguel Forcade não teria morrido desse jeito?

– Seu condenado, por que não escreve isso? – propôs e perguntou Miki Cara de Boneca, o único escritor publicado entre os velhos conhecidos de Conde.

– Quem sabe um dia – disse o ex-policial, pensando que sim, talvez houvesse ali uma história, se não sórdida, pelo menos comovente.

Mas agora, naquele instante, porra, queria escrever sobre um homem ferido e sobre outras cicatrizes deixadas por balas menos sólidas, mas igualmente mortais.

– Mais rum, mais rum – clamou, então, o Magro, de sua cadeira de rodas, e, depois de se servir, perguntou: – E o que é que vamos fazer agora?

– Continuar bebendo – sugeriu Conde.

– Não, é melhor eu contar uma história, outra história – afirmou Andrés, de sua cadeira, mas com tanta convicção na voz que os outros fizeram silêncio por um instante, e o médico aproveitou para concluir sua proposta: – É uma história que começa há muito tempo, mas que só agora posso contar... Porque hoje eu disse no trabalho que quero ir embora de Cuba...

Soltou os dados de chofre, e os copos se chocaram contra a mesa, as bocas perfumadas de álcool se abriram assombradas, as rolhas voltaram às garrafas e, para além das paredes, as rajadas de vento cessaram, como que detidas por um mandado superior.

Vinte e seis anos atrás, quando meu pai foi embora e minha mãe não quis ir junto, alguma coisa se rompeu para sempre dentro de minha casa. Você se lembra, Coelho, minha irmãzinha Katia tinha morrido dois anos antes e, se é que aquela morte injusta poderia ter alguma solução, a saída do Velho acabou com essa possibilidade: nunca seríamos a mesma família que tínhamos sido, e a melhor coisa que pudemos fazer foi começar a dividir entre nós a culpa pelo que tinha acontecido e pelo que já não ia acontecer... O mais culpado de todos sempre foi o Velho, que nos abandonou quando mais precisávamos continuar juntos, quando deixou seu país e se transformou num verme desprezível em Miami... Aí eu me fodi na vida, me enchi de medos e recriminações, e, se alguma coisa me salvou, foi ter encontrado um grupo de amigos como vocês, que se tornaram tão importantes quanto uma família e nunca criticaram a decisão de meu pai. Depois as coisas começaram a rumar para um caminho que quase parecia o melhor: minha mãe pôs na cabeça que eu devia estudar medicina, achei que deveria lhe dar essa satisfação e me senti feliz quando pude cursar a universidade e me tornar médico, e considero até que fui um bom médico, certo? Nesse meio-tempo me casei corretamente com uma mulher de quem ainda gosto, tive dois filhos, me tornei especialista, e tudo parecia tão ideal que até vocês começaram a ter inveja: diziam que tudo tinha dado certo para mim, que eu tinha um bom trabalho, uma boa família e até um bom futuro... Mas havia coisas que não eram como eu queria, e não sei se tenho razão ou se tenho o direito de pedir essas outras coisas. Queria que minha vida fosse algo mais do que me levantar de manhã, ajudar a vestir os meninos, ir para o hospital, trabalhar o dia todo, voltar à tarde e me sentar para ver meus filhos fazerem a lição de casa enquanto minha mulher cozinha, depois tomar banho, comer, ver um pouco de televisão e dormir para me levantar no outro dia de manhã e fazer a mesma coisa que fiz no dia anterior, e no outro, e no outro, e no outro... Talvez algum de vocês ache que a vida é exatamente isso, mas, se for, então a vida é uma merda. Porque é uma rotina que não tem nada a ver com o que eu quero ou com o que acho que quero... O pior é que, se a gente começa a pensar, acaba descobrindo que essa rotina começou muito antes, quando outras pessoas, outras necessidades, outras conjunturas decidiram que a vida da gente deveria ser de um jeito e não de outro, sem que a gente tivesse direito realmente de escolher e escrever a história que gostaria de escrever, não é verdade, Coelho...? O que teria acontecido, se eu não tivesse deixado Cristina ir embora, se tivesse ido atrás dela e ido junto com ela, embora ela fosse dez anos mais velha que eu, e até vocês acharam que ela era uma puta porque tinha tido vários maridos? Ou se não tivesse largado o beisebol para dedicar mais tempo à universidade e ser um bom estudante de medicina, como devia ser? Quem eu seria agora, se tivesse feito o que queria, e não o que esperavam que eu fizesse e me obrigaram a fazer...? Porque, além disso, há mais ou menos dez anos, aconteceu uma coisa que mexeu comigo, e comecei a me fazer algumas perguntas: meu pai me escreveu uma carta, depois de muito tempo sem eu saber nada dele, me pedindo perdão por ter me abandonado e explicando por que tinha ido embora: dizia que houve um momento em que ele sentiu necessidade de mudar de vida depois da morte de minha irmã, que teria preferido fazer isso junto conosco, mas que a velha Consuelo se opôs e fez questão de ficar, em vez de ir com ele aonde ele fosse. Para mim, aquela justificativa não justificava nada do egoísmo dele, embora pela primeira vez eu tenha visto meu pai de um modo diferente daquele culpado criado por minha mãe, por mim e pelo ambiente... Agora parecia um homem, com suas próprias necessidades, angústias e esperanças, um homem qualquer que sacrificou parte da vida para ter outra vida, que ele achou que era necessária e tinha decidido escolher, certo...? Pode ser que tudo isso seja um disparate, mas eu senti assim e assim lhe disse, e ele me respondeu dizendo que, se pudesse ajudar de alguma maneira, eu deveria contar sempre com ele, que, apesar de tudo o que tinha me feito, era meu pai. Com aquilo, eu me senti melhor em relação a ele, só isso, porque minha vida continuava parecendo perfeita e quase impossível de melhorar, até que uma manhã me levantei sem vontade de trabalhar, de vestir as crianças, de fazer tudo o que sempre se esperava que eu fizesse, e senti que toda a minha vida havia sido um equívoco. Você sabe do que estou falando, não é, Conde? Isso de saber que alguma coisa mudou o rumo que a gente devia ter seguido, que alguma coisa empurrou a gente por um caminho que não era o nosso. Essa sensação horrível de descobrir que você não sabe como chegou aonde está, mas que está num lugar que não é o que queria. Puta merda, por que acontecem essas coisas? E minha primeira ideia foi sair correndo de casa, como fiz quando me apaixonei por Cristina e acabei bêbado num cortiço de Havana Velha, mas agora precisaria correr para mais longe, para me perder de mim mesmo, daquela sensação de rotina e confinamento que eu não podia suportar nem um minuto mais. E uma coisa me conteve: ver meus dois filhos se vestindo sozinhos para ir à escola. Se eu fosse embora, estaria deixando os dois como meu pai me deixou, e eu não queria que eles passassem pela mesma coisa. Mas, não rompendo minha própria rotina, eu estaria condenando os dois a viver como eu, ensinando-os a obedecer e a ser mandados pelo resto da vida, a se transformarem na segunda versão da geração escondida. Lembra disso, Miki, da geração escondida? No fim, iam ser tão fodidos como eu, sem cara, sem expectativas e sem nada para dizer aos próprios filhos. E naquele dia tomei a decisão de ir embora, para qualquer lugar, mas com eles, e, quando voltei do hospital à tarde, disse isso a minha mulher, e ela respondeu que eu estava louco, que não entendia porra nenhuma, que diabos nós íamos fazer, e eu disse que não sabia, mas estava decidido, e perguntei: Você vem comigo? E ela disse que sim. Não pensou duas vezes e disse que sim... Então, escrevi ao Velho e expliquei que agora precisava da ajuda que ele tinha prometido... Só assim poderia ir para longe, tentar mudar de vida e, se errasse, errar bonito, certo? Errar por mim mesmo uma vez na vida. Isso faz um ano e meio, e durante esse tempo estive tomando as providências para sair, sem que ninguém soubesse enquanto não fosse uma coisa segura. Não podia dizer nem a vocês, que são meus irmãos e vão me entender e, se não me entenderem, não vão me condenar, certo, Carlos? Certo, Vermelho? E você, Miki, ousaria escrever essa história em um de seus livros...? Hoje, fui falar com o diretor do hospital, que foi meu colega de faculdade, e ele não conseguia acreditar, até tentou me convencer, mas, quando eu disse que era uma decisão sem retorno e até já tinha a carta de demissão, ele pôs as mãos na cabeça e disse: Andrés, você sabe que preciso reportar isso aos superiores, e até olhou para cima, quando na realidade deveria olhar para baixo, porque agora sei que preciso ficar numa policlínica de bairro até me darem a carta de liberação, assim mesmo como soa, carta de liberação, e permitirem que eu saia, e isso vai demorar um ou dois anos, não sei quantos, mas não importa: é minha decisão, é minha loucura, é minha culpa, e pela primeira vez me sinto dono de minhas decisões, de minhas loucuras, de minhas culpas e também de ter sido um merda com vocês por não ter dito antes o que eu queria fazer, mas vocês sabem que não podia, mais pelo bem de vocês do que pelo meu, porque vocês ficam, e eu, se Jeová quiser, como diz Candito, talvez em dois anos esteja na casa do caralho... Mas agora, embora me sinta tranquilo, também estou cagando de medo, porque é bem provável que esteja fazendo com meus filhos o mesmo que meu pai fez comigo, mas ao contrário. E porque sei que vocês vão fazer falta a eles, porque quero que cresçam com colhões – disse e começou a chorar, como cabia, como ele precisava, como queria, e em seu choro arrastou Tamara e Niuris, provocou uma lágrima nos olhos do magro Carlos, uma blasfêmia na boca de Candito, que mandou Jeová à merda, e um suspiro em Conde, que ficou de pé e abraçou a cabeça de Andrés, para lhe dizer:

– Nós também gostamos de você, seu veado – e o apertou forte contra o peito, onde se revolvia uma mixórdia de histórias vividas em comum, misturadas a preconceitos políticos, medo do futuro, reprovações do passado e muitas doses de rum: a soma terrível de suas vidas equivocadas.

A confissão de Andrés cortou os efeitos do álcool no cérebro de Conde. Uma lucidez malsã se instalou em sua mente, com uma interrogação sobre sua própria vida, posta no espelho da vida de Carlos, que ele pretendia colocar no papel, e no da vida de Andrés, desenhada ali pelo próprio Andrés: suas próprias frustrações ganharam dimensões e formas mais claras com as palavras do amigo, e Conde compreendeu cabalmente por que tinha largado a polícia: porque ele também precisava fugir, embora fosse incapaz de sair do lugar. Laços em demasia o prendiam à casa onde tinha nascido e onde morava, ao bairro no qual tinham crescido ele, seu pai e seu avô Rufino, aos amigos que lhe restavam e que nunca poderia abandonar, a certos fedores e odores, a muitos medos e euforias: sua âncora estava encalhada de um modo que quase não era preciso saber, simplesmente estava travada, de um jeito irremediável, por uma necessidade fisiológica de sentir que pertencia a um lugar.

O peso amargo das palavras de Andrés decretara o fim da festa, e a diáspora começou; estavam tristes e com a sensação de terem assistido a algo inevitável e definitivo. Hoje podia ser a partida de Andrés; amanhã podia ser a morte de Carlos, condenado àquela infame cadeira de rodas; em outro dia chegaria a traição de Miki; em outro, a loucura do Coelho; e assim até o Apocalipse, pensou Conde, enquanto o automóvel de Tamara avançava pela Santa Catalina em direção à casa dela. Conde, que tinha desejado tanto que ela lhe pedisse aquela companhia ansiada, quase não se surpreendeu quando ela disse:

– Vai comigo até em casa?

– Claro, claro – foi o que ele afirmou, convencido de que Andrés provocara tudo, e não de que havia a possibilidade de Tamara ter desejado aquilo desde muito antes, talvez tanto quanto ele.

O vento se intensificou desde que escureceu, e uma chuva fina, oblíqua, se choca contra o para-brisa do carro, cegando os olhos do casal.

– O mundo vai acabar.

– Já acabou – corrige ela, e gira o volante, direcionando o carro para a entrada da garagem.

– Eu abro – ele se oferece e sai para a chuva, abrindo passagem para o carro, que projeta a potência de seus faróis contra as figuras fundidas que lembram o bestiário de Lam e de Picasso, animais híbridos agora dispostos a pular, amedrontados pela máquina que investe contra eles.

– Está muito molhado? – pergunta ela, quando sai do carro, depois de fechar as portas.

– Não, quase nada.

– Venha, vou passar um café – propõe, abrindo a porta da casa.

Ele recorda a última vez em que esteve ali: naquela manhã tinham feito amor com a sensação fatal de que entre os dois se interpunha um passado divergente e um futuro que dificilmente poderiam conciliar: porque ninguém quer perdedores, porque ela seria incapaz de compartilhar sua vida de triste policial, porque ele não poderia vencer o fantasma de um marido morto chamado Rafael Morín, que talvez dormisse entre os dois, como pensou naquele dia e pensa ainda hoje, quando se pergunta por que está ali, embora saiba a resposta.

Tamara volta para a sala com duas xícaras nas mãos e se senta no sofá, muito perto dele.

– Por que não ligou mais, Mario?

Ele sorri e experimenta o café.

– Estava pensando nisso mesmo... Porque achei que era melhor para você.

– Mas você não me perguntou.

– Tinha certeza.

– Talvez estivesse enganado.

– Você acha?

– Disse talvez... – e bebe também.

Ele olha a imensidão da casa e imagina que ela deixou o filho com a avó. Tudo o que há na casa poderia ser para ele, nessa noite, coroamento de seu aniversário.

– Com certeza me enganei, como sempre. Mas não quero me apaixonar, Tamara. Muito menos por você...

– Por quê?

– Porque já me apaixonei uma vez. Porque depois sofro... E porque dou para cantar bolero.

– Não brinque, Mario.

– Juro.

Pensa que precisa se proteger, porque gosta demais daquela mulher e do café que ela faz, e o pior é que ela sabe disso, pensa também, enquanto observa seus olhos sempre úmidos, a forma de seus seios que uma vez já beijou, tentando agora relembrá-la nua, tal como a teve no dia em que realizou aquele sonho adiado durante quinze anos. Mas uma leveza de ausência entre as pernas adverte que aquele dia foi demasiadamente longo e carregado de revelações para que ele pretenda encerrá-lo daquele modo glorioso, tendo de exibir suas potencialidades amatórias, sem deixar a menor sombra de dúvida. Por isso, com a alma dorida, fica em pé e termina o café antes de pôr a xícara na mesa de centro.

– O que está acontecendo, Mario?

– Deixe-me explicar: juro que gosto muito de você, gosto como não gosto de ninguém, adoro dormir com você, seria capaz de me casar na igreja e gostaria de ter oito filhos com você, mas hoje é um dia ruim. Vem até um ciclone... A história de Andrés me desarmou. Imagine, se ele pensa aquilo da vida, o que vou dizer eu da minha? Por isso é melhor eu ir... Posso vir outro dia?

Ela balança a cabeça, e sobre seus olhos cai uma mecha impertinente de cabelo.

– Daqui a dez anos...?

– Ou daqui a dez horas.

– Melhor daqui a dez horas... Ou não garanto nada – diz ela, ficando em pé. Também põe a xícara na mesa e, sem transição, gruda sua boca à de Conde e solta a língua tórrida entre os dentes dele. Quando finalmente consegue falar, Conde olha para ela:

– Obrigado pelo convite. É certeza que venho, e a primeira coisa que vou fazer é cantar um bolero para você.

– Não seja bobo, Mario: você não percebe que estou sozinha, que preciso de você? Uma vez pelo menos você deveria ser menos egoísta e pensar no que está acontecendo com os outros. Então não ficaria tão espantado com o que Andrés disse... Você não é o único que está fodido. Estou dizendo que preciso de você e...

– Não fale assim, Tamara, não estou acostumado a ser necessário para ninguém. Nem para mim mesmo – e então é ele que a beija, com a rapidez imposta por uma despedida indesejável, mas necessária. – Não se preocupe, amanhã eu venho. Depois que o ciclone passar.

Quando põe o primeiro pé na rua, tem a convicção de que cometeu um erro, como de costume, e deve correr em busca da árvore da autoflagelação para se surrar. O sabor de fruta madura que o hálito de Tamara pôs em sua boca é duradouro e tangível, como a pressão dos seios dela ao se estreitar contra seu peito; ele vai e deixa para trás aquela mulher repleta de ansiedades, que diz até precisar dele, para se meter na umidade hostil da chuva e do vento, enquanto traz à tona suas melancolias e se pergunta quantas vezes mais vai errar na vida. Todas.

Agora, pensa, é preciso mesmo que esse furacão passe logo para ver se sua devastação permite depois criar uma cara nova para tanta imagem de fracasso, frustração, desacerto e dor. Com o corpo todo molhado por uma chuva que lhe fere os braços e o rosto pela força com que cai, Conde corre pelo meio da rua, sentindo como a água e o ar o purificam na madrugada ciclônica que deve dar início ao primeiro dia de sua nova vida. Corre, percebendo como a velocidade faz seu corpo deixar para trás a alma, sempre pesada e pretensiosa, que agora o persegue sem poder alcançá-lo. Uma sensação desconhecida de pureza e liberdade total começa a tomar conta dele, depois de tantos atos, ideias, planos e desejos de se sentir livre. Corre pela rua solitária, saboreando a chuva que rola por seu rosto, rasgando o ar com o peito e sem querer pensar, só se afogar naquela liberdade, mas seu cérebro lhe nega esse desejo, e tem de pensar. E pensa: já não sou o mesmo. Já não sou?

— Sim, porra, vem de uma vez — grita, então, para o céu ameaçador, sem parar de correr e convencido, pela primeira vez em muitos anos, de que está fazendo justamente o que quer e deve fazer: correr e, já com o último alento, recitar contra a noite:

Al fin, mundo fatal, nos separamos,
*El huracán y yo solos estamos.**

---

* "Por fim, mundo fatal, nos separamos, / o furacão e eu a sós estamos", versos de "En una tempestad", de José María Heredia. (N. T.)

O fim do mundo tinha chegado: um pé de vento, sólido e implacável, quase arrancou a janela do quarto, e Conde abriu os olhos, com a lentidão do medo aferrada às pálpebras. Nenhuma dor física o espreitava, mas o mal-estar de sua consciência pouco alívio tinha recebido durante as escassas horas de sono e esquecimento. Pelos vidros da janela, filtrava-se uma luz enfermiça e lenta, imprópria para aquela hora da manhã, e o ímpeto do vento batia sem parar contra a cidade abraçada pelas hélices cortantes do furacão, enquanto a chuva caía em bátegas compactas, como um aríete empenhado em abrir passagem derrubando todos os obstáculos, tudo o que tivesse pretendido ser permanente.

Conde surpreendeu-se com a esquecida sensação de se preocupar com alguém que dependia de seus cuidados. Levantou-se e, sem se calçar, andou depressa até a porta dos fundos, abrindo apenas uma fresta por medo de que o Félix aproveitasse aquela fissura para penetrar ali, em sua própria casa. Assobiou, e a figura molhada e trêmula de Lixeira apareceu em sua frente, com o rabo perdido entre as pernas. Vamos, entre, disse e, antes de fechar, aproveitou seu arroubo de valentia para olhar o quintal. A velha mangueira, plantada mais de cinquenta anos antes pelo avô Rufino, jazia no chão, com os galhos deslocados e cobertos por ramos alheios, folhas incongruentes, vindas de qualquer lugar. Conde imaginou a dor física que a árvore devia ter sofrido, sem contar nem com uns acordes do "Réquiem" de Mozart no instante da morte. Mas as copas das árvores que ainda estavam em pé também pareciam dispostas a sair voando, como se desejassem ir para longe do local onde alguém as plantara. O mundo se inclinava, vencido, ante a presença da maldição que havia enviado seus elementos indomáveis para a cidade.

Pôs no fogo a última colher de café que lhe restava, misturada à borra que extraiu da cafeteira. Enquanto esperava a ebulição escura daquele líquido que talvez tivesse sabor de café, dedicou-se a secar o pelame imundo de Lixeira com um pano que encontrou no armário da cozinha. O animal continuava assustado e olhava com insistência para as janelas, movimentadas ciclicamente pelos repelões da água e do vento.

Por fim, coou a infusão e bebeu uma xícara do líquido pardo. Não está tão ruim, pensou, lamentando não ter um pouco de leite para dar a seu cachorro. Eu avisei, parceiro, e acariciou a cabeça do animal, que se refugiara debaixo da mesa. Então, a força do ar ganhou proporções de estrondo e ouviu-se uma explosão. O bairro estava sendo demolido pela força de um vento que corria a mais de duzentos quilômetros por hora, e era pouco o que se podia fazer contra aquela perversidade celestial, a não ser rezar e esperar.

Conde, que fazia trinta anos tinha esquecido a primeira dessas opções, pensou se não seria melhor voltar para a cama e cobrir a cabeça enquanto a natureza realizava sua macabra manobra purificadora. Sabia que duas horas depois sobreviria a calma, que a chuva até pararia e sairia o sol, para iluminar melhor o desastre. O que sobraria daquela cidade castigada e envelhecida que Conde levava no coração, apesar de não ser correspondido nas mesmas proporções de amor? O que sobreviveria daquele bairro do qual ele não podia nem queria escapar, o único lugar no mundo onde sentia a possibilidade de ter um mínimo espaço em que cair morto – ou onde continuar vivendo? Possivelmente nada: na realidade, a devastação havia começado muito antes, e o furacão era só o rematador feroz enviado para concretizar as condenações já iniciadas... Sobraria, no máximo, a memória; sim, a memória, pensou Conde, e a certeza daquela possibilidade salvadora o fez abandonar a cama, ir até a mesa da cozinha e acomodar sua velha máquina Underwood naquela superfície manchada de queimaduras de cigarro, ácidos de limão e erosões de rum derrubado. Sim, já estava na hora de começar. Então, colocou contra o rolo aquela folha de brancura promissora e se pôs a manchá-la com letras, sílabas, palavras, frases, parágrafos com os quais se propunha contar a história de um homem e seus amigos, antes e depois de todos os desastres: físicos, morais, espirituais, matrimoniais, profissionais, ideológicos, religiosos, sentimentais e familiares, de que só se salvava a célula originária da amizade, tímida mas insistente como a vida.

E Conde escrevia, confiante de que aquela história de um policial, de um jovem ferido, de um rapaz que quis ser um grande jogador de beisebol e se apaixonou por uma mulher dez anos mais velha, de um sujeito empenhado em refazer a história, de uma mulher bela e leve, mas com nádegas pétreas, de um escritor prostituído pelo ambiente e de toda uma geração escondida acabaria sendo tão sórdida e comovente que nem o desastre daquele dia de outubro e de todos os outros dias do ano poderiam vencer o ato mágico de extrair de seu cérebro aquela crônica de dor e amor, vivida num passado tão remoto que a memória tentava desenhar com tintas mais amáveis, até fazê-lo parecer quase bucólico. *Passado perfeito*: sim, esse seria o título, pensou, e outro estrondo, vindo da rua, informou o escriba de que a demolição continuava, mas ele se limitou a trocar a folha para começar um novo parágrafo, porque o fim do mundo se aproximava, mas ainda não chegara, pois restava a memória.

Mantilla, novembro de 1996-março de 1998

O sopro divino:
criar um personagem

Há quase trinta anos, quando a história dava uma de suas mais inesperadas guinadas e ainda retumbavam no mundo os golpes que puseram abaixo o Muro de Berlim, engendrei o personagem Mario Conde. Como ocorre em quase todas as concepções (exceto as extremamente divinas), até algumas semanas depois não fui capaz de perceber suas primeiras palpitações, transformadas nas exigências literárias, conceituais e biográficas que dariam peso e substância ao personagem: como a qualquer criatura que pretenda crescer, sair para a luz e andar sob o sol.

Foi nos estertores de 1989 que, com minha querida máquina Olivetti – a mesma que meu pai ainda usa para escrever seus documentos maçônicos –, comecei a perseguir a ideia da qual sairia o romance *Passado perfeito* (publicado no México em 1991), em que nasce Mario Conde. Aquele se revelou um ano complexo, difícil e, no longo prazo, frutífero, um ano demasiadamente histórico que, sem que eu imaginasse, mudaria o mundo, mudaria minha visão desse mundo e me permitiria – graças a essas mudanças externas e internas – encontrar o caminho para escrever o romance que também mudou minha relação com a literatura.

Do ponto de vista pessoal, 1989 foi para mim, acima de tudo, um ano de crise de identidade e um ano de criação. Fazia seis anos que os avatares da intransigência política e o poder sobre pessoas e destinos conferido à mediocridade burocrática tinham me lançado ao trabalho num jornal vespertino, *Juventud Rebelde*, no qual, como se supunha, eu devia expiar certas fragilidades ideológicas e onde, escrevendo todos os dias, precisei me tornar jornalista. Curiosamente, o que os donos de destinos conceberam como castigo – a passagem de uma problemática revista cultural para o severo e quase proletário diário – se transformara em gordo prêmio, pois, mais que jornalista, me transformou em *jornalista-referência* daquilo que, com imaginação e esforço, era possível fazer dentro das sempre estreitas margens da imprensa oficial cubana. O preço precisei pagar para concretizar esse "novo jornalismo" ou "jornalismo literário" cubano, que floresceu nos anos 1980 e de cuja gestação participei ativamente, foi, sem dúvida, elevado, embora a longo prazo produtivo: desde que terminara meu romance de estreia (*Fiebre de caballos* [Febre de cavalos], concluído em 1984 e publicado em 1988) e os relatos do volume *Según pasan los años* [Conforme passam os anos] (1989, concebidos também algum tempo antes), quase não havia voltado a escrever literatura, pressionado por um trabalho jornalístico que implicava prolongadas investigações e cuidadosas redações de histórias perdidas sob os ouropéis da história nacional. Acrescente-se a esse esforço o ano angustiante que entre 1985 e 1986 precisei passar em Angola como correspondente civil e se terá a soma de fatores pelos quais o jovem escritor de 1983 viveu seis anos como jornalista, sem visitar a literatura, e a razão pela qual, em 1989, entrei em crise e decidi largar o jornalismo diário e buscar algum recanto propício, melhor até se obscuro, para ter tempo e capacidade mental de tentar um retorno à literatura.

Como se sabe, aquele foi também um ano durante o qual dobraram muitos sinos. O verão tinha sido especialmente quente na sociedade cubana, pois foram os meses nos quais se realizaram dois processos históricos, as Causas 1 e 2/1989, em que foram julgados, condenados e até fuzilados vários altos-comandos do Exército e do Ministério do Interior (caiu até o próprio ministro, que morreria na prisão) por acusações de corrupção, narcotráfico e traição à pátria. O mais significativo em tais julgamentos foi "descobrir" o que não poderíamos ter imaginado: as dimensões e a profundidade da rachadura que, de fato, existia na aparentemente monolítica estrutura política, militar e ideológica cubana, em cujo âmago havia generais, ministros e figuras do Partido que se revelaram corruptos (embora já inferíssemos esse fato) e até ligados ao narcotráfico.

Em outubro daquele ano, ocorreu algo muito mais pessoal, porém não menos transformador para minhas concepções de vida... e de literatura. Visitei o México pela primeira vez, curiosamente convidado para um encontro de autores de romances policiais, quando ainda não havia escrito nenhum romance desse tipo, embora tivesse feito abundante crítica e muito jornalismo informativo sobre o gênero *noir*. Naqueles dias mexicanos, enquanto completava trinta e quatro anos, fiz questão de conhecer um lugar altamente simbólico e histórico que, no entanto, para minha geração em Cuba, tinha sido apenas um silencioso mistério e, mais que isso, um perigoso tabu: a casa em Coyoacán onde vivera e morrera (assassinado) Leon Trotski, "o renegado".

Ainda me lembro da comoção que senti ao visitar aquela casa-fortaleza (que virou o Museu do Direito de Asilo) e ver as paredes quase carcerárias entre as quais se autoconfinou um dos líderes da Revolução de Outubro para salvar a vida da sanha assassina de Stalin – da qual não escapou, como também não escaparam outros vinte milhões de soviéticos e vários milhares de pessoas de diversas nacionalidades, coisa que eu e muitos mais ainda não sabíamos com total certeza. Mas a marca mais visceral e impactante deixada em mim por aquela visita à casa-mausoléu de Trotski foi perceber que o drama ocorrido naquele local sombrio me sussurrava ao ouvido uma mensagem alarmante: serão necessários o crime, o engano, o poder absoluto de um homem e a subtração da liberdade individual para que alguma vez todos tenhamos acesso à mais bela e utópica das liberdades coletivas? Até onde a fé e a obediência absoluta a uma ideologia podem levar um homem?

Apenas alguns dias depois daquela instrutiva e transformadora visita ao México, e já de volta a Cuba, soube que estava ocorrendo o impensável, aquilo que um mês antes, vendo a casa de Trotski onde se concretizara um dos lamentáveis triunfos de Stalin, jamais imaginei que pudesse ocorrer: de maneira pacífica, como numa festa de liberdade, os alemães derrubavam, física e politicamente, o Muro de Berlim e anunciavam aquilo que – só então pudemos prever com nitidez – seria o fim do socialismo na Europa.

Sem a conjunção desses acontecimentos que enchiam de incertezas, mais que de certezas, minha vida material, espiritual e ideológica, creio que não teria enfrentado, como um desafio a minhas capacidades literárias e ao meio que me rodeava em Cuba, a escrita de meu primeiro romance policial, cujos parágrafos iniciais redigi nas semanas finais daquele ano tremendo.

Por sorte, assim que começou o ano de 1990 – não menos histórico e revelador que o anterior –, consegui deixar definitivamente o trabalho no jornal e assumir a função de chefe de redação de uma revista cultural mensal, *La Gaceta de Cuba*, posição que me deixava livres três e até quatro dias por semana, dias que, como é óbvio, dediquei à escrita de meu romance policial.

Escrever um romance policial pode ser um exercício estético muito mais responsável e complexo do que se costuma pensar, por se tratar de uma narrativa frequentemente qualificada – com razão – como literatura de evasão e entretenimento. No ato de escrever um romance desse gênero, o autor pode levar em conta diversas variáveis ou rotas artísticas, tendo a possibilidade de escolher ou percorrer as que preferir e, sobretudo, as que puder, de acordo com sua capacidade, e as que quiser, de acordo com seus propósitos. Explico-me: é factível, por exemplo, escrever um romance policial só para contar como se descobre a misteriosa identidade do autor de um crime. Mas também é viável escrevê-lo para, além disso, propor uma indagação mais profunda em torno das circunstâncias (contexto, sociedade, época) em que ocorreu esse crime. Cabe até, entre as probabilidades, querer redigir esse romance com linguagem, estrutura e personagens apenas funcionais e comunicativos, embora também exista a opção de tentar escrevê-lo com preocupações estilísticas, cuidando para que a estrutura seja algo mais que um dossiê investigativo encerrado com a solução de um enigma, propondo-se a criação de personagens com substância psicológica e peso específico como referenciais de realidades sociais e históricas. Enfim, é tão admissível escrever um romance policial para divertir, dar satisfação, jogar com enigmas quanto (se o autor puder e quiser) para preocupar, indagar, revelar, levar a sério as coisas da sociedade e da literatura... esquecendo-se até dos enigmas.

Tendo em vista o desastroso momento vivido pelo romance policial cubano – que, na quase totalidade dos casos, tinha se tornado uma ficção de complacência política, essencialmente oficialista, cultivada mais por amadores do que por profissionais e, portanto, com raros assomos de vontade literária –, meus referenciais artísticos e conceituais não podiam ser meus colegas cubanos: ao contrário, no máximo me serviriam para eu não cair nos abismos em que eles jaziam e se esgotavam. Mas existia aquele outro possível romance policial, de caráter social e qualidade literária, que até havia sido escrito em língua espanhola por pessoas que viviam em minha época, embora não em minha terra (afora, até então, algumas experiências de Daniel Chavarría). E esse tipo de narrativa policial foi meu referencial e minha primeira meta.

Tão logo esboçadas algumas diretrizes da trama que eu desenvolveria no romance – desaparecimento de um alto funcionário cubano, sujeito que parecia impoluto, mas que na realidade era corrupto, cínico e oportunista –, deparei com uma necessidade criativa de cuja solução dependia todo o projeto cheio de ambições literárias em que pensava me empenhar: o personagem que carregaria o peso da história e a entregaria aos leitores.

Antes de começar a trabalhar em um romance, muitos escritores "sentem" a voz narrativa que vão utilizar – são várias as possibilidades e diversos os resultados –, e há autores que até já encontraram "o tom" com que será montada a narração. Para mim, foi uma decisão complicada chegar à opção de voz narrativa que finalmente escolhi: uma terceira pessoa cuja onisciência funcionasse apenas para o personagem principal, que, portanto, devia ser protagonista ativo e também testemunha e juiz das atitudes do restante do elenco. Além disso, a proximidade com o personagem principal, permitida por essa fórmula – quase uma primeira pessoa mascarada –, dava-me a oportunidade de transformar essa figura em ponte entre (de um lado) meus conceitos, gostos e fobias em relação aos mais diversos elementos do arco social e espiritual e (por outro lado) a própria sociedade, o tempo e a circunstância em que o personagem atuava. De alguma maneira, meu protagonista podia ser meu intérprete da realidade apresentada – claro que a realidade cubana de *meu* momento, *minha* realidade. Até porque sua onisciência limitada me salvava de cometer o erro de outros autores de romances policiais (erro que há muitos anos já foi apontado e criticado por Raymond Chandler), cujos narradores em primeira pessoa conhecem todos os pormenores da história, mas ocultam do leitor (ou se veem obrigados a ocultar, em função do suspense) o que costuma ser o mais interessante, ou seja, a identidade do assassino, que quase sempre conhecemos, do qual ouvimos falar várias vezes no romance e que é descoberto por esse personagem (policial, detetive etc.) muitas páginas antes de nós o fazermos.

Aquele personagem com que me propunha trabalhar, e que já vinha carregado de tão alta responsabilidade conceitual e estilística, precisava então de muita carne e muita alma para ser algo mais que o condutor da história e, com ela, o intérprete adequado das realidades próprias de um contexto tão singular como o cubano. Para criar sua necessária humanidade, uma das decisões mais fáceis e lógicas que tomei foi fazer de meu protagonista um homem de minha geração, nascido num bairro como o meu, que tinha estudado nas mesmas escolas que eu e, portanto, tinha experiências vitais muito semelhantes às minhas, numa época em que, em Cuba, éramos muito mais iguais (embora sempre tenham existido os "menos" iguais).

Aquele "homem", porém, devia ter uma característica que, sob o aspecto pessoal, me é totalmente estranha, diria até repulsiva: ele *tinha de ser* policial. A verossimilhança, que, segundo Chandler, é a essência do romance policial e de qualquer relato realista, implicava aquele pertencimento profissional de meu personagem, pois em Cuba, de todos os pontos de vista, era impossível – e não crível – pôr um investigador autônomo na averiguação de um assassinato. Desse modo, a proximidade permitida pelo recurso à voz narrativa e pelo componente biográfico da comunidade geracional era reduzida por uma maneira de agir, pensar e projetar-se que eu mesmo desconheço e rejeito.

Creio que foi justamente ao tentar resolver esse dilema essencial em minha relação com o personagem que Mario Conde ganhou seu primeiro alento como criatura viva: eu o construiria como uma espécie de antipolicial, de policial literário, verossímil apenas dentro das margens da ficção narrativa, impensável na realidade policial "real" cubana. Esse era um jogo permitido por minha condição de romancista, e decidi explorá-lo.

Quando escrevi os primeiros parágrafos de *Passado perfeito*, instante genésico em que Conde recebe o telefonema do chefe e acorda de uma bebedeira brutal, que está decidida a lhe arrebentar a cabeça, as chaves daquela elaboração literária abriram os ferrolhos. Comecei aí sua real construção, pois, além de afeiçoado ao álcool, ele seria um amante da literatura (escritor postergado, mais que frustrado), com gostos estéticos bastante precisos; embora com traços de ermitão, ele faria parte de uma tribo de amigos em que sua figura encontraria complemento humano, permitindo-lhe expressar uma de suas religiões: o culto à amizade e à fidelidade; seria, ademais, nostálgico, inteligente, irônico, terno, suscetível a paixões, sem subterfúgios nem ambições materiais. Tinha, inclusive, sido corneado. Em última análise, era um policial de investigação, não de repressão, e, acima de tudo, um homem honrado, uma pessoa "decente", como se costuma dizer em Cuba, com uma ética flexível, mas inamovível nos conceitos essenciais.

Esse antipolicial apareceu em *Passado perfeito* sem imaginar – e nem eu – que se transformaria no protagonista de uma série que já anda pelos oito romances. Mas desde o primeiro suspiro ele sempre teve nos genes aquela contradição que tentei burilar pela via da licença artística: porque, na realidade, Mario Conde nunca foi policial de alma. Foi um policial de ofício, e a duras penas.

Quando o romance foi publicado pela recém-criada coleção Hojas Negras da Universidad de Guadalajara, em 1991, e consegui algumas dezenas de exemplares que dividi entre meus amigos cubanos, tive a surpresa de verificar não só que a maioria deles gostava do livro, mas também que gostava, fundamentalmente, pelo caráter do protagonista. Essa revelação externa e a necessidade interna que me instava a dar mais corda àquela criatura levaram-me naquele momento à ideia apressada de me propor a escrever outros três romances com Mario Conde, quando ainda nem imaginava se poderia escrever pelo menos mais um.

Com a distância dos anos, com a experiência literária e já com oito romances nas mãos, fica evidente que a evolução de Mario Conde tem muito a ver com minha própria evolução como indivíduo. Se em *Passado perfeito* ainda sinto que Conde tem certo caráter funcional, demasiado apegado a meu gosto à trama policial, quando comecei *Ventos de quaresma* (publicado em 1994), já decidido a fazê-lo protagonista de pelo menos quatro romances, sua constituição psicológica e espiritual tornou-se mais completa, ficando também mais evidente a impossibilidade de mantê-lo por muito tempo como policial e mesmo como *antipolicial* ou como o policial literato que era. Sua maneira de se relacionar com a realidade, os amigos, o amor e as mulheres, sua inteligência e vocação literária, sua incapacidade para viver entre os férreos escalões de um corpo de estrutura militar e as inúmeras fragilidades de seu caráter punham à prova em cada página sua capacidade de ser policial e de atuar como tal, ainda que como policial de investigação.

A partir de *Ventos de quaresma,* começou um lento processo de evolução do personagem, em dois sentidos essenciais que eu não tinha previsto ao iniciar a saga: primeiro o desenvolvimento de seu próprio caráter, que foi se arredondando, tornando-se mais humano e vivo; segundo, sua aproximação de mim e minha aproximação dele, a ponto de ele se tornar, se não um *alter ego*, pelo menos minha voz, meus olhos, minhas obsessões e minhas preocupações ao longo de mais de vinte e cinco anos de convivência humana e literária.

Não é por acaso, então, que no momento em que, segundo meus planos, ocorreria sua última aparição – *Paisagem de outono*, de 1998, romance que encerra a tetralogia que intitulei Estações Havana, situada, por certo, naquele ano crítico de 1989 –, Mario Conde acabe deixando a polícia, mas faz isso justamente no dia em que celebra seu aniversário, um 9 de outubro, claro, dia em que eu festejo o meu. É também o dia em que um furacão entra em Havana e – segundo os desejos expressos por Conde – varre tudo para que renasça algo novo entre as ruínas da cidade condenada.

A partir desse momento, realizada de muitas formas a comunhão entre Mario Conde e o escritor, descobri que existiam outros modos de manter o personagem em atividade, fazendo inclusive investigações criminais, mesmo sem ser membro da polícia. Por isso, quando decidi resgatá-lo, procurei para ele, com muito cuidado, um trabalho que lhe fosse propício e o transformei em comprador e vendedor de livros usados, prática que se tornou comum na Cuba da crise da década de 1990 e que possibilitava ao personagem duas condições importantes: estar, ao mesmo tempo, muito próximo da rua e muito próximo da literatura. Por outro lado, nos romances *Adeus, Hemingway* (2001) e *A neblina do passado* (2005) – processo que continuei em *Hereges* (2013)* –, concretizava-se um salto cronológico que situava as histórias em minha contemporaneidade (coisa importante numa sociedade como a cubana, tão imóvel e ao mesmo tempo tão mutável) e o personagem em minha idade vital e ideológica, com a qual foram aparecendo mais dores físicas e desenganos espirituais do que se poderia esperar quando comecei a escrever *Passado perfeito* e dei meu sopro divino a Mario Conde.

Talvez a maior prova da humanidade de Mario Conde e (não tenho outra opção senão dizer assim) do acerto de minha elaboração de sua figura tenha sido a identificação dos leitores com um *homem* como ele, policial num período, desastre pessoal sempre. O grau mais alto dessa humanidade do ente de ficção foi, porém, sua transmutação de personagem em pessoa, pois a identificação de muitos leitores com essa figura leva-os a vê-lo como uma realidade (e não como uma emanação da realidade) com vida real, amigos reais, amores reais e futuro possível. Especialmente em Cuba, onde tenho não só meus primeiros leitores, como também os mais fiéis e obsessivos, essa translação de Mario Conde para o plano do real-concreto significou não já um reconhecimento de meu trabalho, mas uma revelação de até que ponto o olhar

---

* Ed. bras.: trad. Ari Roitman e Paulina Wacht, com a colaboração de Bernardo Pericás Neto, São Paulo, Boitempo, 2015. (N. E.)

do personagem sobre a realidade, suas expectativas, suas dúvidas e seus desencantos em relação a uma sociedade e um tempo histórico expressam um sentimento generalizado no país ou, pelo menos, em muitas pessoas que viveram esses anos no país. A literatura, nesse caso, supriu outros discursos (inexistentes ou escassos) sobre a realidade cubana, e, sendo Mario Conde intérprete, testemunha e até vítima dessa realidade, sobre sua figura incidiu a identificação dos leitores necessitados dessas visões outras (não oficiais nem triunfalistas) da sociedade em que vivem e mesmo da qual escapam para os mais diferentes exílios.

Essa capacidade do personagem de viver e refletir junto a mim é, acredito, aquilo que o mantém e manterá literariamente ativo (ou vivo, se o virmos como pessoa). Se, nos primeiros romances em que utilizei Mario Conde, o personagem já me servia não só para investigar um crime, mas sobretudo para revelar uma realidade, ao longo de todos esses anos sua função se definiu e cada vez mais ele terá a responsabilidade de revelar a evolução e as obscuridades dessa realidade em que nós dois nos situamos: a realidade dos anos que pesam sobre o corpo e a mente dos que passam pela ilha. Assim, com maior ou menor carga de romance policial, mas sempre com mais intenções de romance social e reflexivo, as histórias de Mario Conde estão me servindo – é o caso de *A neblina do passado* e de *Hereges* – e me servirão no futuro para tentar esboçar uma crônica da vida cubana contemporânea, em sua evolução e suas involuções, sempre de meu ponto de vista, que não é o único nem o mais correto, mas o que expressa uma visão própria de uma realidade que vivo diariamente. Porém, como sempre, as responsabilidades desse personagem serão mais complexas: ao amadurecer e envelhecer comigo, Mario Conde também tem a missão de expressar as incertezas e os temores que acompanham minha geração, assim como suas individualidades: desde a sensação de fracasso pessoal, de desencanto social, de incapacidade para se inserir num mundo com exigências morais e econômicas diferentes até a traumática expressão do crescente temor do inevitável: a velhice e a morte.

Mantilla, julho de 2015

OUTROS TÍTULOS DA BOITEMPO

Hereges
Leonardo Padura

Tradução de Ari Roitman e Paulina Wacht (com a colaboração de Bernardo Pericás Neto)

"Aqui, temos de volta a figura instigante e sedutora de Mario Conde, que no passado foi policial e que agora, volta e meia, se mostra um detetive singular. Sua missão é descobrir o que aconteceu com um pequeno quadro pintado por Rembrandt que, em 2007, apareceu num leilão em Londres. E, ao mesmo tempo, descobrir o paradeiro de uma rica e misteriosa adolescente de Havana", da orelha de Eric Nepomuceno.

O homem que amava os cachorros
Leonardo Padura

Tradução de Helena Pita
Prefácio de Gilberto Maringoni

"Esta premiadíssima obra do cubano Leonardo Padura, traduzida para vários idiomas, é e não é uma ficção. Aborda um fato real: após cumprir pena pelo assassinato de Leon Trotski na Cidade do México, Ramón Mercader refugia-se em Cuba", da orelha de Frei Betto.

Cabo de guerra
Ivone Benedetti

"Na diminuta estante da ficção ambientada nos anos de chumbo, *Cabo de guerra* destaca-se por erigir em personagem central um 'cachorro'. Assim era designado pela repressão o militante da luta armada que, traindo seus companheiros, punha-se a seu serviço como espião", da orelha de Bernardo Kucinski.

A cidade & a cidade
China Miéville

Tradução de Fábio Fernandes

"Olhe à sua volta: existe outra cidade dentro da sua cidade, mas você não está vendo. Fronteiras são mais leves do que o ar; há cidadãos invisíveis a você — você mesmo é invisível a determinadas pessoas. O que é uma cidade, o que é uma nação, até que ponto um lugar compõe a sua identidade?", da orelha de Ronaldo Bressane.

Yann Forget, 16/11/1989

Em 9 de novembro de 1989, os governos da República Democrática Alemã e da Alemanha Ocidental autorizam seus habitantes a atravessar a fronteira que durante 28 anos separou as duas Alemanhas. O evento fica conhecido como queda do Muro de Berlim.

Este livro foi composto em Adobe Garamond, corpo 11/14,3, e impresso em papel Off white 80 g/m² na gráfica Forma Certa, com tiragem de 300 exemplares, para a Boitempo, em agosto de 2024.